深尾《ふかお》くれない

宇江佐真理

朝日文庫

本書は二〇〇五年十月、新潮社より刊行されたものです。

目次

深尾くれない

星《せい》斬《ざん》の章

一

家臣達が「大蔵殿《おおくらどの》」と敬って呼ぶ因幡《いなば》・伯耆国《ほうきのくに》鳥取藩の藩主、池田光仲《みつなか》が父の池田忠《ただ》雄《かつ》から遺領を引き継いだのは寛永九年（一六三二）のことである。その時、光仲は、わずか三歳だった。

忠雄は、それまで備前国《びぜんのくに》岡山藩三十一万五千石の藩主であったので、何事もなければ光仲はそのまま備前国の次期藩主に就くはずだった。しかし、幕府は「備前は手先の国なれば幼主にては叶《かな》ふべからず」との理由で光仲を因幡・伯耆国鳥取藩の藩主とし、代わって、それまで鳥取藩の藩主であった池田光政《みつまさ》を岡山藩の藩主に据える沙汰《さた》を下した。いわゆる「お国替」というものである。

光政は光仲の従兄《いとこ》に当たった。深尾角馬《ふかおかくま》の父の河田理右衛門《かわだりえもん》は忠雄の家臣であったので、忠雄の後は光仲が理右衛門のお屋形様となる。移封《いほう》（国替）に伴い、理右衛門もまた備前国から因幡国へ赴《おもむ》いたのは至極当然のなりゆきであった。その時、息子の角馬は光仲より一歳年下の二歳だった。

とはいえ、光仲は成人するまで江戸の藩邸で暮らし、初めてお国入りしたのは十九歳になってからのことである。

　移封当時の頃の角馬の記憶は、定かではない。何しろ二歳の頑是《がんぜ》ない幼児である。新しい領地に着いて間もなく、山陰の底冷えのする気候に悪い風邪を引き込み、周りを大層心配させたと、後で父親から聞かされたという。

　母親は角馬を産むとすぐに亡《な》くなったらしいが詳しいことはわからない。理右衛門が備前国にいた時にねんごろになった女が孕《はら》み、生まれたのが男子であったから手許《てもと》に引き取る気になったのかも知れない。当時、そういうことは、さほど珍しいことでもなかったようだ。

　月足らずで生まれた角馬は同じ年頃の子供達よりひと回りも小さかった。

　理右衛門は備前国にいた頃から剣法をよくし、当時、山陰、山陽、九州一帯で盛んであった丹石流《たんせきりゅう》のみならず、去水《きょすい》流、東軍《とうぐん》流、卜伝《ぼくでん》流、神道《しんとう》流、新陰《しんかげ》流、タイ捨《しゃ》流、岩《がん》流、戸田《とだ》流と、様々な剣の流儀を学んだ。

　理右衛門が生きた時代は戦国の気風が色濃く、家臣達は、いつ何どき戦に従軍するやも知れぬ緊張したものを常に抱えていた。

　あらゆる敵と戦うために、理右衛門も数多くの剣法を学ぶ必要があったのだろう。理右衛門が主として修行した丹石流は美濃《みの》の斎藤氏に属した武将、衣斐《いび》丹石が起こした介《かい》者剣法（甲冑《かっちゅう》をつけてする剣法）であった。

二尺ばかりの短刀を用いて、敵の臑《すね》を踏み折るほど激しく打ち込む剣法だった。

こういう父親に育てられた角馬が剣術の修行をするようになったのも自然のなりゆきであろうが、当時の理右衛門の考えは身体《からだ》のさほど丈夫でない息子を鍛える意味が大いにあったと思われる。

角馬が元服を迎える頃は戦国の荒々しい気風もいつしか鳴りを鎮《しず》め、鎖国令が確立した日本は戦よりも飢饉《ききん》に喘《あえ》ぐ世の中となっていた。

しかし、角馬にとって幸か不幸か、仕える大蔵殿は武を重んじる藩主であった。「文《ぶん》武併進《へいしん》」を藩是《はんぜ》としながら、実は著しく武に片寄っていたというのが正直なところである。

父理右衛門の教えの許《もと》に一所懸命に剣術の修行をする角馬は大蔵殿の覚えもめでたかった。

角馬は理右衛門から家督を譲られるまで河田喜六《きろく》という名であった。深尾角馬を名乗るようになったのは、恐らく最初の妻を離縁してからのことだろう。前妻は家老、池田日向守之政《ひゅうがのかみゆきまさ》に列する馬廻役《うままわり》、佐治平右衛門《さじへいえもん》の妹であった。角馬も池田の馬廻役の組士に入っており、二百石を給《たまわ》っていたが、前妻を離縁してから佐治家とは絶交している。同じ組士として平右衛門とお務めを続けることが心苦しく、角馬は藩に別の組士に替えて貰《もら》いたい旨《むね》を訴えたという。角馬の願いは後に聞き入れられ、神戸縫殿《かんべぬい》の組士に加えられた。この時、河田喜六を返上して深尾角馬を名乗ったものと思われる。

本来、家臣の私的な理由で組士の変更などできるはずもない。しかし、藩は角馬の事情を慮《おもんぱか》り、河田喜六は池田日向守の組士を退《の》き、新たに深尾角馬として神戸縫殿の組士に加えるという形を取ったのだろう。

しかし、深尾角馬という名にどのような曰《いわ》くがあるのか、家臣の誰も知らなかった。それは角馬自身の心の中にだけあったものかも知れない。

かのは角馬の後妻として迎えられた女だった。初婚のかのが角馬の許に嫁いだのは、かのの父、木村夫右衛門《みえもん》の事情が大いに関係していた。

夫右衛門は大坂の陣に従軍してその名を知られた木村長門守《ながとのかみ》の孫に当たる。夫右衛門の祖母は京極《きょうごく》家に奉公していた人で、夫右衛門の父である斎宮《いつき》を京極家で出産している。京極家は池田家と縁の深い家であったので、後に夫右衛門は池田家に召し抱えられて家臣となったのである。

しかし、夫右衛門は乱心して家名を断絶させられた。かのは三人姉妹の長女であったので、親戚《しんせき》縁者は、かのの身の振り方を真っ先に考えた。乱心者の娘なれば、まともな縁談などあろうはずがない。だが、親戚の一人が、角馬が妻に去られてやもめでいると知ると、半ば強引にかのを押しつけたのだ。

角馬自身は結婚に幻滅しているふうがあった。もう、この先は妻帯せず、独り身を通し、存分に剣法修行に精進しようと考えていたらしい。

しかし、男やもめに蛆《うじ》が湧《わ》く、飯炊《めした》きの技は剣法のようには参りませぬ、などとあの手この手で、とうとう承諾させてしまったのである。かのは正式の妻ではなく、言わば内縁の妻という扱いであった。もちろん、かのの意見などは一切考慮されず、ささ、あちらへ参られい、と背中を押されるように寺町の一郭、袋町の深尾家に連れて行かれたのだった。

かのは身の周りの物が入った風呂敷《ふろしき》包み一つを持っただけで深尾家に向かった。父親の事情が事情なだけに正式の妻として迎えられないのは納得できたが、在郷の百姓娘が口減らしのために女中奉公に出るのと寸分も違《たが》わぬ自分の姿が情けなく悲しかった。しかし、かのが収まるべき所に収まらなければ二人の妹の行く末も決まらない。かのは妹達のために深尾家に行くことを決心したのだ。二人の妹も後に鳥取藩士の家に嫁ぐことになる。

袋町は城下の中心より、やや西にある町だった。傍《そば》を袋川というさほど広くない川が流れている。川は途中から大きく蛇行して、あたかも袋のような形になっているから袋川と呼ばれるようになったのだろう。

角馬の家は、その袋形の川の入《い》り隅《ずみ》の家であった。かのは初めて深尾の家に来た日のことをよく覚えている。

かのは実家から袋川沿いに歩いて来たが、川を挟んで深尾家の庭が見えた時、母方の伯父は「ほれ、かの、ようく見んさい。あれがお前の暮らす家だで」と指し示した。特にこれと言った特徴のない家に思えたが、庭の一隅にこんもりと咲いている紅の花に眼を射られた。

「あれは何んの花ですかな、伯父様」

かのは視線をそちらに向けたまま、伯父の彦右衛門《ひこえもん》に訊《き》いた。春を迎えた鳥取城下には様々な花が一斉に咲き揃《そろ》っていた。

「牡丹《ぼたん》だが。かのは牡丹を知らんだか」

彦右衛門はかのの無知に苦笑しながら言った。

「ああ、牡丹ですか。名前は聞いたことがあるけど、あまり見たことはないけえ……見事な花ですなあ」

かのが知っている人間で牡丹の栽培をしている者はいなかった。自宅で気軽に植えるような花ではない。深尾家の牡丹は春の明るい陽射《ひざ》しに大輪《たいりん》の花をほころばせていた。

「あの牡丹はどなたが丹精しておりんさるの？　下男の方ですかな」

かのは牡丹の見事さに眼を奪われたまま彦右衛門に訊いた。

「この家には下男などおりゃあせん。角馬殿が独り住まいの家。当然、あの牡丹は角馬殿が育てたもんじゃ」

彦右衛門は少し憮然《ぶぜん》となって吐き捨てた。

実は下男も居つかない家だとは思いも寄らず、吝嗇《りんしょく》で奉公人も雇わないのだと、かのは勝手に解釈していた。

角馬は剣法の達人と、かのは聞いている。そのような男が牡丹作りに精を出すのは、そぐわないと思った。深紅の牡丹は二重三重の花びらで黄色の花芯《かしん》を覆《おお》い隠すように咲いていた。かのにはふと、花芯が女の隠しどころのようにも思えた。花びらは、さしずめ紅絹《もみ》の小袖《こそで》でもあろうか。そのような美麗な衣裳《いしょう》に身を包んでいる女性はこの城下にいるだろうかと、かのは自分の粗末な木綿《もめん》単衣《ひとえ》に視線を落として考えた。

大蔵殿の側室、匂《にお》の方《かた》より他にあるまい。

正室の茶々姫《ちゃちゃひめ》は江戸の藩邸に暮らしていて、国許の城のことは知らなかった。

「角馬殿はおなごを可愛《かわい》がるように牡丹を可愛がるけえ、いやでも見事な花になるんじゃろ」

彦右衛門は好色そうな表情でふっと笑った。

その時、かのの脳裏に浮かんだのは、角馬が匂の方にあこがれを抱いているのではないかというものだった。何んの理由もないのだが、なぜかそんな気がした。

彦右衛門は物思いに耽《ふけ》っているようなかのへ少し真顔になり、「怒ったらいけんぞ。

辛抱せんといけん。何言われても、はいはい言うてな」と諭《さと》した。角馬が瓜茄子《うりなす》のごとく奉公人を手討ちにする男だということを彦右衛門は知っていたのだろう。かのを恐れおののかせてはならぬと、やんわりと忠告したのだ。

そうとは知らず、かのは伯父の言葉を年長者が年下の者に与える世間並の助言として受け取っていた。

玄関前に廻って、かのはまた珍しい物に眼を留めた。戸口の上に鹿《しか》の角が飾られていたからだ。

「伯父様、あれは鹿の角じゃないですかな？」

「そうじゃのう」

「何んのまじないでしょうなあ」

「さあて、それはわしも聞いとらん。後で角馬殿に直接訊《たず》ねてみたらええがな」

「………」

彦右衛門はすぐさま中に訪《おとな》いを入れた。玄関の寄りつきに現れた角馬を見て、かのはさらに驚いた。あまりに短軀《たんく》の男であったからだ。年は三十過ぎと聞いていたが、目の前に現れた角馬は、まるで子供のようにも思われた。角馬の横に並んだなら、もしかして自分の方が背丈が高いのではないかと思ったほどである。別に自分の夫となる男に役者のような男前を望んではいなかったが、背丈の低さは、かのを気落ちさせた。

「ご足労でありました。ささ、中へお入りなされ」

角馬はかのの方など、ちらとも見向きせず、彦右衛門に対して事務的な口調で言った。

かのと彦右衛門は客間に通された。

角馬はしばらく二人を待たせた後、盆に茶の入った湯呑《ゆのみ》をのせて現れた。よく見ると、角馬は年季の入った革の袴《はかま》を穿《は》いていた。上は筒袖の上着だった。普段着というより、剣法の稽古《けいこ》の恰好《かっこう》だった。角馬はその時、稽古中であったところを慌《あわ》てて家に戻って来たのだった。

「角馬殿、これにいるのがかのでございます。ひとつ、よろしくおたの申します」

彦右衛門は恐縮してかのを紹介した。角馬は初めてかのの方を見た。かのは角馬の眼に冷ややかなものを感じたが、それは剣法を修行する者に、まま見られる厳しさから生まれたものであろうと思った。

「わが家は奉公人も雇っておりませんけえ、かの殿にはご不自由をお掛け致しまするが、何とぞご辛抱してつかんせえ。まあ、ろくな家財道具も置いとらん殺風景な家ですけえ、掃除の手間もさほどいりゃあせんですわ」

角馬は淡々とした口調で家の様子を説明した。

「牡丹が見事で……いや、さきほどお庭を廻ってこちらに参りましたので不躾《ぶしつけ》ではございますが、ちらと拝見致しました」

彦右衛門がそう言うと、角馬は閉じてあった障子を開けた。縁側の先に庭が拡《ひろ》がっている。牡丹の花園が先刻より間近にかのの眼に迫った。およそ七、八寸もの大輪の花々にかのは圧倒されるような思いがした。

「ああ、きれい。ほんにきれい……」

かのは思わず感歎《かんたん》の声を上げた。

「ご家老の荒尾志摩守《あらおしまのかみ》様も大層牡丹がお好きでござっての、拙者に株分けしてくれいと度々《たびたび》、所望されまする」

角馬は得意気な口調で言った。家老・荒尾志摩守嵩就《たかなり》は兄の荒尾但馬守成利《たじまのかみなりとし》とともに、池田光仲が成人するまで藩政を支えた人物である。今は伯耆国の米子《よなご》城を預かっている。

「ご家老様がご所望されるのも無理はございませんなあ。これほど見事なものならば、さぞやお喜びになりましたでしょうな」

かのは愛想のつもりで言った。

「いいや、差し上げてはおりゃせんのですわ」

角馬は特徴のある大きな眼でかのを一瞥《いちべつ》すると、にべもなく言った。かのはどう話を続けてよいかわからず下を向いた。

「角馬殿が丹精なされた大事な牡丹ですけえ、たとい、ご家老様でも差し上げるのが忍びないんでしょうな」

　彦右衛門は取り繕《つくろ》うように口を挟んだ。

「いいや、拙者がご家老様に牡丹の株を差し上げては、他の者が追従《ついしょう》と思いますけん。拙者はそう思われるんが死ぬほどいやなんですわ。ご家老様には、拙者が亡《な》き後に弟子達に申しつけて牡丹を掘らせるようにと申し上げておきました」

「ほう、まっこと潔《いさぎよ》いお心ばえですなあ」

　彦右衛門は心底感心した声を上げた。かのは、牡丹の株の一つや二つを進呈したところで、誰も追従とは思わぬだろうにと胸で呟《つぶや》いていた。それが角馬の反骨精神に触れた最初のことだったろう。

　かのは顔を上げ、また庭の牡丹に眼を向けた。主《あるじ》にかくも愛されている牡丹は、明かる過ぎる陽射しの中で微《かす》かに揺れているばかりであった。

二

　鳥取藩家中の家臣団は組単位で編成され、それぞれ組帳（分限帳・侍帳）に記載される。

それによると、家老職に就く「着座《ちゃくざ》」が、まず筆頭にある。荒尾四家、和田、津田、鵜殿《うどの》、乾《いぬい》、池田二家の十家が着座になる。着座家は幕府に証人（人質）を差し出した。次が「大寄合《おおよりあい》」で、これは着座家の次男がその席に就く。名誉的格式のもので、大寄合だけは組士を預からない。荒尾、鵜殿、津田、織田《おだ》の四家がこれに当たった。「証人上《しょうにんあげ》」は江戸留守居《るすい》（江戸家老）を務める家で、着座家と同様に幕府に証人を差し出す家柄である。福田、菅《すが》、安養寺《あんようじ》、矢野の四家を指す。証人上も番頭《ばんがしら》に属し、その筆頭となるべき者だった。

「譜代番頭《ふだい》」は家臣の旧家の者がこれに当たった。神戸、天野、高木、香河《かがわ》（加賀）、箕浦《みのうら》、加藤、宮脇《みやわき》の七家である。

以下、「番頭」、「物頭《ものがしら》」、「寄合組」、「諸奉行」、「馬廻」（平士）、「家業家《かぎょうけ》」、「徒《かち》」等々の家臣団へと続く。

藩士としての角馬は馬廻の平士に属するとはいうものの、藩の剣法指南役を引き受けていたことで藩士達からも重く見られていた。かのが深尾家に来た頃、角馬は丹石流を主として遣っていた。雖井蛙流《せいありゅう》の深尾角馬と呼ばれるのは、まだ後のことである。

内縁とはいえ、人妻となったかのは次第に息苦しさを感じるようになった。とにかく角馬は口の重い質《たち》で、こちらが黙っていると黙ったままの男だった。角馬自身はそれを格別意に介したふうもない。しかし、三人姉妹の長女として育ったかのは、実家にいた頃は、それこそ朝から晩まで妹達と埒《らち》もないお喋《しゃべ》りをしていたものである。

角馬は悪い夫ではなかった。それどころか、真面目《まじめ》を絵に描いたような男である。

毎朝、五つ（午前八時頃）までに登城し、藩のお務めをこなす。八つ（午後二時頃）にお務めを終えると、そのまま道場に向かい、弟子達の稽古《けいこ》を見る。

一刻《いっとき》（二時間）ほどの稽古を終えると自宅に戻り、湯が沸いたと、かのが声を掛けるまで熱心に牡丹《ぼたん》の手入れをする。角馬に生き生きとした表情が見られるのは、やはり牡丹の手入れをしている時だった。山陰の冷涼な気候は牡丹作りに適しているが、この花は花時が終わっても肥料をあれこれ盛大に与え、植え付けの時季、継ぎ木の時季にも気を遣う。

七、八寸もの見事な花を咲かせるためには、ほとんど一年中、世話が要《い》った。角馬はそれを苦にすることなく、毎日、嬉々《きき》としてやっていた。それに比べてかのは、家の中のことをする以外、趣味と呼べるものもなかった。

時々、かのは牡丹の手入れをする角馬の背中を見つめながら、自分は牡丹以上に角馬に思われているのだろうかと考えることがあった。

差し向かいで晩飯を摂《と》っている時でも、自分がどうしてここにいるのか不思議に思えることが何度もあった。ほとんど無言でする食事は味気なかった。

ある日、かのは思い切って疑問に思うことを口にした。いつものように差し向かいで晩飯を食べている時のことである。相変わらず角馬はかのの拵《こしら》えるお菜に文句を言わない代わり、格別うまいという言葉もなかった。

「お玄関の角ですが……」

かのが呟《つぶや》くように言うと、角馬の箸《はし》を持つ手が、つかの間止まった。

「何んだ？」

「あの角にはどのような訳がありんさるのですか」

「なに、埒もないことだ」

「訳を教えてつかんせえ」

そう言うと、角馬は照れたような、ためらうような顔をして、ようやく重い口を開いた。

「猪《いのしし》には及ばずともな、鹿《しか》には負けじ、という己れを励ます意味だ」

驚いた。何んと人を喰ったようなことを言う男だろうと思った。角馬はかのの表情にちらりと視線を向けてから話を続けた。

「わしは子供の頃から身体がちいそうて、人にさんざん馬鹿《ばか》にされたもんだ。そいで、何くそ、今に誰にも負けん男になったると心に誓《ちこ》うたんだ」

「そっでも、猪と鹿とは妙な取り合わせでございますなあ」

かのはやんわりと意表をつかれた感想を言った。

「わしなあ、一度、山で猪がどどうと走るところを見たことがあるんじゃ。凄《すご》い迫力やった。こりゃ、何んぼうわしでも敵《かな》わぬと思うた。しかし、最初から降参するんも悔しい気ィがして、そうじゃ、猪には負けても鹿には負けるもんかと、鹿の角を飾って、それを眼にする度に己れを奮《ふる》い立たせておるんだ」

「旦那《だんな》様は負けず嫌いなお人ですなあ」

かのはふわりと笑った。かのの笑いに誘われたように角馬も口の端を少しだけ弛《ゆる》めた。

牡丹の花時はとうに終わり、鳥取城下は初夏を迎えていた。筒袖《つつそで》の上着に革の袴《はかま》だった角馬の恰好《かっこう》も短い渋帷子《しぶかたびら》と、これも短い四幅袴《よのばかま》に変わった。遠くからは、まるで少年のようにも見える。

陽灼《ひや》けした顔は笑えば愛嬌《あいきょう》も感じられるというのに、角馬は滅多に笑わず、いつも分別臭い表情をしている。濃い眉《まゆ》の下にくっきりした二重瞼《まぶた》があり、丸い鼻、少し厚めの唇は赤みを帯びている。それに茶筅髷《ちゃせんまげ》では戦国時代の野武士そのままの風貌《ふうぼう》であった。

「かのの言う通り、わしは負けず嫌いな男よ。ただし、並の負けず嫌いとは、ちいと違うぜよ」

「どのように違うのですか」

かのは話をしてくれる角馬が嬉《うれ》しく、弾んだ声で訊《き》いた。

「わしの号を知っとるか」

書物部屋に角馬の筆による書が飾られている。鳥取藩の藩是である「文武併進」と墨《ぼっ》痕《こん》鮮やかに書き上げた横に「井蛙」という文字が添えられていた。

「何んとお読みするんだろうと思うとりました。いい、あ？　せいあ？」

かのは首を傾《かし》げながら独り言のように言った。

「ほう、かのは堅い文字が読めるんか。こりゃ、たまげた。せいあだ」

角馬は驚いて眼を大きく見開いた。かのは子供の頃、近所の寺子屋へ通っていた。寺子屋では師匠に物覚えがよいと褒《ほ》められたものである。

「それで、意味はわかるか」

角馬はすぐに畳み掛けた。

「さあ、そこまでは」

「井の中の蛙《かわず》、大海を知らずという諺《ことわざ》、かのも聞いたことがあるだろうが」

「はい。偉いお方の言葉ですなあ」

「そうだ。大陸の荘子という文人の言葉よ。井戸の中の蛙は自分の周りしか知らん。簡単に言うたら世間知らずということだが」

「それを雅号《がごう》にするとは、何んと謙虚なお心ですがよ」

かのは感心した声になった。

「そんでもな、お城の天守に上ってみるとな、ご城下のずいっと先に砂丘が見え、さらにその先には賀露《かろ》の海が見える。地べたにおっては海のあることはわからん。だが、天守からは海が見える。海のあることがわかる。するとな、不思議にものの考えも変わるんだ。井の中の蛙でも大海を知ることもあるんだとな。だが、今のわしは、まだまだ井蛙のままだ」

「……」

「わしとしたことがつい喋り過ぎた。かのは喋らせ上手だな」

角馬は我に返ったような顔で、そそくさと残った飯を掻《か》き込んだ。

三

鳥取城は久松山《きゅうしょうざん》という二町半あまり（標高二六四メートル）の高さに築かれた城である。

この城から三十二万石の城下町は一望のもとに眺められる。もちろん、かのはお城へなど行ったこともない。しかし、角馬の話を聞いている内に、かのの脳裏には城下の家《や》並《なみ》と、ずっと向こうの黄金色の砂丘、さらにその先の青い海が浮かんで来るような気がした。

久松山に城が築かれたのは天文年間（一五三二～一五五五）と言われている。当初は久松山の山頂に本丸があったという。

天正九年（一五八一）に石見国福光《いわみのくにふくみつ》城城主、吉川経家《きつかわつねいえ》は羽柴《はしば》（豊臣）秀吉《ひでよし》の中国地方進攻に際し、山名豊国《やまなとよくに》に代わり鳥取城を防衛した。

秀吉はそれを得意の兵糧《ひょうろう》攻めで潰《つぶ》したのである。敵の食料を補給する道を断ち切り、戦闘力を弱めようとする作戦である。籠城《ろうじょう》する経家の軍は糧道を絶たれ、援軍もなく、抗戦三月《みつき》の後、経家は兵の命に替えて自害した。この時、城の中では人肉まで口にするほど凄《すさ》まじい飢餓の状態にあったという。

かのはその話を父親から何度も聞かされていた。かのの父の木村夫右衛門《みえもん》が乱心したのは、経家の霊に取り憑《つ》かれたのではないかという者もいた。常軌を逸した父の眼の色には、そう思わせるものが確かにあったと思う。

時が変わって、池田備中守長吉《びっちゅうのかみながよし》が六万石を賜《たまわ》って因幡国《いなばのくに》に入封する。長吉は播磨国《はりまのくに》姫路藩藩主、池田輝政《てるまさ》の弟に当たった。長吉はすぐに久松山の城の整備拡充を計画した。山上の三層の天守櫓《やぐら》は傷《いた》みが激しかったために二層にした。

山麓《さんろく》には新しく二の丸と三の丸、それに天球丸《てんきゅうまる》を築いた。天球丸は長吉の姉で、若桜《わかさ》城主、山崎左馬允《さまのじょう》の室であった天球院が山崎氏の許《もと》を去って、そこに住んでいたために付けられた名である。さらに内堀の整備、藩主の居館に通じる門の整備も行った。これにより、鳥取城は藩政を行うにふさわしい体裁を調《ととの》えた。

城下町の整備拡充は元和三年（一六一七）からの池田光政《みつまさ》の御代《みよ》になってさらに進んだ。

光政は因幡・伯耆国《ほうきのくに》の藩主として播磨国から移封されて来たが、長吉が整備をしたとはいえ、家臣も当時とは比べものにならないほど増えたので、城下は手狭《てぜま》であった。

光政は長吉時代に築いた内堀の柳堤《やなぎづつみ》から四町外側に新しい川筋を造り、袋川の流れを変えて外堀とした。袋川には五つの橋を架けるとともに川への降り口になる為登場《いとば》を設けた。

為登場は袋川沿いに二十七箇所あり、人々が洗濯するなど、毎日の生活に利用されるようになった。

新しい城下町は内堀と薬研堀《やげんぼり》（長吉時代の外堀）、袋川の外堀を軸に、大手門を起点とする智頭《ちず》街道、その北側の鹿野《しかの》街道、南側の若桜街道の三本の幹線道路と、それに交わる道筋を整備し、内堀から薬研堀の間、外堀には藩士の屋敷を配置した。町人町は薬研堀と袋川の間までと定められた。町の南西部は寺町とした。この町割はそのまま大蔵殿の池田光仲《みつなか》に引き継がれた。しかし、光政の行った城下の整備には欠点があった。城下は度々、洪水に見舞われた。

それは袋川の川筋を変える等、開発のありように問題があったと思われる。光仲が因幡国に移封になって間もなく起きた洪水は俗に「お国替水《くにがえみず》」と呼ばれた。その後も「種《たね》稲水《いね》」「酉《とり》の水」「乙卯水《おつうすい》」という名で呼ばれる洪水が起きたのである。

大蔵殿は幼い頃から聡明《そうめい》な人物だった。父である池田忠雄《ただかつ》が亡《な》くなった時、大蔵殿は僅《わず》か三歳であったので、実質的な藩政は家老の荒尾但馬守《たじまのかみ》の手に委《ゆだ》ねられた。

忠雄の弟で、大蔵殿にとっては叔父になる池田輝澄《てるずみ》、輝興《てるおき》は、光仲は必ずや大器になると口を揃《そろ》え、家老ともども、二人は後見役として大蔵殿の成長を見守っていた。

藩政を委ねられた荒尾但馬守は大蔵殿の外戚《がいせき》でもあった。しかし、次第に家老という立場を忘れ、あたかも藩主のごとく権威を誇示するようになった。大蔵殿に対しても僭《せん》越《えつ》を顧《かえり》みない言動がまま見られた。大蔵殿は但馬守の振る舞いを忍《にん》の一字で耐えていた。

なぜなら、自分は年少の身。藩政を采配《さいはい》するには甚《はなは》だ不足があろうというものだった。

やがて念願のお国入りする時が巡り、上様に暇《いとま》を賜うために登城した大蔵殿は老中の一人にそっと訊《たず》ねた。

もしも国許《くにもと》で家老と意見が合わぬ場合、役職を罷《ひ》免《めん》させることにもなろうが、その家老が上様に御目《おめ》見《みえ》する立場の人間である時、上様に伺いを立てるべきかどうかと。

年配の老中は何を言い出すことやらと温顔をほころばせ、たとい、上様に御目見を許される立場の者だとしても、お手前の家臣なり。主が家臣に暇を取らせるのに上様への伺いなど及ばず、と応《こた》えたという。

大蔵殿は、はたと掌《て》を打つ気持ちになり、お国入りしてさっそく荒尾但馬守に致仕《ち し》(隠居)の沙汰《さ た》を下した。但馬守は激怒してその沙汰を受けぬ構えを見せたが、大蔵殿は但馬守のよろしからぬ藩政の問題点を書き付けたものを差し出し、さらに但馬守の弟である荒尾志摩守《しまのかみ》を味方にして但馬守の役職を解くことに成功した。これにより藩政はようやく大蔵殿の手に戻ったのである。

深尾角馬は大蔵殿がお国入りして、家中の者と総目見《そうめみえ》した折、初めて大蔵殿の尊顔を拝した。若き大蔵殿は凜々《りり》しく、家臣一人一人の恐悦《きょうえつ》の言葉を、正座の姿勢を微塵《みじん》も崩さずに熱心に聞き入った。

その時の総目見の儀式は終日続いた。藩の老女は大蔵殿に「さぞ、お退屈であらせられましたでしょう」と、ねぎらいの言葉を掛けた。

「余は退屈するほどの家臣に扶持《ふち》を与えて目見したきものよ」

大蔵殿は老女にそう言って破顔したという。

老女は畏《おそ》れ入って、家老達に話し、このことはしばらくの間、家中の語り種《ぐさ》となっていた。

角馬は大蔵殿を一目見た時から、その人柄に魅了されたという。瓜《うり》ざね顔、涼し気な目許《めもと》、高い鼻梁《びりょう》、意志的に引き結ばれた唇という容貌《ようぼう》も好ましいものだったが、何より、その端正な姿勢が美しかった。大蔵殿は微塵も崩れたところを家臣に見せなかった。常に衣服を調え、酷暑でもみだりに扇子で扇《あお》がず、また厳冬といえども火の傍にいることは少なかった。

江戸生まれの大蔵殿は土地の訛《なま》りもなく、明瞭《めいりょう》で美しい言葉を話した。その曇りのない透明な声は角馬をして、あたかも天の声にも思わせるほど甘美に聞こえるという。

藩主たるもの、皆、大蔵殿のようにあるべきだと、角馬は再三、かのに語ったものだ。かのは、ああ、旦那《だんな》様は大蔵殿が心底お好きなのだと感じた。角馬が己れを律して毎日を暮らす姿勢は、父の河田理右衛門《りえもん》の教えというより、大蔵殿に強く影響されたものだと思うようになった。

深尾家でのかのの生活は毎日規則正しく繰り返された。朝は七つ半（午前五時頃）には起きて朝食を調え、角馬に朝食を食べさせて城に送り出す。後片付けを終えると家の中を掃除し、それからかのは為登場に降りて洗濯をした。洗濯を済ませると青物屋と魚屋で買い物をして晩飯の用意をする。

夕刻に角馬が帰宅すると、入浴を勧め、ささやかな晩飯を二人で摂《と》る。かのは晩飯の後片付けを済ませると、一刻《いっとき》ほど縫い物をしてから床に就く。

角馬は滅多にかのと一緒に床へ就かなかった。書物部屋で書き物をしたり、庭に出て木刀の素振りをすることもある。剣法の師匠である角馬は弟子に指南すると同時に己れの精進も忘れない男であった。

三日に一度ほど、深更に及ぶ頃に角馬はかのの部屋の襖《ふすま》をそっと開ける。終始無言で、かのを抱く。行灯《あんどん》の火を消した闇《やみ》の中では角馬の息遣いだけが静かに続く。かのの足に触れるざらりとした毛臑《けずね》は夏の季節でも、あまり体温を感じさせることはない。夜が明けても、前夜のでき事は夢まぼろしのように思えることが何度もあった。三月《みつき》を過ぎても半年を過ぎても、かのは角馬に夫としての情が湧《わ》かない自分を不思議に思っていた。もしかして自分は娼婦《しょうふ》の質《たち》ではあるまいかと思うことがあった。娼婦は客に対して何んら情がなくとも身体を開く者だという意味で。しかし、もちろん、そんなことを、かのは角馬に言いはしなかった。世の中にはこのような夫婦は幾らもいるだろうと、かのは自分に言い聞かせていた。

為登場で顔を合わせるのは近所の藩士の家の女中達ばかりである。女中達は初め、かのを深尾家に雇われた女中と思っていたようだ。後添《のちぞ》えと知ると、やや言葉遣いが丁寧になったが、その代わり、微妙にかのを見る目付きに変化が生じるようになった。

かのはその視線にさほど頓着《とんちゃく》することはなかった。後添えである自分に女中達は世間並の興味を覚えているのだろうと思ったぐらいである。

しかし、ある日。通りを挟んで隣家になる堀《ほり》家の女中のおとらが「ご新造《しんぞ》さん、深尾の旦那様は、おとろしいお人だらあ？　毎日、気が休まりませんなあ」と、気の毒そうに声を掛けてきた。

「そんな、別にちょっとも、おとろしいこと、ありませんよ。旦那様は普通のお人です。まあ、並の男衆《おとこし》より口が重い質かも知れんけど」

かのは洗濯の手を止めずに応えた。目の前の袋川は夏の陽射《ひざ》しを反射してきらきらと輝いていた。洗濯は夏の季節、かのが最も気晴らしになることだった。剣法の稽古《けいこ》で汗をかく角馬の肌着をごしごしやり、それを物干しに拡《ひろ》げ、夕方までにさっぱりと乾くと、かのも清々《すがすが》しい気分になった。

「前のご新造さんは、深尾の旦那様に斬《き》られてしまいんさったし、そがいな旦那様にお仕えするんは、さぞかしおとろしいことじゃろと、うら達は気の毒に思っとるんですが」

おとらは、かのにそう続けた。

かのの胸が思わぬほど大きな音を立てた。しかし、かのは内心の動揺を隠し、何事もないふうを装《よそお》った。

「旦那様が前の奥様と離縁されたことは承知しとります。旦那様に斬られたいうんは、よほどのことがありんさったんでしょうな」

「前のご新造さんは旦那様が江戸へ行きんさってた時に奉公しとった男衆と深間になりんさったんじゃと。そいで旦那様が翌年、ご城下にお戻りなすった時にお弟子さんから聞いて、ご新造さんを問い詰めますとな、ご新造さんはぶるぶる震えながら白状したそうだげな。するとな、旦那様は男衆ともどもご新造さんを四つに斬って捨てたんだと。おうら達、それを聞いて、つくづく、おとろしいと思いましたんだが。旦那様はお武家だし、ご新造さんは間男《まおとこ》したもんだけ、何んにも口答えできん立場ですがなあ」

そういう事情があったとは思いも寄らない。

恐らく、角馬が江戸詰めの折に前の妻は下男と理《わり》ない関係になったのだろう。一年もの間、離れ離れになるのは寂しいことに違いないが、かのは前の妻がそういうことに陥《おちい》った気持ちが全く理解できない訳でもなかった。

多分、前の妻も角馬にはさほど愛されてはいなかったのだろう。もしも角馬と心が通じておれば、たとい一年間、主が不在であろうとも身を堅く保ち、家を守るはずだ。

きっと、どこか心の中に隙間《すきま》があったのだろう。角馬が前の妻を成敗しても罪に問われなかったのは理由が理由であったからだ。だが、黙って三行《みくだ》り半《はん》を差し出して去らせることは考えなかったのだろうかと、かのは思う。

腰に大小を携《たずさ》えているから武士は時にそれを抜きたくなる。まして角馬は剣法の師匠でもある。どこかで、生身の人間を斬りたいという気持ちを抱えていたのではなかっただろうか。

かのは奥歯を噛《か》み締めて角馬の下帯を絞り上げると「お先、ごめんしますけえ」と早口で言うと、そそくさと為登場を離れた。かのの額を快く嬲《なぶ》るのに、その時は妙に肌寒くすいっと吹いた夏の風は、いつもなら、かのの額を快く嬲るのに、その時は妙に肌寒く感じられてならなかった。

為登場から土手に上がった時、目の前を蛾《が》のように小さな蝶《ちょう》がひらひらと飛んでいた。しじみ蝶である。いつもはお城の近くでしか飛ばない蝶である。黒地に薄紫色の羽が痛々しげに見えた。かのはふと、そのしじみ蝶が己れの姿にも思えた。道に迷って、こんな城下まで飛んで来て、と。

池田家の家紋はそう言えば丸に揚羽蝶《あげは》だったと、かのはぼんやり思い出した。どうしてしじみ蝶ではないのだろうと洗濯盥《だらい》を抱えたまま詮《せん》のないことを考えていた。

四

まるで陽射《ひざ》しが雲に覆《おお》われて陰《かげ》るように、城下に秋が訪れたある夜、角馬の所へ三人の弟子が訪れた。かのは弟子達の表情から何やら難しい問題が起きたのではないかと案じた。

その通り、弟子達は丹石流が、今や時代にふさわしい剣法ではないことを憂慮するようになった。戦国時代ならいざ知らず、この泰平の世の中に甲冑《かっちゅう》を纏《まと》ってする剣法の必要がどこにあるのかということである。そういう意見が若い弟子達の間から頻繁に出るようになると、古参の弟子達は捨て置くこともできず、何か一計を案じなければと考えたのだ。

それに加え、近頃は藩内で丹石流よりも柳生新陰《やぎゅうしんかげ》流の人気が高まっていた。武を重んじる大蔵殿の家中では剣法の流儀も、むろん、一つや二つではない。兌山《だざん》流、今枝《いまえだ》流、岩流、武蔵円明《むさしえんめい》流、一刀流、神道《しんとう》無念流と様々である。この時代の剣法の特徴としては、流儀の中に弓、薙刀《なぎなた》、居合《いあい》、柔術なども含まれたことである。角馬も剣法だけでなく、居合の師匠としても弟子達に稽古《けいこ》をつけていた。

柳生新陰流は柳生五郎右衛門宗章《ごろうえもんむねあき》によって因幡《いなば》・伯耆国《ほうきのくに》に伝えられた。五郎右衛門は柳生但馬守宗厳《たじまのかみむねよし》（石舟斎《せきしゅうさい》）の四男として大和柳生庄《やまとやぎゅうのしょう》に生まれた。初め小早川秀秋《こばやかわひであき》に仕えていたが、小早川家が断絶すると浪人となり、伯耆国の中村伯耆守の家老、横田内膳《ないぜん》の許《もと》に身を寄せていた。その時、内膳は中村伯耆守より専横な振る舞いがあったとして米子《よなご》城で殺されるという事件が起きた。

内膳の息子の主馬助《しゅめのすけ》は、すぐさま敵討《あだう》ちを決意した。五郎右衛門も義を感じて主馬助に助太刀《すけだち》を買って出る。

主馬助と五郎右衛門は飯山《いいやま》の城に籠城《ろうじょう》して伯耆守の家臣達と壮絶な闘いを繰り広げた。矢尽き、刀折れ、とうとう五郎右衛門は死を迎えたが、この時の闘いぶりの見事さは長い間、評判になった。何んでも、畳三畳を盾にして数十人の家臣を斬《き》ったという。

「先生。我等は先生のお父上から伝授された大切な丹石流に不満があるんではないですけえ。ただ、この時代にそぐわなくなっているんじゃなかろうかと申し上げとるんです。そこのところ、どうぞ、誤解されんようにしてつかんせえ」

書物部屋では角馬の一番弟子である石河《いしこ》甚左衛門《じんざえもん》、四方左衛門《よもざえもん》父子、白井《しらい》有右衛門《ありえもん》が角馬を取り囲むように座った。甚左衛門と有右衛門は角馬の父である河田理右衛門《りえもん》を知っている数少ない古参の弟子だった。二人は弟子達の意見のまとめ役として、やって来たのだ。甚左衛門が四方左衛門を同行させたのは気難しい角馬をいなすには、弁の立つ若い者がいた方がいいと考えたからだ。その期待にこたえて、まず、開口一番、若い四方左衛門が口を開いた。

角馬はすぐに応《こた》えず、腕組みをして、そっと眼を閉じ、四方左衛門の話を聞いた。かのが茶を運んだ時も角馬は瞑目《めいもく》したままであった。他の者より首一つも小さい角馬が眼を閉じて何やら思案している様子は、かのには、どこか滑稽《こっけい》なものが感じられた。しかし、弟子達はもちろん、そんな不遜《ふそん》な考えは微塵《みじん》も持たない。

「お前は先に休んでよろし」

角馬はかのに、つかの間、眼を開けて命じた。他の者も「どうぞ、我等に構わずお休みになってつかんせえ」と勧める。

「それではお言葉に甘えてそうさせてもらいますが、旦那《だんな》様、明日はお務めがありますけえ、あまり遅うなるとお身体《からだ》に障《さわ》りますよ」

かのは、そっと言い添えた。

「余計なことは言うな」

角馬の声が尖《とが》った。かのは慌《あわ》てて頭を下げると書物部屋を下がった。だが、床に就いても男達の声はかのの耳に聞こえていた。

「この頃は猪多重能《いだしげのり》殿の方へ弟子が集まる一方でござる」

甚左衛門は苦々しい口調で言った。猪多重能は家中で新陰流の師範を務めている男である。

「新陰流は袋竹刀《ふくろしない》を使いますけえ、木刀や刃引《はびき》（真剣の刃を留めたもの）よりも怪我《けが》は少のうなります。まあ、それが人気のある理由の一つでしょうが」

白井有右衛門が淡々とした口調で言った。

有右衛門はいつも穏やかな表情をしている男だった。剣法も常に危険の少ない安全な方法を心掛ける。その考えは石河父子といささか趣《おもむき》を異にしていたようだ。家中の試合では木刀や刃引が主体であったが、負傷する者や、時に死に至る者も出た。柳生新陰流はこのことを考慮して、早くから袋竹刀を使用していた。竹の先を小さく割り、その上に革の袋を掛けたものが袋竹刀である。

「丹石流は時代に合わぬ上、危険が多いということだな」

角馬は独り言のように呟《つぶや》いた。一瞬、間《ま》があった。弟子達は少し言い過ぎたのではないかと心配している様子だった。

「父上は備前国におわした頃、師匠から丹石流の印可《いんか》をただ一人授けられた人だった。わしも父上の教えの許に何んも疑いを持たず精進するばかりだった。まあしかし、時代が変わったとおぬし達が言うこともわからぬ訳ではない」

角馬は存外に物分かりのよい言葉を返した。

ほうと、誰ともなく安堵《あんど》の吐息が洩《も》れた。

「それで、丹石流は潰《つぶ》すのけえ？」

角馬は砕《くだ》けた物言いで弟子達に畳み掛けた。甚左衛門が間髪を容《い》れず「滅相もござらん」と、声を荒らげた。

「そっでも、おぬし等の理屈はそうなるだろうが」

「丹石流の教えを踏襲《とうしゅう》した新しい剣法を編むべきじゃないかと考えたんですわ。それは我等、弟子達の力では、どもなりませんけえ、ここは先生に是非ともお骨折りいただかねばと思った次第です」

有右衛門も慌てて言い添える。

「新しい剣法か……」

「お考えいただけますかな」

有右衛門は角馬の顔色を窺《うかが》いながら恐る恐る訊《たず》ねた。

「居合はどうする？」

角馬は思い出したように続けた。

「居合は今のままでよろしいんじゃないですかな？」

甚左衛門が応えた。

「いいや、居合も再考の余地があるんじゃないかと拙者は思いますなあ」

有右衛門は甚左衛門を制するように口を挟んだ。

「おぬし、安全ばかりを優先させとるが、剣法はそもそも敵と闘うためにあるもんだが。何んも彼《か》も変える言うんは感心せんのう」

甚左衛門は有右衛門に強い口調で言った。

「そっでも父上。戦国時代ならいざ知らず、今、この国には鉄砲も伝わっとります。何んぼう剣を振り回したかて、鉄砲でずどんとやられた日にゃ、出る幕がありゃしません。白井さんの考えも一理ありますがよ。命を第一に考えるんも今の時世に適《かな》っとるんじゃありませんか」

十八歳の四方左衛門の言葉に甚左衛門は、しばし黙った。

「しばらく時間をくれい……」

角馬はやや嗄《しわが》れた声でそう言った。

「それはもう。先生には存分にお考えいただき、より一層すばらしい丹石流を編んで貰《もら》わにゃなりませんけえ」

有右衛門は鷹揚《おうよう》な口調で応えた。

「いいや。新しい剣法と言うからには、丹石の名は遣わん。わしが一流を起こすんじゃ」

角馬はきっぱりと言い放った。ああ、旦那様は意地になってる、とかのは感じた。それに対し、弟子達がどのような顔になったか、かのにはその場にいなくても易々《やすやす》とわかった。

やれやれ、先生のご気分を損《そこ》ねてしもうた、と居心地の悪い表情でお互いに顔を見合わせたことだろう。

三人がようやく帰ると、書物部屋にはしいんとした静寂が訪れた。しかし、しばらくすると、突然、意味不明の奇声が聞こえた。文机《ふづくえ》を拳《こぶし》でどんどんと殴りつける音もする。かのの胸は冷えた。蒲団《ふとん》の襟をぎゅっと摑《つか》んで、かのは身動きできなかった。しかし、書物部屋の動きに耳だけはそばだった。やがて荒々しい物音が静まると、今度は女のような甲高い嗚咽《おえつ》が始まった。

角馬が泣いている。

それはかのにとって非常な驚きであった。あの角馬が泣いているのだ。

角馬にとって、その夜が丹石流との別れだった。

五

柳生新陰流《やぎゅうしんかげりゅう》を因幡《いなば》・伯耆国《ほうきのくに》に伝えたのは柳生五郎右衛門宗章《ごろうえもんむねあき》であったが、その柳生新陰流の名をさらに高めたのは荒木又右衛門《またえもん》である。

伊賀《いが》上野・鍵屋《かぎや》の辻《つじ》の敵討《あだう》ちは今に伝えられる有名な話であるが、この敵討ちこそ、実は大蔵殿こと池田光仲《みつなか》の父、池田忠雄《ただかつ》と深い因縁があったのである。

皮肉なことに敵討ちの発端となった事件は、大蔵殿の誕生を祝い、備前岡山城下で盆踊りが賑《にぎ》やかに行われていた寛永七年（一六三〇）七月二十一日の夜に起こった。

岡山藩家中で第一の美男と誰しも認める渡辺源太夫《げんだゆう》は、藩士の河合又五郎《かわいまたごろう》から衆道《しゅどう》（男色）の関係を迫られていた。又五郎が自分より年上でもあるゆえ、源太夫はむげに断わることもできなかった。今しばらくお待ち下されと返答を濁していた。又五郎はそれを拒否の意味とは受け取らず、密《ひそ》かにその日を待ち望んでいたらしい。

しかし、又五郎の望みが叶《かな》う前に源太夫は元服の儀を済ませた。又五郎はそれを聞いて激怒した。当時、元服を済ませた者は衆道の相手ができない慣例であった。

又五郎はこれを恨み、源太夫の兄、渡辺数馬《かずま》の留守を狙《ねら》って源太夫の住まいを訪れ、家来三人とともに源太夫に刃《やいば》を振《ふる》った。渡辺家の家来、岩佐作兵衛《いわささくべえ》が駆けつけた時、源太夫は苦しい息の下から「敵は河合又五郎」と告げ、それから静かに息を引き取ったという。

知らせを受けた数馬は、すぐに河合の家に押し掛けたものの、又五郎の父親の河合半《はん》左衛門《ざえもん》は、すでに又五郎を江戸へ逃がした後だった。

大蔵殿の父、池田忠雄はこの事件を知ると怒り心頭に発するという態《てい》になった。なぜなら、半左衛門はかつて、上州高崎藩、安藤家の家臣であった時、同僚の藩士を斬《き》って藩を逃げ出し、途中、行列をしていた忠雄に縋《すが》ったという経緯があったからだ。

又五郎が親と同じ行ないをしたということは因縁でもあろうか。当時、安藤家からは半左衛門を引き渡せと掛け合いが厳しかった。しかし、忠雄は、それでは武士の面目が立たぬとばかり、半左衛門に扶持《ふち》を与えて岡山藩で抱えたのである。その息子である又五郎が恩を忘れ、しかも、よこしまな理由で同僚を斬るなど言語道断であった。

忠雄の怒りにさらに油を注いだのは、翌年、又五郎がかつて父親が仕えていた安藤家に匿《かくま》われていたことだった。忠雄は安藤家に又五郎の引き渡しを申し入れた。安藤家は半左衛門の身柄を引き渡すことを交換条件に呈示した。

相手の言い分はもっともなことであるゆえ、忠雄はそれを承知した。ところが、引き渡して間もなく、半左衛門は安藤家の家臣を斬って逐電してしまった。これにより池田家に又五郎を引き渡す約束は反故《ほご》となった。

又五郎を引き渡せ、いや、渡さぬ。ここまでくると池田家と安藤家の意地の張り合いへと発展してしまったのだ。

寛永九年（一六三二）四月三日。忠雄は三十一歳の若さで急死した。忠雄は臨終間際、家老荒尾志摩守《しまのかみ》に、「たとい、備前一国を召し上げられようとも、又五郎の問題にけりをつけよ」と、命じたという。

半左衛門は忠雄の正室の祖父、蜂須賀蓬庵《はちすかほうあん》（阿波《あわ》徳島藩隠居）に命を奪われた。ひと筋縄ではゆかぬ半左衛門を、蓬庵は蜂須賀家で預かるという名目で船に乗せ、その途中で殺したのである。蓬庵も孫娘の婿《むこ》の無念を十分に理解していたものであろう。

さて、幕府は再三の池田家の申し立てに応《こた》えて、とうとう、いかなる藩も又五郎を匿ってはならぬという沙汰《さた》を下した。

又五郎が旅に出ると、源太夫の兄、渡辺数馬もまた、敵討ちの旅に出ることとなった。

数馬は家来の岩佐作兵衛を連れて出たが、作兵衛が旅の途中で病死すると、大和郡山《こおりやま》藩の荒木又右衛門を訪ね、助太刀を懇願した。

荒木又右衛門は数馬の姉婿に当たった。又右衛門は助太刀することを承知し、寛永十年（一六三三）に藩を辞した。

そして、寛永十一年（一六三四）十一月七日。伊賀上野・鍵屋の辻で三刻《さんとき》（六時間）もの死闘の末、ようやく本懐を遂《と》げたのである。

敵討ちの成功と又右衛門が新陰流を学んだということが、因幡国で、いやが上にも新陰流の評判を高くしたものと思われる。

深尾角馬は、荒木又右衛門が警護の役人につき添われて城下を凱旋《がいせん》した様子を朧気《おぼろげ》ながら覚えているという。

「荒木又右衛門殿はやはりお強そうに見えましたかな？」

かのは興味深い顔で角馬に訊《き》いた。

荒木又右衛門の菩提寺《ぼだいじ》である玄忠寺《げんちゅうじ》の話になった時、角馬が「わしは、子供の頃に荒木又右衛門をこの目で見とるんじゃ」と、ふと思い出すように呟《つぶや》いたからだ。玄忠寺でも境内に牡丹《ぼたん》の花が植えられていた。話は牡丹のことから始まったと思う。無口な角馬もお喋《しゃべ》りのかのの影響で、この頃は、ずい分話をするようになった。

「そうじゃのう……本懐を遂げたせいで、見物する人が掌《て》を打って、偉いもんじゃ、大したもんじゃと褒めそやすけえ、何やら居心地悪そうな顔をしとった。傍にいた渡辺数馬は男前じゃったな」

「そら、源太夫殿が備前の御家中では美男の誉れ高いお人でしたけえ、その兄様だって男前でいらっしゃったのでしょうなあ」

かのがそう言うと、角馬は黙った。かのは余計なことを喋ってしまったとすぐに後悔した。

「男は顔じゃないけえ……」

角馬は独り言のように呟いた。

「さようでございます」

かのは慌《あわ》てて相槌《あいづち》を打った。

「背丈でもないけえ」

「……」

かのは何んと言ってよいのかわからなかった。短躯《たんく》の角馬を慰める言葉はすぐには見つからなかった。

「荒木又右衛門は鍵屋の辻で又五郎を仕留めるのに三刻も掛かったということだが。わしなら、さほどに手間は掛けん。これは又右衛門が大した腕ではないからだと、わしは思っとる」

反骨の虫が角馬にそんなことを言わせた。

かのはふっと笑った。

「又五郎という人は、剣はお強かったんですかな」

「さあて、それはわからん。男の尻《しり》を追い掛けるような下衆《げす》な野郎が剣法の達人では、わしは情けのうて稽古《けいこ》するにも嫌気《いやけ》が差すわな」

「それもそうですなあ」

「荒木又右衛門がこの城下に辿《たど》り着いて十八日目に頓死《とんし》したというんも解《げ》せん話よ。これは又右衛門が仕えていた大和郡山の松平家が又右衛門を返せ返せとうるさいんで、死んだということにしたのかも知れん」

「お武家の世界は色々、難しいもんですなあ」

家の中が暗みを増し、外は時雨《しぐれ》が通った。

牡丹の樹《き》が時雨に打たれてさわさわと揺れていた。

「年が明けたら、わしは大蔵殿の伴をして江戸に行かんならん」

角馬は庭へ眼を向けながら低い声で言った。

来年一年間は大蔵殿も江戸暮らしをすることになる。

「かのは一人でこの家を守れるんか」

角馬は振り向いてかのを見たが、その視線は帯の辺りに注がれた。かのが子を孕《はら》んだのを告げたのは、ほんの十日ばかり前のことである。

「実家に戻りたくても母上は剃髪《ていはつ》されてお寺におりんさるし、妹達も親戚《しんせき》の家におりますけえ、わたくしの帰る所はありません。旦那様、どうぞ、この家に置いてつかんせえ」

かのは切羽詰まったような顔で頭を下げた。

「女中を一人、雇うてやるか。そうすりゃ、安心だし、色々家の中のことも助けになるじゃろ」

「そんな贅沢《ぜいたく》な」

「なあに、それぐらい訳もないことだが」

「ありがとうございます」

「かの、男の子を産めよ」

「…………」

「わしの跡継ぎじゃ。雖井蛙《せいあ》流を後世に伝えて貰《もら》うんだ」

「雖井蛙流？」

かのは怪訝《けげん》な表情で角馬を見た。

「そうじゃ。わしが丹石流を返上して一流を起こすという話、かのも薄々、知っておろうが」

「は、はい。それが雖井蛙流になるんですか」

「そうじゃ。井の中の蛙《かわず》といえども大海を知るべけんや、の謂《いい》よ。井蛙の上に雖《いえども》の一字を置くが、その一字は読まん。字面《じづら》で解釈させるんだが」

「……」

何んという人を喰った流儀名だろう。かのは呆気《あっけ》に取られた。「井蛙」が角馬の号であることは以前に教えて貰った。しかし、それを流儀の名にするとは思いも寄らなかった。

「それで、剣法の細かいこともお決めになりんさったんですか」

「いいや、まだだ。他流のいい所を全部いただいての、水も洩《も》らさぬ完璧《かんぺき》な流儀を打ち立てるんだ。江戸行きがよい機会じゃて。江戸で、お務めの合間に伝書を編むつもりよ」

角馬は熱っぽい口吻《こうふん》でそう言った。剣法のことより、かのは庭の牡丹のことが心配だった。

「旦那《だんな》様、お留守の時に牡丹の世話はどうしたらええんですか。わたくしだけでは手に余りますけえ」

「なあに、お国許《くにもと》を出るのは三月だけえ、わしがそれまで、しっかり世話をする。その後は残っている弟子の誰かに頼んでおくけえ、心配するな」

「さようですか。それでわたくしも少し安心致しました。何しろ、旦那様の大事な牡丹、枯れさせては申し訳ありませんけえ」

「わしの牡丹はそうそう枯れん。美しいだけじゃのうて、強い花にも仕立てたつもりだ。まあ、仕立てる手間はあれこれ要るがの。剣法の修行と同じだ。手を掛けるほどようなる」

角馬はきっぱりと応えた。それが角馬の剣法と牡丹作りに共通するものだったのだろう。

「牡丹は旦那様が思いを寄せるお方の代わりじゃないかと考えておりましたけえ、剣法に通じるものとお聞きして、初めて得心したような気ィがしますなあ」

かのがそう言うと、角馬は怪訝な眼を向けた。

「牡丹は、わしが思いを寄せるおなごの代わりだと？」

「ええ。花時の牡丹は、まるで美しいおなごが笑《え》んだようではありませんか」

「たとえば、かのは、そのおなごを誰だと思うていたのよ」

「それは……」

かのは言葉に窮して俯《うつむ》いた。

「遠慮せんでもええ。はっきり言え」

「お怒りなさんなや」

かのは上目遣いになって念を押す。

「怒らん。早《はよ》う言え」

「匂《にお》の方《かた》様ではないかと……」

「匂殿？」

角馬はまじまじとかのを見つめ、やがて顎《あご》を上げて哄笑《こうしょう》した。

「何を言うかと思えば……お前はとんでもないことを考えていたんじゃなあ」

角馬は呆《あき》れたような声を上げた。

「確かに匂殿は美しいお方だが、わしは畏《おそ》れ多くも大蔵殿の思い人に懸想《けそう》するほど僭越《せんえつ》な男ではない」

「堪忍《かんにん》してつかんせえ。女の浅知恵ですが」

かのは自分の思い違いに気づくと、慌てて頭を下げた。消え入りたいような気持ちだった。

「そっでも……」

角馬はやや真顔になって牡丹の植え込みに眼をやった。

「かのに改めて言われると、わしも思い当たることがない訳でもない」

「どのようなことでしょうかな」

「昔、父上の朋輩《ほうばい》に大層牡丹の好きな男がおっての、その家に連れて行かれた時に、わしは初めて牡丹の花を見たのよ。何んと、美しい花だろうと、わしは惚《ほう》けたような顔でじっと眺めとった。父上はそんなわしを見て、喜六、お前は剣法以外にさほど趣味もない男だけえ、牡丹が気に入ったんなら、お前もひとつ、庭に植えて育ててみぃと言われたんだ。父上の朋輩はそれを聞いて、自分が色々指南するけえ、やってみんさいと口を挟んだのよ。それでまあ、何んとなく始めたことだが、わが家は父上とわしと、父上の弟子だけの男所帯だったけえ、殺風景なもんだった。牡丹はちょうどいい按配《あんばい》にわが家に潤《うるお》いをもたらしたんよ。まあ、母親のようなもんだな」

「そうですか。牡丹をお母様のように思いなすっていんさったのですか」

かのは感心した声で言った。

「わしは母親の顔は知らん。母親は父上の正式の妻ではなかったらしい。だが、その当時は落ち着かん世の中だったけえ、そんなことも珍しくなかったらしい。わしのこの顔からして、母親が牡丹のようにええおなごであったとは思えんがの、息子の欲目で、そう思いたいだけだが」

角馬は照れたような顔になって低い声で言った。

ったとしても、いつか旦那様がこの花から学ぶ何かがあるはずや」

「牡丹が母親なら、旦那様はこの花から色々学ぶこともあったんでしょうなあ」

「おお、あるとも。じっと見つめていると、間合のことなど、はたと思いつくことがあった」

「いつか、お庭の前を通り掛かった人が、これが噂《うわさ》の深尾紅《くれない》じゃとおっしゃったのを聞いたことがあります。旦那様、うちの牡丹は深尾紅と世間では呼ばれておるんですよ」

かのは少し昂《たかぶ》った声で角馬に教えた。

「そうか。わしの牡丹は深尾紅か。これは嬉《うれ》しいなあ。そうじゃ、わしの牡丹はそんじょそこらの牡丹とは違うもんだし、それはあながち、お世辞でもないだろ」

角馬は無邪気に相好《そうごう》を崩した。

「江戸に牡丹の株をお持ちになりんさるんですか」

かのは、ふと思いついて言った。

「いや。江戸の気候はわしの牡丹に合わん」

「そっでも、江戸にも牡丹はあるでしょうに」

「あんなもん、牡丹の内に入らんわ。ただの赤い花だが」

角馬の牡丹に対する思いは相当に強いものだった。かのはそれ以上何も言わず、庭に眼をやった。今はすっかり葉を落とし、枝ばかりになった牡丹は時雨に打たれて寒そうに佇《たたず》んでいる。かのは花時の大輪《たいりん》の牡丹を易々《やすやす》と脳裏に描くことができる。しかし、牡丹が好きかと己れに問うてみると、はっきりとは答えられなかった。これが竜胆《りんどう》や河原撫子《かわらなでしこ》なら即座に好きと答えられた。だが、牡丹については気軽に好きと言えない。言えない理由は角馬が他の花には眼もくれず牡丹ばかりを丹精するからだ。かのは牡丹に嫉妬《しっと》していたのかも知れない。

六

大蔵殿が参覲交代《さんきんこうたい》する時季は四月と決められていた。四月に江戸入りするためには、三月に城下を出立《しゅったつ》しなければならない。

上方往来と呼ばれる智頭《ちず》街道が参覲交代の道として利用された。城下から用瀬《もちがせ》、智頭、駒帰《こまがえり》を経て志戸坂《しどざか》峠を越え、美作《みまさか》を通り、播磨《はりま》の平福《ひらふく》に通じている。そこから佐用《さよう》、三日月《みかづき》を経て姫路に至る街道である。

さらに兵庫、郡山《こおりやま》、伏見、草津と泊まり継ぎ、浜松、沼津、箱根、小田原を通り、江戸入りをするのである。全行程、百八十里。およそ二十日間。道中の経費は三千両を要した。

大蔵殿は伴の者を六十人ほど引き連れる。

参覲交代はどこの藩でも多額の出費を余儀なくされていたが、鳥取藩もご多分に洩《も》れず、藩の財政の大きな負担となっていた。

深尾角馬は十人番《じゅうにんばん》の一人として同行することになった。十人番は藩の平士以上の者から選ばれる。角馬は、国許《くにもと》では馬廻を仰《おお》せつかる平士分に当たるが、江戸詰めの折には十人番となるのだ。十人番の上には十人番頭がいて、お務めの指図はこの十人番頭がする。江戸藩邸の警護が主たる仕事であった。

江戸詰めの藩士の他に、定詰《じょうづめ》の藩士がいた。常に江戸に住んでお務めする者達である。定詰には御留守御用人《おるすごようにん》、御奏者《ごそうじゃ》、御聞役《おききやく》、奥向《おくむき》役人、各屋敷御留守居がいた。彼等の任期は無期限とされたものの、時に「御国勝手《おくにかって》」と称される藩の事情によって帰国命令が出されるという。

池田家の江戸藩邸は鍛冶橋御門《かじばしごもん》を入った八代洲河岸《やよすがし》にあった。大蔵殿は正室茶々姫との間に綱清《つなきよ》、仲澄《なかずみ》の二人の子息があった。

茶々姫は紀州徳川家、徳川頼宣《よりのぶ》の娘に当たる。頼宣は徳川家康《いえやす》の十男であった。大蔵殿の父親である池田忠雄《ただかつ》の母も家康の次女督《とく》姫である。播磨御前《ごぜん》と呼ばれた有名な女性であった。池田家は将軍家と血縁の濃い家柄なのだ。それゆえ、大蔵殿は御国入りして間もなく、国許に家康とゆかりのある東照宮を勧請造営《かんじょう》した。それは幕府への忠誠心の証《あかし》でもあったが、将軍家との血縁関係を強く誇示したものだった。

大蔵殿は一年ぶりの息子達との再会に胸を躍らせている様子であった。

茶々姫は運の強いお人だと、かのは思う。嫁いで間もなく長男の綱清、次男の仲澄を産んだのだから。角馬はかのに男の子を産めと言ったが、その自信はなかった。むしろ、腹の子は女のような気がしてならない。かのが娘を産んだのなら角馬は意気消沈するのだろうか。

かのは子の誕生を心待ちにするより、不安におののく気持ちの方が強かった。山陰の冬は雪を霏々《ひひ》と降らせた。かのの気持ちの中にも何かが降り積もる。それは倖《しあわ》せよりも悲しみの色合いが強いものに思えて仕方がなかった。

年が明けた正月元旦《がんたん》。かのは角馬とともに、この城下独特の椀《わん》に切り餅《もち》を入れ、その上に青菜、するめ、煎海鼠《いりなまこ》、串鮑《くしあわび》、芋、焼き豆腐、昆布をのせた雑煮で新年を祝った。その後で角馬は弟子達の年始の挨拶《あいさつ》を受けるために道場に出かけた。

お正月だから紋付で出かけてはどうかと、かのは勧めたのだが、それでは稽古《けいこ》ができんと言って、稽古をする時の革袴《かわばかま》に筒袖《つつそで》の上着をつけ、防寒のために綿入れを羽織ったいつもの恰好《かっこう》で角馬は家を出てしまった。お務めは休みでも、剣法の稽古には休みがないということである。

かのは溜《た》め息《いき》をついて雑煮の椀を片付けた。

かのの腹はそれとわかるほどに大きくなった。隣家の堀家の女中のおとらの姉が角馬の家へ通いの女中として来てくれることになった。おとらと同じで大層お喋《しゃべ》りな女である。

かのは他人が家に入ることに鬱陶《うっとう》しいものも覚えるが、角馬が江戸へ行ってしまった後、一人でこの家にいるのは心細い。誰でもいいから傍にいた方がよいと考えるようになった。

おとらの姉はお熊《くま》と言った。虎《とら》と熊の勇ましい名の姉妹であった。

いつもは寺が鳴らす鐘の音と、お城から聞こえる太鼓の音が滲《し》みるように響くこの町も、獅子《しし》舞《ま》いや大黒舞い、播磨《はりま》万歳《まんざい》のお囃子《はやし》が賑《にぎ》やかに聞こえていた。

お正月はいいものだと、かのは腹を摩《さす》りながら外から聞こえるひょうきんな調べに調子を合わせて首を振った。その時、腹の子が何やら、むにゃむにゃと動いた気がした。かのは初めて胎動を感じたのだ。

「ほうか、お前もお正月が好きなのか。母と同じじゃなあ」

かのはふわりと笑い、また腹を摩りながら、外のお囃子に耳を澄ませた。

松の内が過ぎてから、ちょっとした事件があった。大層雪の降る日であった。角馬はお務めの後に道場に向かい、弟子達の稽古を見てから帰宅した。戻って来た角馬の様子がいつもと違って昂《たかぶ》っているようにも感じられた。仔細《しさい》を訊《たず》ねても「何んでもない」と応《こた》えるばかりである。

晩飯の時も食はさほど進まず、すぐに書物部屋に引っ込んでしまった。

だが、しばらくすると石河四方左衛門《いしこよもざえもん》が訪ねてきた。

「四方左衛門さん、旦那《だんな》様に何かあったんですか。戻りんさってから少し様子が違いますんや」

かのは小声で四方左衛門に訊ねた。

「いやあ、今日は先生に大いに驚かされましたがよ」

年が明けて十九歳になった四方左衛門は悪戯《いたずら》っぽい表情で朗らかに笑った。

「何んですの？」

「詳しい話は後ほどゆっくり」

「は、はい」

かのは慌《あわ》てて四方左衛門を書物部屋に促した。茶を運んで二人の話を聞いている内に朧《おぼろげ》気ながら事情は知れた。

角馬はその日、道場の帰りに柳堤を歩いていたところ、欄干橋《らんかん》の橋際《はしぎわ》で大蔵殿の乗り物と出くわしたそうである。角馬の粗末な恰好に伴先《ともさき》の者は「はい、そこを退《の》きやれ」と横柄《おうへい》な態度で角馬を追い払う仕種《しぐさ》をした。角馬は目の前を乗り物が通り過ぎるまで黙っていたが、すぐに、つかつかと乗り物の傍に近寄り、「ただ今、ご家来衆の一人が拙者に向かい、はい、はい、そこを退きやれと言いけるは、大蔵殿のお指図でござりましょうか」と、凜《りん》とした声で訊ねたという。

大蔵殿は乗り物の中から声の主が角馬であることを認めると「真《ま》っ平《ぴら》許したまえ。御《ご》直参《じきさん》の衆へ慮外《りょがい》なことを申した。ただし、余は御用の向きで家老宅に向かう途中ゆえ、帰りて後にくれぐれも注意申しつくるものなり」と応えたという。

「お指図のことでなければご家来衆の非礼を殿がお心に掛ける必要はござらぬ。では」

角馬はそう言って大蔵殿の前を辞したのだった。その様子を、たまたま通り掛かった四方左衛門が見ていたらしい。

かのは僭越《せんえつ》を顧みず大蔵殿に直談判《じかだんぱん》した角馬の勇気よりも、大蔵殿の鷹揚《おうよう》さに感心した。

しかし、四方左衛門は無邪気に「拙者、胸が空《す》くような気持ちになりました」と角馬を持ち上げ、角馬もまんざらでもない顔になった。

「そっでも旦那様、お殿様でしたからそのようなことで済んだと思いますよ。これが癇《かん》の強いご家老様に同じことをされましたんなら、無礼者と一喝されて、えらいことになりましたなあ」

　かのはやんわりと二人に釘《くぎ》を刺した。二人は顔を見合わせた。だが、角馬はすぐに
「相手がたれであれ、わしは心に思うことをまっすぐに言うつもりだ」と応えた。

「それはいっそ、男らしいことでもありましょうが、時と場合によっては逆の結果になることもあるんじゃないでしょうか。どうぞ、旦那様、江戸では短慮を起こさぬように」

　かのは低い声で角馬を窘《たしな》めた。

「奥様はさすがに先生のご気性を呑《の》み込んでおられます。いや、全くごもっとも」

四方左衛門は愉快そうに笑った。だが、角馬はぴりりと頬を引き攣《つ》らせた。

「わしは人から小馬鹿《こばか》にされるんが死ぬほど腹が立つんだ。だが、わしほど小馬鹿にされ続けた男もおらん。それゆえ必死で剣法を修行して人に負けん強い男になろうとして来たんだが。かの、お前はわしの気持ちがわからんのか」

四方左衛門の表情が硬直した。その場をどう取り繕ったらよいのかわからないという様子だった。

「旦那様がわたくしをこの家に迎えたのは、それではどういう意味からでしょうか。父親が乱心して断絶となった家の娘だから妾《めかけ》か女中のつもりで引き受けられたんじゃありませんか？」

「かの、黙らぬか！」

角馬の声が尖《とが》った。四方左衛門は慌てて角馬を制するような仕種になった。だが、かのは自分の言葉に興奮し、酔ったような気持ちになった。言葉が勝手に口を衝《つ》いていた。

「前の奥様はこの家の男衆《おとこし》と深間になりんさって、旦那様に斬られてしまいんさった。旦那様に斬られた奉公人はそれだけではありませんなあ。それはどういうことですか。旦那様こそ奉公人を小馬鹿にしとられるんじゃありませんか」

「出て行け！」

角馬の声が興奮のあまり裏返った。

「これは無体《むたい》なことをおっしゃいますがよ。わたくしに帰る家がないことを承知で旦那様はそう言われるんですか」

かのは怯《ひる》まず続けた。

「奥様、後生ですけえ、もう先生を怒らせることは控えてつかんせえ」

四方左衛門は角馬の前に立ちはだかり、かのを庇《かば》うように言った。

「お殿様はお心の広いお人です。御家中の誰もに暖かい眼を注いでおられます。旦那様は剣法の指南役をされていることで、ひときわ覚えもめでたいことでありますがよ。わたくしの言いたいんは、そんなお殿様に甘えて外出の足を停めさせ、御家来衆の無礼を言いつけた旦那様の狭い心が情けないんですわ。それが雖井蛙《せいあ》流の師範のやることでしょうか」

かのがそう言うと角馬は深い溜め息を洩らした。力んだものはしぼんでいた。

「かのの言う通りだ。わしは頭に血を昇らせて僭越なことをしてしもうた」

角馬は低い声で言うと俯《うつむ》いた。

「先生、先生は間違ってはおられません！」

四方左衛門は慌てて慰める。

「いいや、間違《まちご》うてた。かのはきついおなごだ。まるで面に一本が入ったような気分だが。久しく面を取られたことはないけえ、いや、大層、こたえたわ」

角馬はようやく穏やかな表情になった。

「申し訳ありません。生意気を申しました。堪忍《かんにん》してつかんせえ」

かのは角馬に深々と頭を下げた。不覚の涙がその拍子に落ちた。四方左衛門は不思議なものを見るような視線をかのに向けていた。

「冷えてきました。四方左衛門さん、御酒《ごしゅ》などどうでしょうかな」

かのはその場の気分を変えるように四方左衛門に言った。

「いただきます」

四方左衛門は張り切った声を上げた。

七

大蔵殿と角馬の一件をきっかけに、かのと角馬の間に張られていた垣根のようなものが取り払われ、角馬はかのに対して夫らしい思いやりを示すようにもなった。二人は傍《はた》からは、子の誕生を心待ちにする幸福な夫婦に見えたことだろう。

角馬は丹石流から脱却した一流を起こすことを決め、その流派の名を雖井蛙《せいあ》流平法と定めた。角馬はこれを紙に書きつけて書物部屋に掲げた。かのは、「旦那《だんな》様、平法の平は兵《つわもの》の字を充《あ》てるんじゃないですかな」と訊《たず》ねた。

同じ読み方でも兵法はあるが平法は聞いたことがなかった。角馬が、つい書き誤ったのかと思ったのだ。

角馬はよく気がついたという顔で「かの、これでええんだ」と応《こた》えた。

「甲州の武田家に山本勘助《かんすけ》という武将がおっての、この勘助が『兵法記《へいほうき》』というものを著《あらわ》したんだ。勘助は、兵法は武芸の総合したものを指すと言うとる。つまり、弓を射ること、槍《やり》を突くこと、太刀を遣うこと、馬に乗ることも兵法に入るんじゃ。山本勘助は剣法だけを兵法と言うんは誤りだと書いとるそうだ。しかし、どういう訳か剣法だけが兵法と呼ばれて今日に至っておる。わしはこの機会にそれを改めようと思うて平法にしたんだ。また平法は平生心に通じておると解釈してもええ」

角馬の言葉にかのは深く得心がいった。

「全く旦那様のおっしゃる通りですなあ。雖井蛙流平法、ご立派な、ええお名前になりました。旦那様、本当におめでとうございます」

かのは胸を熱くして角馬に頭を下げた。

「まだ祝いの言葉を貰《もら》うのは早い。これから太刀筋を細かく考えるところだけ」

角馬はそれでも嬉《うれ》しそうに白い歯を見せた。

しかし、後にかのは雖井蛙流の伝書を書き記す役目を引き受けた四方左衛門《よもざえもん》から、山本勘助が著した『兵法記』が偽物《にせもの》であるということを聞かされて大層驚いた。たまたま兵法と平法の話になった時、平法は山本勘助のご本にある言葉だそうですな、とかのが言うと、四方左衛門は苦笑混じりにかのに教えてくれたのだ。

四方左衛門はかのが幾らかでも文字の心得があると知ると、女に言っても仕方がないという顔はせず、差し障《さわ》りのない程度に教えてくれる男だった。

「そっでも、先生の解釈は間違っとらんですけえ、雖井蛙流平法とやるには何んら不都合はないと拙者も思います。伝書に山本勘助を引用するところもありませんけえな」

四方左衛門はさして意に介するふうはなかった。

「旦那様は文字を読んだり書いたりするんは苦手なお人ですけ、四方左衛門さんにはお世話を掛けますがよ」

かのは四方左衛門にねぎらいの言葉を掛けた。角馬は山本勘助の『兵法記』から平法とすることを決めたと言ったが、それは実際に読んだのではなく、誰かから聞いて覚えたものであろう。『兵法記』そのものも果たして目にしているかどうか定かではないと思った。しかし、それを角馬に質《ただ》すことは、かのにはできなかった。角馬の自尊心を傷つけることにもなろう。

四方左衛門は剣法ばかりでなく、頭脳明晰《めいせき》な若者だった。鳥取藩の藩是「文武併進」を実践している数少ない藩士の一人であった。

「いやあ、ここは、学問よりも剣法に優れた者が一目置かれる御家中ですけえ、拙者が読み書きが少しできると言うても、それがどうしたと切り返される始末ですわ。何しろ、大蔵殿からして学問よりも剣法に熱心でありますけえ、家来もそれに倣《なら》うことにもなりますなあ」

四方左衛門は朗らかに笑った。学問はしなくても大蔵殿の人柄はすばらしい。聡明《そうめい》な物言いもするという。かのは大蔵殿が、そのすばらしい資質をどこから学んだものか不思議で仕方がなかった。

かのは、角馬が雖井蛙流平法を新たに起こすと決めたが、丹石流を捨てるという意味ではないとわかると心底、安堵《あんど》した。角馬が咽《むせ》び泣きした夜のことを忘れていなかったからだ。

しかし、弟子達の中には、これから全く違う流儀の剣法を指南されるのかと不安におののいている者もいた。

角馬は弟子達に、丹石流は雖井蛙流の本《もと》、雖井蛙流は丹石流の末《すえ》という捉《とら》え方で伝書を編んでいくと告げた。この時の弟子達の反応は安心と同時に妙に意気消沈したような複雑な表情だったという。

角馬は毎日、雖井蛙流を起こすために諸流を熱心に考慮した。まず一番最初にしなければならないことは、介者《かいしゃ》剣法からの脱却であった。

それはすなわち素肌《すはだ》の剣法であらねばならなかった。

角馬の父、河田理右衛門《りえもん》は丹石流ばかりでなく諸流を学んだ男であり、角馬もまた、去水流、東軍流、卜伝《ぼくでん》流、神道《しんとう》流、新陰流、タイ捨流、岩流、戸田流と、父親に負けずに諸流を修行した。その結果、剣法は一長一短、優れた部分もあれば、隙《すき》をつかれる弱い部分もある。角馬は完璧《かんぺき》な剣法にするべく雖井蛙流を起こすのだと心していた。まさにそれは、井の中の蛙《かわず》と雖《いえど》も大海を知るべけんや、の雖井蛙流平法の名に恥じない剣法でもあった。

城下の雪も消え、弱々しくはあったが春の兆《きざ》しが訪れ始めた夜半のことであった。ひと月後には江戸へ出立《しゅったつ》しなければならない角馬のために、かのは少しずつ旅の仕度を進めていた。襦袢《じゅばん》や下帯を何枚も縫い、手甲《てっこう》、脚絆《きゃはん》も揃《そろ》えて茶の間の隅に並べて置いた。

五月に出産を控えていたかのは、すでに肩で息をするようになっていた。縫い物をするかのに、あまり根《こん》を詰めぬようにと、角馬は優しく注意を与えてくれた。

その夜も、縫い物を終え、戸締まりを確認してからかのは床に就いた。かのは台所の傍の三畳間で寝起きしていたが、書物部屋で寝ている角馬が近頃、うなされている様子が気になっていた。旦那様は寝ていても剣法のことが頭から離れないのだと、いじらしいような、不憫《ふびん》なような気持ちでいた。

書物部屋から突然、奇声が聞こえ、かのは思わず眼を覚ました。

角馬はその後で「南無妙法蓮華経《なむみょうほうれんげきょう》、南無妙法蓮華経」と法華経《ほけきょう》の題目を低く唱えた。角馬は襖《ふすま》を開けて足音高く自分の部屋にやって来る様子だった。かのは蒲団《ふとん》の上に起き上がり、膝《ひざ》を揃えて座った。

「かの、かの」

昂《たかぶ》った声がかのを呼んだ。

「は、はい。旦那様、悪い夢でも見られましたか」

「いかにも、わしは夢を見ておったが、それは悪い夢とは違う。夢の中に摩利支天《まりしてん》の神さんが現れおったんだ」

「…………」

子供のように興奮している角馬にどう言葉を掛けてよいかわからず、かのは行灯《あんどん》に灯《ひ》をともした。摩利支天とは武士の守り神のことだった。どのような姿をしているものか、かのには想像すらできない。

「それで、摩利支天の神様は旦那様に何かお授けなさったんかな」

「おお、いかにも。摩利支天はわしに夢想驪龍剣《むそうりりゆうけん》を伝授してござれた……」

「夢想驪龍剣……」

およそ剣法の技とは思えず、かのには荒唐無稽《こうとうむけい》な芝居の一幕のようにも感じられた。

八

角馬は雖井蛙《せいあ》流平法を起こすにあたり、まず基本の組太刀五本を諸流から選んだ。これを「五乱太刀《ごらんたち》の分《わけ》」という。

すなわち五乱太刀の分の「錫杖《しやくじよう》」は去水流の「流水《りゆうすい》の位《くらい》」から取ったものであり、「稲妻」は東軍流の「微塵《みじん》」から、「曲龍《きよくりゆう》」は神道《しんとう》流の「埋木《うもれぎ》」、「碪《きぬた》」は卜伝《ぼくでん》流の「一《いち》の太刀《たち》」、そして「高浪《たかなみ》」は新陰流の「釣曲《ちようきよく》」から取り入れたものだった。この中には皮肉なことに丹石流から取り入れた技はなかった。

かのは雖井蛙流の詳しい内容を角馬や四方左衛門《よもざえもん》に教えて貰《もら》った訳では、もちろんない。

ただ、角馬の許《もと》へ四方左衛門や甚左衛門《じんざえもん》、白井有右衛門《ありえもん》が訪れて雖井蛙流のあれこれを相談しているのを聞いている内、自然にその技の名を覚えてしまったのだ。

角馬は弟子に口伝《くでん》で技を伝授しているようだ。

従って目録というものも与えない。四方左衛門に書かせる伝書は、直弟子がさらにその弟子へ伝える時の、あくまでも「覚《おぼ》え」の意味であるらしい。秘密めいたやり方は、かのに雖井蛙流というものへの畏《おそ》れを抱かせた。

そしてまた、技の一つ一つにつけられた名は極めて魅力的にかのの耳に響いた。技の名は角馬の無骨な風貌《ふうぼう》から似ても似つかない詩的な要素を含んでいるのだった。

こうして雖井蛙流平法の第一の巻、「夢想萬勝《むそうばんしよう》の巻《まき》」の骨法ができ上がったのは大蔵殿の伴をして江戸へ出立《しゆつたつ》する、ほんの数日前のことだった。

雖井蛙流の技の特徴の一つは切り落としにあった。相討ちでありながら敵の剣を殺して勝ちを制するのが切り落としで、手の内、間合、呼吸が重要な要素である。また、擦《す》り上げ、擦り込みの技も応用の点で重要だった。刃《やいば》を上にして物打ちの鎬《しのぎ》で擦り上げる技は手の内が柔らかくないとできないものだった。しかし言うは易《やす》く、行なうは難《かた》しで、雖井蛙流平法の技が弟子達に定着するには、なお、長い時間を要したのだった。

五乱太刀の分は諸流から選んだものであったが、その後に続く三曲太刀《さんきよく》の分、小太刀《こだち》十斬《じゆうざん》においても岩流の「女郎花《おみなえし》」、柳生流《やぎゆう》の「水月《すいげつ》の位《くらい》」、戸田流の「鷲《わし》の切羽《きりは》」、新陰流の「二刀術」、念阿弥流《ねんあみ》の「北窓《きたまど》」、タイ捨流の「封手剣《ふうしゆ》」、「香明剣《こうみよう》」等が組み込まれていた。つまり雖井蛙流を修めれば、剣法の技は事足りるという考え方であった。

雖井蛙流の組太刀の根本は「尺不足剣幷失刀五術《しやくふそくけんならびにしつとうごじゆつ》」であるという。尺不足剣とは一尺四寸より七寸五分に至る刀のことで、普通、刀とは二尺以上のものを指す。二尺以下は脇差《わきざし》となった。脇差は文字通り予備のために携帯するものだが、雖井蛙流はこの脇差の長さの刀を主として遣い、また失刀とは無刀のことを言う。

「失刀の埋木に小太刀をもたせるが鉄釘《てってい》にして、小太刀を長剣と替えたるが錫杖なり」と角馬は語る。さらに「五術を十斬となし、十斬の二条を一に合わせて五乱の組太刀となる」と述べる。よく聞いておかなければ、はなはだ混乱する組太刀の纏《まと》められ方であった。

万治四年（一六六一）、三月十五日。大蔵殿を筆頭とする因幡《いなば》・伯耆国《ほうきのくに》、池田家の大名行列は鳥取城を出発した。智頭《ちず》街道の沿道は見送る人々で立錐《りっすい》の余地もなかった。

かのも大きな腹を抱えて智頭街道にお熊《くま》とともに見送りに出た。従者が担《かつ》ぐ挟み箱には、丸に揚羽蝶《あげはちょう》の池田家の金紋が鮮やかだった。

「ご新造《しんぞ》さん、ほれ、見んさいな。挟み箱の金紋は並の大名でもよう使われんのだって。うら達のお殿様だけ特に許されておられるんそうな」

太り肉《じし》のお熊は得意そうにかのに教えた。

「そうか。お熊は物知りじゃね」

かのはふっとお熊に笑った。これから、このお熊と毎日顔を突き合わせて暮らすことになるのだ。

「いやあ、ご新造さん、旦那《だんな》様はあすこを歩いておられますぜ。こまい身体《からだ》だけえ、すぐにわかりますがよ」

行列の後方に、一文字笠《がさ》を被《かぶ》った角馬がとことこ歩いていた。同じ恰好《かっこう》では誰が誰やらわからないというのに、短軀《たんく》の角馬だけは一目瞭然《いちもくりょうぜん》であった。

前夜、かのは角馬から子の名前を命名した奉書紙を渡された。それには深尾理《り》右《え》衛門《もん》と書かれていた。角馬の父、河田理右衛門の名から取ったものだ。

「旦那様、申し訳ありませんけど、もしも、生まれたんがおなごだったら、そちらは何んと名前をつけたらよろしいんですかな」

かのは恐る恐る角馬に訊《たず》ねた。角馬は不思議そうにかのを見て「おなごなら名前など何んでもええ」と、にべもなく応《こた》えた。

「名無しでは可哀想《かわいそう》ですけえ、もしもの時のために、そちらの名前も考えといてつかんせえ」

「おなごの名か……」

角馬はつまらなそうに吐息をつくと「おなごは家の中のことをするしか能がないけえ、台所の鍋釜《なべかま》と同じようなもんじゃ。そうじゃ、鍋とでもつけとけ」

「………」

かのは憮然《ぶぜん》とする思いであった。幾ら何んでも武家の娘が鍋とは、あんまりな名であった。

それなら女中のお熊の名の方がまだましというものだ。

「もう少し愛らしい名をつけてつかんせえ」

かのは追い縋《すが》ったが、角馬はうるさそうにして取り合わなかった。娘は角馬にとって子の内に入らぬということだろうか。雖井蛙流を伝える男子がほしいのはわからぬでもなかったが、子の性別は親の思い通りにはならない。かのは角馬に自分自身をも否定された気がした。角馬に夫らしい情愛を感じ始めていただけに、このことはかのにとって衝撃だった。

大名行列は智頭街道を円通寺《えんつうじ》に向けて進んで行く。叶《かのう》の茶屋までは仕来たり通りに進むが、その後は長い道中であるゆえ、普通の行進になる。再び、体裁を繕うのは江戸表に入った時であった。江戸はどんな所だろう。かのは未《いま》だ見たこともない都に思いを馳《は》せた。

ふと、かのは久松山《きゅうしょうざん》のお城に眼を向けた。

城の窓から側室匂《にお》の方《かた》が静かに行列を見送っているような気がした。二人の息子と再会するために心を躍らせている大蔵殿を匂の方はどのような気持ちで見送っているのだろう。

匂の方の心の内は、その時のかのと同じで寂しさと悲しさがないまぜになっていたのではないだろうか。かのはそんな気がしてならなかった。

九

因州・鳥取城下の町は参観《さんきん》交代に利用される智頭《ちず》街道を境にして南北に分けられてい

る。

南側は元大工町《もとだいくまち》、片原町《かたはらちょう》、若桜《わかさ》町、鍛冶《かじ》町、桶屋《おけや》町、二階《にかい》町（風呂屋《ふろや》町・檜物屋《ひものや》町）、河崎《かわさき》町、品治《ほんじ》町、寺町等の二十町があり、家数はおよそ五百七十軒。

一方北側は豆腐《とうふ》町、下魚《しもうお》町、下片原町、本町（小豆屋《あずきや》町・多門《たもん》町）、三軒屋《さんげんや》町、茶町、材木町、元鋳物師《もといもじ》町、新鋳物師町、大森町、玄忠寺《げんちゅうじ》横町（下横町）等の二十町。家数、およそ五百軒があった。

合わせて四十町の町数は江戸中期以降は「鳥取四十八町」と言われるまで拡《ひろ》がることになる。城下は二人の町奉行が監督し、町人から選ばれた町年寄、町代《ちょうだい》、目代《もくだい》の町役人が町奉行を補佐する形で町の取り締りが行われていた。

町役人は決められた御用日に本町一丁目にあった町会所に詰めて公務を執った。

町人は年貢《ねんぐ》を免除されていたが、住んでいる家の間口によって町役が与えられている。各町の経済力にも差があるため、町役も四等級に分けられていた。

城下は他国に比べ大火と洪水、地震等の災害が著しく多い所であった。一旦《いったん》、事が起これば、その収拾が容易につかない。土木工事の町役を与えられている町は、自分の家のことはさておいても城下の復旧に努めなければならなかった。それに対して異を唱える町人はほとんどいなかった。皆、当たり前のこととして黙々と仕事に従事した。大蔵殿のため、ひいてはうらが町のためだった。

大蔵殿は家臣や領民だけに辛抱を強いる藩主ではなかった。自身も謙虚に日々を暮らす姿勢をとった。それが城下の人々にも反映しているのだろう。

大蔵殿が江戸藩邸にいた折、御城坊主《おしろぼうず》を招き、江戸城内の様々な仕来たりを聞くことがあった。話が将軍の平日の食膳《しょくぜん》に及んで、三汁八菜がもっぱらであると知って大蔵殿は大層驚いた。それまで大蔵殿も三汁八菜を用いて何ら疑いを持たなかったからだ。上様が三汁八菜ならば、西国の外様《とざま》大名の身分が同じ品数ではあいすまぬ。俄《にわか》に日々の食膳を二汁五菜に改めたという。そういう話をかのは夫である深尾角馬から度々聞かされていた。

大蔵殿が将軍家に服従を誓う心も甚《はなは》だ大であり、起居も幕府の方位を背にすることはなかった。

ある時、大蔵殿は賀露《かろ》の海に舟遊びをする機会があった。その時、同乗した水夫《かこ》が網で鮭を捕獲した。さっそく料理番がその夜の膳に供しようとしたところ、大蔵殿はふと、上様は初鮭をすでに召し上がっただろうかと周りの者に訊《たず》ねた。周りの者は心許《こころもと》ない顔で小首を傾《かし》げた。

大蔵殿はその様子から俄に不安を覚え、もしも上様が未《いま》だ初鮭を召し上がっておられぬならば、それより先に余が口にすることは畏《おそ》れ多い、その鮭は口にせずと言われたという。

このように天性の美徳を備えた大蔵殿であるが、惜しむらくは学問をしないことだった。戦国の気風が色濃く残る世の中に生まれ、しかも実の父親は幼少の時に亡《な》くなっている。

大蔵殿の教育の実際は生母三保姫《みほ》（阿波《あわ》徳島藩・蜂須賀《はちすか》至鎮《よししげ》の娘）と、そのお付きの女中達の手に委《ゆだ》ねられた。大蔵殿が学問に目覚める機会は訪れてこなかったのである。

大蔵殿は自身も父親となった今、深くそれを後悔しているようだった。

また今年も深尾家の庭には絢爛《けんらん》と牡丹《ぼたん》の花が咲いた。かのはそれを感情のない眼で眺める。一番愛《め》でる主《あるじ》がこの家にいないのに、構うことではないというように牡丹は咲く。主の深尾角馬は大蔵殿とともに、その年は江戸詰めであった。

「深尾紅《くれない》」という名が角馬の牡丹に与えられている。庭を通り掛かった人が大袈裟《おおげさ》でもなく褒め上げれば、かのは惜しげもなく二本、三本と切って分け与えた。

切り花にした牡丹は急速に水を吸い上げ、蕾《つぼみ》を開かせ、またたく間に散ってしまう宿命《さだめ》だが、それでも何日かは人の目を喜ばせる。

牡丹の世話を命じられた角馬の弟子がそれに気づいて「せっかくええ形で咲いとるのに、切ってしまってはもったいないですが」と文句を言った。

「旦那《だんな》様は江戸詰めですけえ、別に構わんでしょう。岩坪《いわつぼ》さんがお世話して下さるけえ、来年、また牡丹は咲きますでしょう」

かのはせり出した腹を摩《さす》りながら言った。

「奥様は牡丹が嫌いですかな？」

弟子の岩坪勘太夫《かんだゆう》が怪訝《けげん》な顔で訊《き》いた。四十五歳の勘太夫は角馬よりかなり年上である。

自分の家の庭にも多くの花や樹木を植えているという。この度は江戸詰めの仰《おお》せがなかったことで、角馬から牡丹の世話を任せられたのだ。勘太夫は毎日、嬉々《きき》として深尾家に通って来ていた。

「そうですね。わたくしはこのような仰々しい花はあまり好かんですなあ。河原撫子《かわらなでしこ》の方がずっと好《この》ましい。ぱあっと咲いて、ぱあっと散るなら、桜の方が潔《いさぎよ》い。同じ紅《あか》い花なら椿《つばき》の方が愛らしいし、風情《ふぜい》があってええですなあ」

かのは勘太夫を前にして素直な感想を言った。角馬には言えなかった言葉である。しかし、言ってしまってから、かのは居心地の悪い思いも感じた。牡丹と角馬が二重写しに見えていなければ、かのも牡丹をいっとう好きと言えたはずである。

「奥様は、ちいそうて愛らしい花がお好きなんですなあ。しかし、武将と称された人に牡丹好きは存外に多いもんですけ。先生も最初はそれにあやかって牡丹を丹精される気ィになられたんでしょうが、今じゃ、ぞっこん牡丹に惚《ほ》れとります。わしも牡丹の世話をするようになって、先生のお気持ちがよっくわかりましたがよ」

勘太夫はかのの気持ちなど意に介するふうもなく穏やかな表情で言った。

「旦那様は牡丹のどこに魅《ひ》かれているのか」と岩坪勘太夫さんは思いんさるかな？」

かのはためしに訊いてみた。庭にいる岩坪勘太夫は思いんさるかな？」

「そりゃま、この色でしょうなあ。それに豪華さが何んとも言えませんけえ」と応《こた》えた。

およそ七、八寸の大きな花は確かに他の花々を圧倒する。

「ことに先生の牡丹の色は他に見掛けることがないほど艶《あで》やかですわ。深尾紅と讃《たた》えられるゆえんですなあ」

勘太夫は惚れ惚れした様子で続けた。牡丹の色は他のどのような紅い花とも違うと、かのも思う。他にたとえられない色だから牡丹色とわざわざ言うのかも知れない。

一年前のかのは、この牡丹に魅了された。しかし、今ではその時と同じ気持ちにはなれない。

もしも生まれた子が女ならば、どのような名にするのかと江戸に発《た》つ前にかのは角馬に訊ねた。角馬は娘の名など頓着《とんちゃく》してはいなかった。

角馬はただただ男子が欲しいのだ。自分の興《おこ》した剣法の雖井蛙《せいあ》流平法を引き継ぐ者として。おなごは台所の鍋釜《なべかま》と同じようなものだから、名前も鍋でよいと、にべもなく応えた。

かのはその時から角馬に対して言い知れない憎しみを覚えるようになった。それと同時に角馬が丹精する牡丹にも愛情が持てなくなったのだ。夜半にふと目覚めて庭を眺めた時、思い切って庭中に咲いている牡丹をすべてなぎ倒したら、どれほど胸がすっとするだろうと思った。実際、庭に出て拳《こぶし》で牡丹の一つ二つを小突いたことがある。存外に重い手ごたえを感じて、かのは思わず手を引っ込めた。

牡丹は、かのの狼藉《ろうぜき》に花びら一つこぼさなかった。そのしたたかさが憎い。早く花時が終わらないかと、そればかりを考えた。

夢の中に、しばしば庭土を埋め尽くすほど花びらをこぼした牡丹が出てきた。驚いて目を覚まし、慌《あわ》てて庭を見るのだけれど、いつも牡丹は凛《りん》と咲いていた。かのはほっとすると同時に深い落胆を感じたものである。

だが、牡丹はいつの間にか散った。岩坪勘太夫が癇性《かんしょう》に掃除をするので無残な牡丹がかのの目に触れることはあまりなかった。

十

陰暦五月五日の端午《たんご》の節句に、鳥取城下では独特の風習があった。幟邌《のぼりね》りである。

鳥取城の内堀の堀端を城下の人々は桜の馬場と呼んでいた。

今は備前岡山藩の藩主である池田光政《みつまさ》が因幡《いなば》・伯耆国《ほうきのくに》の藩主であった時、この堀端の通りを拡張して桜の樹《き》を植えたことからこの名がある。内堀には擬宝珠橋《ぎぼしばし》が架かり、中《なか》の御門《ごもん》を経て大蔵殿の居館に通じている。擬宝珠橋から少し北西に宝珠橋《ほうじゅ》があり、こちらは鳥取城の通用門である北の御門へ通じていた。

幟邌りには、桜の馬場へ武士が集まり、そこから家老屋敷門前、町奉行所前へと馬で駆け抜けるのである。

迎え討つのは十歳以上の町人達である。城下の町々から鹿野《しかの》街道や江崎《えざき》の総門に集まる。

皆、玉襷《たまだすき》に着物の裾《すそ》を尻絡《しりから》げして、菖蒲《しょうぶ》を挟んだ鉢巻きを締めている。手には竹や木刀を携《たずさ》えていた。

合図の法螺貝《ほらがい》が鳴り響くと、馬が走り出す。町人達は「よいよい、わあわあ」と歓声を上げながら馬を追い掛けるのだ。

まさに町人の若者と騎馬の武士の威嚇《いかく》合戦であった。質実剛健を貴ぶ城下にあって、年の行事や祭礼は格別派手なものではなかったが幟邌りばかりは別だった。

日頃のうっぷんを晴らすべく町人は騎馬の武士を追い掛ける。驚いた馬が倒れるやら、落馬する者が出るやらで、見物する者はどっと笑い、大騒ぎとなるのだ。大蔵殿も在国の時はこの行事を大層楽しみにしていた。怪我人《けがにん》が出ることもあり、甚だ危険を伴うものでもあったが、大蔵殿は幟遂りをやめよと命じたことはなかった。

大蔵殿は戦国時代の合戦の様子を幟遂りに偲《しの》んでいるのだろうかと、かのは思うこともあった。

その年の幟遂りは汗ばむほどの陽射《ひざ》しの中で行われた。かのは女中のお熊《くま》を伴って桜の馬場まで出かけた。興奮した人々にかのが押し倒されることをお熊は心配して、顔見知りの油屋に声を掛け、軒先からそっと見物させて貰《もら》うことにした。ふと、お城の方に視線を向ければ、二の丸の辺りに毛氈《もうせん》の緋《ひ》の色が見えた。大蔵殿の側室、匂《にお》の方《かた》も幟遂りを見物している様子だった。

人垣のできた後ろからでは見物も十分とはいかなかったが、それでも賑《にぎ》やかさは伝わってくる。かのの腹の子も興奮して、しきりに内腹を蹴《け》った。その様子から、もしや男の子ではなかろうかと思うこともあったが、世話をして貰っている産婆《さんば》は、かのの腹の形から女の子と予想した。

陣笠《じんがさ》を被《かぶ》った騎馬装束の武士が目の前を駆け抜けて行く。その後ろを血気盛んな町人の若者が追い掛ける。

馬に乗る者と乗らぬ者。その間には身分という結界があるのだった。

「うらの末っ子も幟遚りに出るんじゃゆうて、えろう駄々をこねましてな。それを宥《なだ》めるのに昨夜は大騒ぎでしたで」

お熊はかのの横でそんなことを言った。お熊の下の息子はまだ九歳だから幟遚りに出るには年が不足だった。

「来年は黙っとっても出られるけえ、了簡《りょうけん》させたんやな?」

「そうですが。じゃけど、来年は来年でまた心配ですなあ。うらの近所にいる大工の息子は、去年の幟遚りで腕を折ったそうだが。それを聞いて、うらはもう今から心配で心配で」

「因州の男はこうと思うたことは容易に曲げりゃせんけ、お熊が何んぼう言うても坊《ぼう》は言うことを聞かんでしょうなあ」

「そうですが。奥様のお子は女の子がええですけ」

「そっでも旦那《だんな》様は何が何んでも男の子を産めっちゅうて江戸へ行きんさったんよ」

かのは溜《た》め息《いき》混じりに言った。

「これぱっかりはどうもなりませんけえ。生まれる子ォが男か女かは神さんしか知らんですけ。たとえ旦那様でも思う通りにはなりませんわいな」

お熊はかのの気持ちを知ってか知らずか、あっさりと切り捨てる。体格もいいが、性格も太っ腹な女である。かのはそんなお熊の話を聞いている内、何やら気持ちが楽になった。

「あれ奥様、見んさいや。あそこにいる小僧、あんなこまい身体《からだ》をしくさっとるのに馬を追い掛けてますぜ」

甲高い声で言ったお熊にかのも首を伸ばすと、利《き》かん気な顔をした少年が果敢に竹の棒で前を行く馬を小突いていた。騎乗しているのは二十歳ほどの武士であったが、お熊の息子とさほど変わらない少年に大層往生している様子だった。武士は後ろを振り向き、盛んに鞭《むち》で少年を威嚇するが、少年は、それをものともせず、攻撃の手を緩めなかった。

突然、その武士の乗った馬が前足を上げた。

そして見物の人々の方へ寄って来た。見物人は慌《あわ》てて左右に逃れたが、油屋の店先にいたかのはどうすることもできなかった。馬はかのの目の前でまた前足を上げた。踏み潰《つぶ》されると恐怖を感じた瞬間、かのは襟首を摑《つか》まれて後ろに引っ張られた。お熊が危険を感じてかのを土間口の奥へ引き寄せたのだ。かのはその拍子に体勢を失い、土間に尻《しり》餅《もち》をついた。その時、こつんと何かが落ちたような気がした。いや、今までそこにあったものが急に下へ移動したような妙な感覚に襲われた。

若い武士は手綱を引き締め、すぐさま馬の首を進行方向に向けると、その場から走り去った。武士は「えい、埒《らち》もねェ」と捨て台詞《ぜりふ》を吐いて、いかにもいまいましそうだった。

「大丈夫だったかな、奥様。えらい目に遭《あ》わせて申し訳ありませんなあ。堪忍《かんにん》してつかんせえよ」

お熊は済まない顔でかのに詫《わ》びた。

「大丈夫ですけ、お熊。心配しないで」

そう言って立ち上がったかのだったが、太股《ふともも》の裏側に小水を洩《も》らしたような感じを覚えた。そっと指でなぞると、白い粘液の中に赤い血が見えた。どきりとした。

「お熊、家に戻りましょう。おしるしが来たみたいだけえ……」

かのは努めて落ち着いた声でお熊に言った。

「え、ほんとかな？　こりゃえらいこった。奥様、歩けるかな？」

「ちょっと無理のような気ィもするけえ、お熊、駕籠《かご》を呼んで貰えんか」

「は、はい」

お熊は慌てて通りに出て行った。

「ご新造《しんぞ》さん、ほんとに大丈夫ですか？」

油屋の女房は店の床几《しょうぎ》にかのを座らせて眉根《まゆね》を寄せた。油屋という商売柄のせいか、顔までつるつると光って見える。三十五、六にもなるようだが小皺《こじわ》一つない女だった。

「まだまだ時間は掛かりますけえ、途中で出てくることもありゃせんやろ」

かのは冗談混じりに応えた。下腹にちくちくと針で刺したような痛みがきている。本当の陣痛はそのようなものではないと聞いていたから、かのはまだしも冷静でいられた。

「お熊さんも子供を産んだことがあるくせして、こんなお腹《なか》の大きくなったご新造さんをお連れして……」

油屋の女房はお熊を詰《なじ》るような口調になった。

「お熊は悪くないですけえ、わたくしが見たいとせがんだんですけ」

「なあに、自分も見たかったんですって。お屋敷におっては退屈だし、勝手仕事もせにゃならんし。それよか外に出た方が暇潰しにもなりますけえな」

「……」

「奥様、駕籠が来ましたけえ。早《はよ》う乗ってつかんせえ」

さほど時間を置かず、お熊の声がした。店前に駕籠が横付けされた。

「ありがとう存じます。お世話掛けましたなあ」

かのは油屋の女房に礼を言った。

「なあに。ええ子を産むように、うらも神さんに願掛けしますけえ」

かのは、そう応《こた》えた女房に目顔で肯《うなず》き、駕籠に乗り込んだ。もはや言葉も喋《しゃべ》られないほど身体が重く感じられていた。

駕籠舁《か》きは人気のない所を選んでえいほいと掛け声を入れながら走り、袋川沿いの深尾家に向かった。後ろからお熊が小走りについて来る。

駕籠の中にいても幟邃りの歓声は地鳴りのように聞こえていた。

かのは馬を追い掛けていた少年のことを思い出した。小さい身体で大きな馬の尻を追い角馬は江戸の空の下で臨月の自分のことなど微塵《みじん》も考えることなく、雖井蛙《せいあ》流平法の伝書を編むことに夢中なのだろう。

そう思うとかのの心の中に一抹の寂しさがよぎった。自分は庭の牡丹《ぼたん》ほどにも愛されてはいない、雖井蛙流の剣法ほど大事にされてはいない。かのは自分の存在が取るに足らないものに思えて仕方がなかった。

十一

池田家の江戸藩邸は鍛冶橋御門《かじばしごもん》内の八代洲河岸《やよすがし》にある。松平の称号を与えられている大蔵殿は松平相模守《さがみのかみ》として江戸城大広間詰めであった。八代洲河岸にあるのは上屋敷で、中屋敷は八丁堀にあり、下屋敷は芝金杉《しばかなすぎ》（三田）にあった。大蔵殿は成人するまで芝金杉の下屋敷で育ったので、その界隈《かいわい》には格別の愛着があった。後に次男の仲澄《なかずみ》を分家させる折、その居館が鳥取城の東にあったことから東館と呼ばせ、また三田家とも呼んだのは、幼少の頃の思い出に因《ちな》むものであろう。

八丁堀の中屋敷は上屋敷拡張のため正徳三年（一七一三）には譲渡することとなる。大蔵殿の人柄を家臣の誰もが慕っているとはいえ、藩の勝手元は火の車であり、家臣も暮らしを維持することが困難な状況にあった。

そのため、家臣の俸禄《ほうろく》の配分についても、池田光政《みつまさ》時代には三分七厘《りん》であった物成免《ものなりめん》（税率）を六分と高めた。それは備前岡山藩の三十一万五千石の時と変わらぬものだった。家臣にとって、減俸と同じことになる。

その割合の物成免では暮らしが立ち行かぬという家臣の訴えが続いたため、明暦二年（一六五六）には平《なら》し免となったが、それでも家臣の暮らし向きは相変わらず苦しいものだった。

また、城下が岡山城下と比べて小規模であったことから小禄《しょうろく》の家臣達の居住地問題が藩の悩みの種でもあった。侍屋敷には家老および主な家臣に与えられる拝領屋敷と小禄の家臣に与えられる御貸長屋《おかしながや》があった。

禄高《ろくだか》五百石以上の家臣の住まいは惣堀《そうぼり》（薬研《やげん》堀）内の侍町に配置されているが、その他の家臣は袋川に架けられた若桜《わかさ》橋、智頭《ちず》橋、鹿野《しかの》橋の付近や、湯所《ゆところ》、江崎の侍町に配置されていた。深尾角馬は二百石取りの馬廻《うままわり》であったので袋川の侍町の方に割り当てられたのだ。しかし、住まいが与えられた家臣はまだしも幸運であった。無苗之者《むみょうのもの》と称される足軽、中間《ちゅうげん》等の最下位の家臣にまで住まいが行き届かなかった。

寛永九年（一六三二）から元禄《げんろく》十三年（一七〇〇）までの一般家臣は侍帳（分限帳）によれば四百十八名を数えた。これ等の家臣にそれぞれ住まいを与えるとなると城下の家数の半分にも及ぶ。とてもとてもできない相談だった。池田光政時代に町割をずいぶん拡張したといっても、それでもなお不足があったのだ。そのために、あぶれた家臣は城下近郊の村へ引き籠《こも》らざるを得なかったのである。

大蔵殿の伴をして江戸詰めとなった家臣の中にも翌年に在郷《ざいごう》入りを仄《ほの》めかす者が少なくなかった。

しかし、親戚《しんせき》から餞別《せんべつ》を弾まれて懐《ふところ》に余裕のある者はお務めが終わると吉原《よしわら》等の悪所《あくしょ》に繰り出した。

角馬も何度か誘われたことがあるが、一度たりとも応じたことはない。弟子に対して示しがつかないし、何より雖井《せいあ》蛙流の伝書を編む時間がもったいなかった。身を堅く保ち、冗談も滅多に言わない角馬を、弟子以外の家臣は煙たがり、のけ者にするようなところもあったが、角馬は頓着《とんちゃく》しなかった。

お務めを終えた夜、角馬は石河四方左衛門《いしこよもざえもん》等、弟子達を上屋敷の御長屋の自室に呼んで熱心に雖井蛙流の太刀筋を話して聞かせた。

「先生、夢想萬勝《むそうばんしょう》の巻《まき》っちゅうのは、どがいな意味があるんですかな。一つ、教えてつかんせえ」

高原市兵衛《たかはらいちべえ》という角馬と同じ十人番《じゅうにんばん》に就いている二十五歳の若者が訊いた。

「大太刀、小太刀、無刀、よろずの勝ちを書きたる巻なれば萬勝の巻と言うんだが」

角馬は市兵衛に噛《か》んで含めるように教えた。

「よろずの勝ちですか。これはまた勇ましいもんでござりますなあ。負けは考えられんということですな」

「そうだ」

角馬はあっさりと応《こた》えた。傍《そば》で石河四方左衛門が笑いを堪《こら》える顔で綴《つづ》りに筆で記していた。四方左衛門は小姓《こしょう》組に属し、務め上は角馬より格が上の六百石を給《たまわ》っている。父親の甚左衛門《じんざえもん》とともに角馬の弟子であるが、甚左衛門は隠居してお務めから退《の》いていた。公務のない分、道場の雑務をあれこれと引き受けてくれていた。

「わしはおぬし達もよっく覚えておろうが、子供の頃から様々な剣法を学んだ。しかし、わしの真骨頂は父上から伝授された丹石《たんせき》流と信じとるし、今もその気持ちは変わらん。だが、丹石流が時代に合わんと弟子達の間から聞こえて来るとな、それもそうだと合点《がでん》がいったんだが。それで、新しい剣法を興《おこ》すことにしたんだが、基本はあくまでも丹石流だ。丹石流の余計なものは捨てて、有効なものだけを残す。そしてな、これが肝心なことだが、他流はすべて敵と見なして太刀筋を考えた」

「それでは雖井蛙流を修めれば、どの他流にも勝てるということですかな」

鈴置四郎兵衛《すずおきしろべえ》という御使番を務める弟子が眼を輝かせた。

「その通りだ」

「先生、わかっているところまで詳しゅうご教示願いますけ」

江戸詰めを仰《おお》せつかった家臣の中で一番若い十六歳の白井源太夫《げんだゆう》がつっと膝《ひざ》を進めて言った。源太夫は白井有右衛門《ありえもん》の孫である。

有右衛門と四方左衛門の父親の甚左衛門は角馬の父親である河田理右衛門《りえもん》から丹石流を教えられた弟子であった。角馬が国許《くにもと》を留守にしている間、二人は国許の弟子達に稽《けい》古《こ》をつけていた。

「伝書は夢想萬勝の巻の他に、あと二つの巻を考えておる。だが、ただ一つの太刀を熱心に稽古する以外、格別のことはないけえ、おぬし達もさほど難しく考えることはない。たとえば、雖井蛙流平法は表八本を前後に分け、これを五乱太刀《ごらんたち》の分《わけ》、三曲太刀《さんきょくたち》の分《わけ》と言うんだ」

「前と後ろですか。表と裏ではないんですな」

鈴置四郎兵衛が怪訝《けげん》な顔で訊《き》く。瞬間、角馬はその大きな眼でじろりと鈴置を睨《にら》んだ。

「雖井蛙流平法に表という言葉はない。なぜなら裏もないからだ。わしは裏の太刀という言い方が心底いやだ」

角馬は吐き捨てるように言った。角馬の表情に鈴置は、はっとした顔になり、慌《あわ》てて、

「それでは五乱の乱と三曲の曲とはどがいな意味があるんでしょうか」と、続けた。

「ふん、意味などないわ。五と三の数を言わせるために拵《こしら》えた言葉だけえ。鈴置、あまり詮索《せんさく》するな」

角馬は真顔で言ったのだが、弟子達はそれを冗談と捉《とら》えて低い笑い声が弾《はじ》けた。

「先生はただ一つの太刀筋を熱心に稽古すりゃ、それで事足りると言われましたが、それはどういうことですかな」

白井源太夫が真剣なまなざしで訊いた。何んでも学ぼうという真摯《しんし》なものが源太夫から感じられる。角馬はようやく表情を和らげた。

「雖井蛙流の基本は尺不足剣《しゃくふそくけん》、ならびに失刀《しっとう》（無刀）五術だ。失刀の埋木《うもれぎ》に小太刀を持たせたんが鉄釘《てってい》で、その小太刀を普通の太刀に替えたんが錫杖《しゃくじょう》と言うんだ。が、こう言うても、おぬし等には何が何んだかわからんだろ。稽古して身体《からだ》で一つ一つ覚えて行くしかないのう」

「今はまだはっきりわからんでも、その内にわかるっちゅうことですかな」

源太夫は心細いような表情で訊く。

「そうだ。わしも実はまだ手探りの段階だけえ、焦《あせ》って覚えようとせんでもええ。ただし、雖井蛙流平法の極意は不識剣《ふしきけん》だ。これだけは頭に入れておけ。この技を体得した者

に印可《いんか》を与えることにする」

「不識剣」

弟子達は口々に呟《つぶや》いた。まだ手探りの段階と角馬は言ったが、角馬の頭の中にはその全貌《ぜんぼう》がすでに見えているのだと弟子達は一様に思っている。

「先生、今から気の早い話ですが、不識剣とはどのような技なんか、ちいとだけでもご教示下さらんかな」

四方左衛門は筆を止めて恐る恐る言った。

他の弟子達も興味深い顔で首を伸ばした。

「不識剣とは、落露《らくろ》の妙術を言うんだ」

「らくろ？」

四方左衛門は呑《の》み込めない顔で鸚鵡《おうむ》返しに言った。

「草の葉の先端に朝露が玉となって光っておるのを、おぬし達も目にしたことがあろう。その玉は、すぐさま地面に落ちるかと思いきや、すぐには落ちん。しかし、こっちがよそ見をしている内にいつの間にかぽとりと落ちとる。つまり、この微妙な間《ま》を言うんだ」

角馬がそう言うと弟子達はようやく納得した顔で深く肯《うなず》いた。

「言わば無念無想の境地だな。これは簡単なようで難しいもんだぞ」

「それは心の修行も大いに要《い》ることですなあ」

源太夫は感心した声で言った。

「そうだ、源太夫。剣法は腕だけを頼みにしてはいけん。心も大事なんだ。ようく肝《きも》に銘じて稽古することだ」

「はい。心得ました」

源太夫は殊勝に応えて角馬を喜ばせた。

「落露の妙術は先生の牡丹《ぼたん》から学ばれたことでしょうかなあ」

四方左衛門は訳知り顔になって口を挟んだ。

角馬は「そうかも知れん」と、ふっと笑った。

「今年も豪華に咲いたでしょうなあ」

四方左衛門がそう言うと、角馬はつかの間、遠くを眺める目付きになった。遠い故郷の庭に思いを馳《は》せている様子だった。

「そう言えば、奥様がお子を産みんさるのも、そろそろじゃないですかな」

四方左衛門は突然思い出したように言った。

「そうだのう。わしが来年、国許に戻ったあかつきには、すでに、あちこち這《は》い出しとることだろう。子供の成長は早いけえな。それに比べて剣法の修行は時間が掛かるなあ」

角馬はしみじみした口調で独り言のように呟いた。

「どれ、明日から道場で五乱太刀の分を実際に稽古するとしようか」

角馬はすぐに弟子達に言った。その顔はもう、子供のことなど眼中にない様子だった。

十二

かのは幟遼《のぼりね》りから戻った翌日の未明に女子を出産した。初産《ういざん》にしては軽い方だったと産婆《さんば》は言ったが、かのは出産を終えると泥のように眠りこけた。

予想していたこととは言え、女子の誕生はかのを落胆させた。角馬の意気消沈する顔が見えるようだった。生まれた子も、やはり庭の牡丹《ぼたん》以上に角馬に愛されはしないのだと思うと悲しく、また悔しかった。

女中のお熊《くま》は、そんなかのをいたわるように「なあに、この次は坊《ぼっ》ちゃんを産みんさりゃええんですが。最初はおなごの方が母親の手伝いをするけえ、助かりますよ。ええんじゃ、奥様。これでええんだで」と、言ってくれた。

子供を五人も産んでいるお熊は、さすがに赤ん坊を世話する手際《てぎわ》がいい。

角馬は生まれた子には鍋《なべ》とつけよと言ったが、かのは娘の名をふきとした。ふきは富貴に通じるという意味で。

ふきはあまり手の掛からない子であった。かのの乳を飲んでは眠り、飲んでは眠りした。

網代籠《あじろかご》の中のふきは、まるで人形のようだった。

江戸の角馬の許《もと》にふきの誕生を知らせる手紙を送ったが、返事はついになかった。

袋川は灯籠《とうろう》流しが行われる川でもあった。

お盆の最後である仏送りの夜、袋川の川沿いはたくさんの人出で賑《にぎ》わった。傍で竹や麻殻《あさがら》を燃やすため、辺りは昼間のような明るさである。

かのは生まれてふた月を過ぎたふきを抱いて灯籠流しを眺めた。菓子や西瓜《すいか》を売る露店が出て、朝まで盆踊りも行われる。城下の納涼の行事であった。

ふきはかのの腕の中でおとなしかった。ようやく眼が見えるようになったふきは幻想的な灯籠流しの明かりに見惚《みと》れているようだった。

「お嬢様。木村様のお嬢様ではありませんか」

かのは突然、昔の呼び方をされた。驚いて声のした方を振り向くと、二人の修験者《しゅげんじゃ》(山伏《やまぶし》)が立っていた。その内の一人がかのに声を掛けたのだ。

「どちら様ですかな」

兜巾《ときん》、結袈裟《ゆいげさ》、笈《おい》を背負い、念珠と法螺貝《ほらがい》を持ち、金剛杖《こんごうづえ》を突いた修験者は、お札《ふだ》を配り加持祈禱《きとう》しながら城下を歩いている。恐らく大山《だいせん》辺りからやって来たのだろう。しかし、かのはその顔に見覚えがなかった。

「お忘れですかな。拙者、お父上に仕えておりました戸田瀬左衛門《とだせざえもん》であります」

男はよく響く声で続けた。

「戸田様？」

かのはようやくその顔と名前が一致した。

父の木村夫右衛門《みえもん》の若党を務めていた男だった。背丈は高かったが、線の細い弱々しい若者だった。しかし、目の前の瀬左衛門は修行のせいで、がっしりした体格となり、人相までも変わって見えた。すぐに思い出せなかったのも無理はない。瀬左衛門は木村家が断絶となった時に務めを解かれ、浪人となった。しばらく瀬左衛門の噂《うわさ》を聞いていなかったので、どこか他国で仕官したものと思っていたのだ。

「先に行くで」

連れの修験者が瀬左衛門に声を掛けた。

「すぐに追い掛けますけえ、先に行ってつかんせえ」

瀬左衛門は久しぶりに会ったかのと、まだ話がしたい様子だった。

「お嬢様のお子さんですかな」

瀬左衛門はかのの腕の中のふきを覗《のぞ》き込んで訊《き》いた。

「はい、そうです」

「失礼ながら、どちらにお輿入《こしい》れされましたかな」

「馬廻をしております深尾角馬の家に嫁《とつ》ぎました」

「ほう、あの剣法の師範をされておられる方ですな」

「戸田様はご存じでしたか」

「大層腕の立つお方ですけ、ご城下ばかりでなく、米子《よなご》でも倉吉《くらよし》でも名前は聞こえとります。そうですか、深尾殿の奥様になられましたか」

瀬左衛門は感慨深い様子で言った。灯籠の灯《あか》りに反射して瀬左衛門の眼がきらきらと光って見えた。その眼は角馬とは違う表情をしていると感じた。

「戸田様こそ、法印さんになっていられようとは思いも寄りませんでした」

「はあ……拙者、お務めを退いてから、つくづく侍がいやになったんですが。雀《すずめ》の涙のような禄《ろく》では暮らしも立ちゆきません。よそに仕官するにも、旦那《だんな》様があのようなことでしたので、なかなか思うように参りませんでした」

「申し訳ありませんなあ。戸田様にはえらいご苦労をお掛けして」

かのは心底済まない顔で瀬左衛門に詫《わ》びた。

「お嬢様のせいではありませんけ、お気に掛けることはありゃせんですが」

「それでも……」

「拙者、今の暮らしが気に入っとります。心配されんでもええですけ。時折、山から下りて里の家々を廻り、加持祈禱して歩けば食べるだけは事欠きません。お務めしていた頃の煩《わずら》わしいものもなくなり、拙者の心は常に晴れ晴れとしとります」

「そう言っていただければ、わたくしの気持ちも楽になります」

かのは安心したようにふわりと笑った。

「今更詮《せん》のないことを申しますが、旦那様がまだ息災でおられた頃、拙者にお嬢様の婿《むこ》にならんかとお訊《たず》ねになられたことがありましてな」

「まあ……」

そんな話は初耳だった。

「拙者、旦那様のお言葉が嬉《うれ》しく、その日が来ることを、えろう楽しみにしとりました」

しかし、夫右衛門は乱心して木村家は断絶となった。瀬左衛門の望みは水泡に帰したのだった。

「あの頃はそのような素振りは、ちょっとも見せられませんでしたなあ」

かのは感心した顔で言った。

「そりゃそうです。武士たる者、町家の人間のように、にやけてはおられませんけ」

「まあ、そりゃ、もっともなことですが。それにしても人の運命はわからんもんですがよ。もしも父上にあのようなことがなければ、わたくしは戸田様と祝言《しゅうげん》を挙げとったんでしょうな」

かのは行き違った人生をつくづく考えない訳にはゆかなかった。

「すぐによそに行きんさるのですか」

かのはあまり引き留めては悪いと思いながら、瀬左衛門のことが気になった。

「二、三日はご城下におります。それから備前国の方へ参ります。と申してもすぐにまた、こっちへ戻り、あっちこっちと廻っとるでしょう」

「それならお近くまで来られた時は家の方にも立ち寄ってつかんせえ。ほら、そこの家ですけえ」

かのは自分の家を指し示した。瀬左衛門が立ち寄ったら、米や僅《わず》かな金を与えることができるだろうと思った。

「ありがとうございます。お言葉に甘えて、その時は寄らせて貰《もら》いますけえ」

「本当ですよ」

かのは念を押した。自分のことを心配してくれる人間が家族以外にもいたのかと思うと舞い上がりたいほど嬉しかった。お嬢様という響きも久しく聞かなかったことである。

かのの胸は瀬左衛門に会ったことで思わぬほど昂《たかぶ》っていた。

盆踊りのお囃子《はやし》も、人々の笑い声もかのの耳に弾んで聞こえた。六尺近い瀬左衛門を見上げた時の頼もしさ。短軀《たんく》の角馬を見慣れていたから、なおさらそのように感じたのだろう。ふきが笑った。

（ふき、お前も戸田様が気に入ったんかな。そうじゃ、えらい男前でしたなあ。本当は、この母の連れ合いは、あのお人だったんだそうな。優しい眼で見つめてござれてなあ。ふき、わたくしは、あんな眼で毎日見つめられて暮らしたいんよ。なあ、ふき。お前もそう思うじゃろ？）

かのは胸で呟《つぶや》いた。かのにそう思わせたものは灯籠流しの特別の夜のせいでもなかったろう。かのは心の奥底から夫の情愛が欲しかった。角馬はそれを望んでも応《こた》えてくれる男ではなかった。

袋川沿いは翌朝まで大層な賑わいであった。

十三

因幡《いなば》・伯耆国《ほうきのくに》は修験者が立て籠《こ》もる山が幾つもあった。山に伏すから山伏と呼ばれる彼等は僧位、僧籍を持つ正規の僧侶《そうりょ》ではなかった。しかし、古くから山岳信仰に目覚め、山々の嵐気《らんき》に触れて六根《ろっこん》を清浄《しょうじょう》しようとする。

役小角《えんのおづぬ》が開祖と言われていた。

大山《だいせん》、三徳山《みとくさん》が土地の霊山として知られている。修験者は里に下りて来ると家々を廻って浄財を得ていた。病人を抱える家は修験者に祈禱《きとう》をして貰《もら》うこともあった。医者に見放された病人が祈禱に縋《すが》るのではなく、この時代は医者の手当と祈禱が半々の割合で行われていた。護摩《ごま》を焚《た》き、呪文《じゅもん》を誦《しょう》して祈禱するのである。

鳥取城下でも道で修験者とすれ違うのは珍しいことではなかった。

秋の気配が濃厚となった鳥取城下では紅葉が美しい。

戸田瀬左衛門が深尾家を訪れたのは、そんなある日のことであった。日中は明るい陽射《ひざ》しでも、夕方からひどく冷え込むことが多い。

赤ん坊のふきは風邪を引いて熱を出していた。ふきの具合が悪くなると、かのは徹夜で看病することになる。もう二日も、そんな状態が続いていた。お熊《くま》は心配するかのをよそに、晩飯の仕度を済ませると、さっさと自分の家に帰ってしまう。下の子供にまだ手が掛かるので仕方のないことと思いながら、かのは夜半になると心細かった。

勝手口から験者声《げんざごえ》が聞こえた時、かのは飛び跳ねるようにそちらへ向かった。油障子を開けると、はたして戸田瀬左衛門がそこに立っていた。

仏送りの夜以来、かのはひそかに瀬左衛門の訪問を心待ちにしていた。

「ようお越し下されましたなあ。ささ、むさ苦しい所ですが上がってつかんせえ」

かのは中へ促す。瀬左衛門は僅《わず》かにためらう表情になった。

「深尾殿はご在宅でしょうかな」

「いえ、旦那《だんな》様は江戸詰めですけえ、この家は今、わたくしと娘の二人暮らしです。通いの女中もおりますが、もはや帰りましたんで」

「それならここで結構ですけえ」

誰もいない家に上がり込むのを遠慮して瀬左衛門は言った。

「戸田様にお願いしたいことがあるんですが。娘がえらい熱を出しまして具合を悪うしとります。どうか熱が下がるよう祈禱して下さらんかな」

かのが瀬左衛門を引き留めたのは、ふきのことで頭がいっぱいだったからだ。藁《わら》をも摑《つか》む思いのかのは、誰でもいいから傍にいてほしかった。

瀬左衛門は娘のことを口にしたかのに眉根《まゆね》を寄せ、背負っていた笈《おい》を台所の座敷の隅に下ろした。それからかのに促されて茶の間へ進んだ。

ふきは小さな蒲団《ふとん》に寝かされていた。熱のあるせいで潤《うる》んだような眼をしておとなしくしている。入って来た瀬左衛門に驚き、かぼそい泣き声を立てた。

「医者に診《み》て貰われたかな?」

「はい。薬を飲ませ、頭を冷やせば、じきに熱は下がるとお医者さんは言われましたけど、ちょっとも快方に向かいませんが」

「この部屋はひえびえしますなあ。どうせなら台所の座敷の方が火の気があって暖かいでしょう」

瀬左衛門はそう言うと、蒲団ごと、ひょいとふきを抱え上げ、台所へ運んだ。囲炉裏《いろり》の傍にふきを寝かせると瀬左衛門は炭を掻《か》き立てた。

「湯を沸かして湯気を上げれば喉《のど》の調子もようなります」

「は、はい」

かのは慌《あわ》てて鉄瓶を取り上げると、水瓶《みずがめ》の水を張り、五徳《ごとく》の上にのせた。じゅっと水気の爆《は》ぜる音がした。

「戸田様、祈禱はして貰えませんかな」

かのがそう訊《き》くと、瀬左衛門は苦笑して鼻を鳴らした。

「娘さんは単なる風邪ですよ。熱があるというても、さほど心配するほどのこともないですけ。祈禱よりも、こうして部屋を暖め、湯気を上げてやれば、おっつけ治りますわ。ああ、喉が渇いとるようだけえ、白湯《さゆ》など飲ませてやんなんせえ」

瀬左衛門はてきぱきとかのに指図した。綿に含ませた白湯を、ふきはちゅうちゅうと吸った。瀬左衛門の言葉通り、喉が渇《か》いていたようだ。

「最初の子供ですけえ、何んも彼んも勝手がわからんで、あたふたするばっかりですが。ほんにもう、情けない母親で……」

とろとろと眠気が差してきたふきを眺めながら、かのは自嘲《じちよう》的に言った。

「深尾殿がお傍におられぬゆえ、なおさらでございましょう」

「いいえ、戸田様。うちの旦那様は男の子を産めときつう言うて江戸に行ったんですが。それで、生まれたんが娘で、手紙を送っても返事もありませんだが。わたくしは情けのうて……」

かのは俯《うつむ》いて洟《はな》を啜《すす》った。

「侍は引き継ぐ家のことがありますけえ、深尾殿のお気持ちもわからんでもありませんが、お嬢様に対して、少し情が足りませんなあ」

瀬左衛門はそう言ったが、それは格別角馬を詰《なじ》る響きではなかった。男なんてそんなものだと言っているようだった。

「戸田様は法印さんをしておられますけえ、奥様はお迎えになっておられんのでしょうなあ」

「はあ……」

「幾ら修行のためとはいえ、たまには温《ぬく》い家でゆっくり寛《くつろ》ぎたいとはお思いになりませんか」

かのの問い掛けに瀬左衛門は居心地悪そうに首を傾《かし》げた。

実家では瀬左衛門の他に二人ほど奉公していた者がいた。しかし、厳格な木村夫右衛《みえ》門《もん》は娘達がみだりに瀬左衛門達と口を利《き》くことを禁じていた。食事も別々で、同じ屋敷の中にあっても何日も顔を見ないことがあった。家が断絶になってから早や三年の年月を数えるが、こんなに間近に瀬左衛門と話すのは初めてのことだった。まして、かのの婿《むこ》に迎えられるはずの男だったと知って、かのの気持ちは複雑であった。だが、もうどうすることもできない。かのは深尾角馬の内縁とはいえ妻であり、瀬左衛門は妻帯の許されない修験者だった。

「父上はどうしてあのようになってしまわれたんでしょうなあ。戸田様はお傍におられたから事情をよう知っておられるんでしょう?」

かのは瀬左衛門に茶を淹《い》れると、湯呑《ゆのみ》をそっと差し出した。瀬左衛門は二、三度眼をしばたたいた。

「お嬢様は何んもご存じなかったんですかな」

「ええ。母上も親戚《しんせき》の伯父様も誰もわたくしには教えて下さいませんでした。お前は何んも知らんでええ言うて……」

「そうですか……」

瀬左衛門の言葉に溜《た》め息《いき》が混じった。

「どうぞ、戸田様。教えてつかんせえ」

「たってと、お嬢様がおっしゃるのなら、お話ししてもええですが、ただ、わしも、お嬢様は知らん方がええのじゃないかと思っとります」

「わが父上のことですけえ、娘なら知っていたいと思います」

「そうですか……」

瀬左衛門は短い吐息をつくと観念したように「旦那様は匂《にお》の方様《かた》に懸想《けそう》なされておいでした」と、低い声で言った。

「何んですって！」

驚いたかのの膝《ひざ》が自分の湯呑に当たった。

湯呑は倒れ、薄縁《うすべり》の上に茶が拡《ひろ》がった。

かのは台拭《ふ》きを取り上げようとしたが、それより一瞬早く、瀬左衛門が台拭きでこぼれた茶の痕《あと》を拭《ぬぐ》い、ついでにかのの濡《ぬ》れた前垂れも、そっと拭いた。

「そっで、父上はどうされたんかな」

かのは礼もそこそこに瀬左衛門に話の続きを急《せ》かした。

「旦那様は御殿に上がった折、匂の方様をお見掛けすると、矢も盾もたまらず、匂の方様のお手を取ろうとされたそうです。まあ、その頃からお心持ちは普通でありませんでしたが」

厳格な父からは想像もできないことだった。

城内はさぞや大騒ぎとなったことだろう。

「大蔵殿はお情けのある方でしたから、木村は暑気当たりで具合が悪かったのだろうと大事にはされないご様子でしたが、ご家老様はそれでは済みませぬ。乱心者ということになったんですわ」

「わたくしの目には、父上と母上は仲むつまじい夫婦に見えておりましたが」

かのは重ねた手を擦《こす》り合わせながら言った。

「わが妻と思いを寄せるおなごは別でしょうが」

「………」

「わしは、その頃から出家することをぼんやりと考えるようになりました。もはやお嬢様との祝言《しゅうげん》も期待できんものと思いましたんで」

「そんなに？　そんなにわたくしのことを気に掛けておりんさった？」

かのは膨《ふく》れ上がる涙を堪《こら》えて瀬左衛門に訊いた。瀬左衛門はかのの眼を避けてこくりと肯《うなず》いた。

「わたくしは前世でどんな悪業《あくごう》を働いたというんでしょうか。家は断絶となり、後添えの内妻としてこの家に入り、しかも、旦那様の思うような男子も産めず、疎《うと》まれているということは」

「お嬢様、それは考え過ぎですがよ」

瀬左衛門はかのを慰めるように言った。

「戸田様、うちの旦那様はお庭で牡《ぼ》丹《たん》を丹精しておられましてな。その牡丹は深尾紅《くれない》ゆうて、大層な評判にもなっとります。わたくしはこの家では牡丹ほども大事な人間じゃないんですが。わかりますか」

「お嬢様……」

瀬左衛門は驚いてかのを見た。

「わたくしも、いつか乱心するような気ィがします。その時は旦那様の短い刀で呆《あっ》気《け》なく斬《き》られてしまうのじゃろう。きっとそうや……」

袖《そで》で顔を覆《おお》って泣き出したかのに、瀬左衛門の長い腕がおずおずと伸びた。かのは抗《あらが》うこともなく、その腕に身体を預けると、きつく眼を閉じた。薄汚れた瀬左衛門の帷子《かたびら》は汗の匂《にお》いがした。

十四

「何んと何んと、昔ある所の法印さんが坊領《ぼうりょう》（寺の領地の意味）の浦島《うらしま》という宿屋に泊まっておったんだと。法印さんは宿屋の人に、明日は大山《だいせん》へ上がるけ、早よう起きて弁当作っといてつかんせえ、と言ったそうや」

戸田瀬左衛門《せざえもん》は少しひょうきんな語り口で昔話を語った。『狐《きつね》の敵討《かたきう》ち』という昔話は、かのも子供の頃、母親から繰り返し語って貰《もら》ったものだ。しかし、語り部《べ》が違えば、まるで違う話のようにかのの耳に響く。

大晦日《おおみそか》の深尾家は正月の用意も調《ととの》い、神棚には真新しい注連縄《しめなわ》が張られ、鏡餅《かがみもち》も供えてある。大掃除も済ませた家の中は、どこもかしこも磨き上げられて清々《すがすが》しい。それは女中のお熊《くま》の働きというより、瀬左衛門がまめに動いて、手の届かない所まで雑巾《ぞうきん》を使ってくれたからだ。

台所の一番上の棚は釘《くぎ》が甘くなっていたが、そこも瀬左衛門が手直ししてくれた。かの夫の深尾角馬なら踏み台を使っても届かなかっただろう。

いつもは決して泊まることのない瀬左衛門であったが、大晦日のことでもあるし、かのに勧められるままに深尾家で年越しすることを決めたのだ。女中のお熊は、三が日は暇を取っているので、家には来ない。

瀬左衛門も川端《かわばた》三丁目にある修験者《しゅげんじゃ》の統領宝良院《ほうりょういん》の方で行事があるのだが、理由をつけて抜け出して来ていた。狭い城下では、いずれ人に知られる事態になるやも知れぬと、かのは内心で恐れていたが、瀬左衛門との逢瀬《おうせ》を待ちわびる気持ちの方が勝《まさ》っていた。

「法印さんは翌朝、弁当を貰って大山へ上がろうと鈩戸《たたらど》という所まで来るとな、そこに狐が一匹寝とったそうな」

瀬左衛門は静かな声で昔話を続ける。それは、いつもの験者声《げんざごえ》とは別のものだった。

「ありゃ、あがいなとこへ狐が寝とるけど、ちょっと、おびらかいてやらあか」

かのは瀬左衛門の言葉を受けて続けた。おびらかいては驚かしてやろうという土地の方言である。瀬左衛門は愛《いと》し気《げ》に囲炉裏端に座っていたかのを抱き寄せて「そうや」と応《こた》えた。

ふきは蒲団《ふとん》に寝かせているが、眼を開けて話を聞いていた。瀬左衛門はかののためというより、ふきのために話して聞かせているのだが、かのは時々、瀬左衛門の視線を自分に振り向かせたくて口を挟むのだ。

「法印さんは狐の耳許《みみもと》で法螺貝《ほらがい》を吹いただげな。さあ、狐はえろう驚いて逃げて行きよったそうだ。法印さんは愉快そうに笑って山道を進んで行きよった……それから、それからどうしたんかいのう」

瀬左衛門はかのの襟元から手を入れて乳房を探りながら訊《き》く。

かのはくぐもった声で「辺りがどんどん暗うなって、法印さんは、や、これはどがいしたことだ、まだ昼間のはずやのに、夜になってしまったと慌《あわ》てんさったんやと」と、応えた。

「そんでも、どうにかこうにか歩いとると、お堂があるのに気がついただが。法印さんは、おお、こげえな所にお堂があった。やれやれ、ちいと一服しようかいとお堂の中に入るとな……」

瀬左衛門は次第に早口になる。

「いやあ、そこにはおとろしい化け物がおったんだと」

かのは悪戯《いたずら》っぽい眼で瀬左衛門に抗《あらが》う。しかし、それは拒否というほどのものではなかった。

「やれ、おとろしい化け物や。早《はよ》う屋根に上がらんならん、法印さんは急いで屋根に上がったんだが、化け物は、お前が上がったんなら、うらも上がるわい、って追いかけて来る」

瀬左衛門の息遣いが荒い。かのの眼も、しっとりと潤《うる》んでいた。しかし、かのは声を励まして言葉を続けた。もうすぐ昔話は終わる。

「仕方がない、うらは化け物に嚙《か》まれえんで、ちゅうてお堂のてっぺんまで上がって、こりゃ法螺貝も吹き納めだけん、もいっぺんだけ吹いてみょうかい、って一生懸命法螺貝を吹いたんだそうだ。そしたら辺りは明るうなって、お堂などどこにもありゃせん。法印さんは松の樹《き》のてっぺんに、しがみついておったそうな。狐に化かされておったんだが」

「そればっちり」

瀬左衛門は語り納めの結句を呟《つぶや》いてから、かのの身体《からだ》を静かに押し倒した。

「なあ、戸田様。狐はほんとに人を化かすんでしょうかな」

かのは瀬左衛門を見上げながら訊いた。

「狐に取り憑《つ》かれた人を祈禱《きとう》して正気にさせる話はよう聞きます」

瀬左衛門は話をするのも大儀そうだった。

かのは焦《じ》らすように言葉を続けた。

「わたくしの父上も、そんなら狐に取り憑かれたんじゃろうか」

「……」

「匂《にお》の方《かた》様にふとどきな振る舞いがある前に法印さんにお払いして貰《もろ》うたらよかったの

に」

「今更、言うても仕方ないが」

瀬左衛門はうるさそうにかのの言葉を遮《さえぎ》った。

「戸田様と夫婦になっとったら、毎晩こうしとりましたなあ」

かのがそう言うと瀬左衛門は喉《のど》の奥からこもった笑い声を立てた。

「だが、深尾殿は大山の狐とは違う。何んぼう法螺貝吹いても効きゃあせん。わしは深尾殿の刀でお嬢様と一緒に四つに斬《き》って捨てられるかも知れん……」

「それが、おとろしいと思いんさるか？」

「いいや。毒を喰らわば皿まで、ちゅう言葉もあることだけ。わしは潔《いさぎよ》う深尾殿の手に掛かって果てるし」

「わたくしもその覚悟はありますけ」

「お嬢様、本当にこのままでええんだな？」

切羽詰まったような瀬左衛門の眼がきらきらと輝いて見えた。かのはふわりと笑って眼を閉じた。外はしきりに雪の降る気配がしていた。

十五

元旦《がんたん》の江戸城での拝賀式は様々な式典の中で君臣一体の最も厳粛《げんしゅく》で盛大なものであった。

江戸城の諸門には松飾りが立ててある。葉のない竹に枝葉《しよう》の繁《しげ》る松を添えるには、それなりの訳がある。

元亀《げんき》三年（一五七二）、徳川家康《いえやす》が三方原の戦で武田《たけだ》信玄に破れた折、翌日が元日であったことから、武田側から皮肉な句が送られて来た。

松枯れて竹たぐひなき朝《あした》かな

松は家康の本姓、松平に掛け、竹はもちろん武田を意味していた。家康が不愉快そうに顔をしかめると、傍に居合わせた酒井忠次《ただつぐ》（出羽《でわ》鶴岡《つるおか》藩、酒井忠勝《ただかつ》の祖父）は機転を利《き》かせ、すかさず、

松枯れで武田首なき朝かな

と、詠《よ》んだ。家康は掌《て》を打って喜び、さっそく使者を立てて武田側に送ったという。以後、将軍家の松飾りは独特のものとなり、その習慣が次第に城下の人々にも浸透していったのである。

将軍、徳川家綱《いえつな》は元日の朝、明六《あけむ》つ（午前六時頃）に起床すると衣服を調え、大奥に罷《まか》り越す。正室と新年の挨拶《あいさつ》を交わし、屠蘇《とそ》雑煮で祝う。

その後、中奥へ戻り、直垂《ひたたれ》に着替え、白書院に出て家臣の賀詞を受ける。白書院の家臣は御三家、外様《とざま》の大身、井伊《いい》家や会津家等、譜代《ふだい》の門閥《もんばつ》に限られる。

次に将軍は大広間へ出座して諸大名、一万石近い旗本家、大番頭《ばんがしら》、書院番頭、諸奉行等から賀詞を受け、祝宴となる。

さらに将軍は黒書院へと移り、そこでは表祐筆《おもてゆうひつ》、奥祐筆、小姓組頭《こしょうくみがしら》等の賀詞を受ける。

元日は将軍にとって、まことに重労働の一日であった。新年の儀式はその他にもあり、三が日に亘《わた》って続けられる。

因幡《いなば》・伯耆国《ほうきのくに》鳥取藩藩主、池田光仲《みつなか》も元日は江戸城へ上り、例年通り賀詞を述べることになっていた。拝賀式を終えた後は八代洲河岸《やよすがし》の鳥取藩藩邸に戻り、江戸詰めの家臣達と新年を祝うというのが、いつもの池田家の仕来たりであった。

しかし、この年の拝賀式は大層な雪に見舞われ、賀詞を述べるまでの待機の間は寒さもことの外、こたえた。

高齢の大名の一人がこの時、具合を悪くして倒れ、医者だ、薬だと城内は大騒ぎになった。ただでさえ時間の掛かる拝賀式が大巾《おおはば》に時間を取られる事態となった。

鳥取藩の江戸藩邸では今か今かと大蔵殿を待ちわびるも、一向にその気配がなかった。その間に外はたそがれ、早や夜になってしまった。

江戸御留守居役や藩邸の重職の家臣が、家中の儀式は翌日に繰り越すべきではないかと相談し、その伺いを立てるべく江戸城へ使者を差し向けた。

大蔵殿は大広間で殊勝に座っていたが、使者の言葉を聞くと俄《にわか》に激怒した。

因幡・伯耆国、両国を預かり、多人数の家臣に扶持《ふち》を与えるは、皆々、上の大恩なり。たとい家中の式が夜中に及ぼうとも余は苦労とは思わず。しばし待たれよと。

使者はこれを受けて藩邸に取って返し、藩の重職の家臣に伝えた。

その年の鳥取藩の賀正の式は深更に及んでから開催された。家臣達の顔は皆、一様に疲れの色を漂わせていたが、十人番《じゅうにんばん》、深尾角馬だけは尊敬のまなざしで大蔵殿を眺めていた。

まことに大蔵殿の心ばえはあっぱれだった。

角馬も御殿の玄関先で長く待たされたのだが、そんなことは少しも苦にならなかった。大蔵殿も同じように待機を余儀なくされていたのだ。家臣ばかりが辛《つら》い目を味わった訳ではない。藩主が不平を洩《も》らしておらぬのに家臣の分際でそれを口にするのは我儘《わがまま》勝手だと心底思う。

やがて角馬は大蔵殿の前に進み出て新年の賀詞を述べた。江戸詰めの時の大蔵殿は平士以上の家臣一人ずつから賀詞を受ける仕来たりであった。少ない家臣団であるから可能なことである。在国の時には、そうはゆかない。

「深尾、そちは新しい剣法を編むそうじゃな」

大蔵殿は角馬に言葉を掛けた。

他の家臣には「うむ、今年もよろしゅう」と手短に応《こた》えるのがもっぱらだった。平士分の角馬であったが、武を重んじる大蔵殿の覚えはめでたかったのだ。

「はッ」

角馬は畏《かしこ》まって平伏した。

「それは丹石《たんせき》流から脱却した素肌の剣法であると聞いたが、まことか？」

「おっしゃる通りでございまする」

「何んという流儀じゃ」

「雖井蛙流平法《せいありゅうへいほう》でございまする」

「せいあ？」

大蔵殿は興味深い眼になって首を伸ばした。

「井の中の蛙《かわず》といえども大海を知るべけんや、の謂《いい》でございまする」

「おお」

大蔵殿は感嘆の声を上げた。

「いかにもそちらしい流儀名だ。余は大層楽しみにしておるぞ。励め！」

激励の言葉は角馬の胸に沁《し》みた。わしは大蔵殿の期待を裏切ることなく、鳥取藩独特の剣法を編むのだ。誰にも負けん剣法をな。

角馬は胸で独りごちた。

江戸は雪が降り続いた。鳥取城下も雪だろうかと角馬はふと考えた。かのの白い顔がつかの間、角馬の脳裏をよぎったが、江戸滞在の内にその顔は朧《おぼ》ろになっていた。

生まれた赤子はどのような顔をしているだろうか。自分に似ているのだろうか。子の父親となった気分は角馬にとって悪いものではなかった。

十六

戦国時代、剣法を志す者は武者修行と称して、諸国を巡った。行く先々で試合をして、自分より弱い者は弟子とし、自分より強い者を師とした。

深尾角馬も十代の終わり頃はそうした武者修行の経験があった。角馬は滅多に人に負けなかった。それは父の河田理右衛門《りえもん》より授けられた丹石流の「構え太刀《かまたち》」を試合の時に遣ったからだ。構え太刀は秘蔵の技であり、他流には公開しないものである。手荒き技で一瞬をつくと、どのような流派の者も降参した。

宮本武蔵《むさし》も一説にはそのような太刀を心得ていたとされている。

だが、角馬が雖井蛙《せいあ》流の一流を起こすと決めてから、弟子達の目には角馬の手の内が、ひどく柔らかくなったように感じられていた。

目覚ましい技を繰り出しているようにも見えないのに、いざ角馬に稽古《けいこ》をつけて貰《もら》う段になると、以前より、なお一層、隙《すき》というものがなかった。

これは角馬自身の腕も上がったからに外ならない。弟子達は口々に噂《うわさ》し合った。

藩邸にも道場が設《しつら》えてあった。お務めを終えると、角馬はいつもの古い革袴《かわばかま》を穿《は》いて道場へ向かう。左右の者へ挨拶《あいさつ》した後は弟子達の稽古をじっと眺め、およそ無駄口一つ叩《たた》かなかった。

道場には他の流儀の者もいて、和気藹々《わきあいあい》と稽古が続けられる。その中で角馬の頑《かたくな》な様子は野暮にも映ったろうか。

角馬の態度は稽古の時に限らなかった。道を歩く時も反《そ》りのある短い大小を携《たずさ》え、必ず左端を通行した。座敷に座る時は壁や柱を背にし、行儀を崩さなかった。人が窮屈を覚えていることなど角馬は微塵《みじん》も考えたことはなかった。その姿勢は勝負の心を片時も忘れないために己れを律していたものだが、他人はそこに思いが及ばず、たまさか変人扱いする者もいた。

その朝、登城する大蔵殿を待って角馬は他の十人番の藩士とともに玄関の式台の近くにいた。角馬は相変わらず黙して立っていたが、他の者は軽口を叩き合っていた。その中に磯辺《いそべ》友吉《ともきち》という岩流《がんりゅう》の遣い手がいた。磯辺は常日頃から角馬を煙たく思っている中年の藩士であった。ちらちらと角馬の方を見ていた。

「しっかし、わしは五尺三寸の背丈なれども、もうちぃと背丈がほしいものだのう」

話は背丈のことに及んでいた。角馬は聞こえない振りをした。

「ほうじゃ。人は一寸なりとも背丈がほしいもんだが。背ェが低ければ人の目にも立たず、道場の試合となっても振り合いがよう見えん」

磯辺の朋輩《ほうばい》も相槌《あいづち》を打った。自分のことであからさまに嫌味を言っているのだと気づくと、角馬はようやく、むっと腹が立った。

弟子の香河半七《かがわはんしち》という若者が「先生」と、低い声で制した。

しかし角馬は脇差《わきざし》を鞘《さや》ごと腰から外すと、敷居の上で両足を揃《そろ》え、月代《さかやき》の上に脇差を垂直に立てた。本当は抜刀して見せたかったが、藩邸内で刀を抜くことは禁じられていた。

「磯辺殿、ようく見られい。侍ちゅうもんは背の高い低いなど言うもんやない。この刀をこうすれば鴨居《かもい》に易々《やすやす》と届く。拙者の背はいつ何時《なんどき》でも望み通りの高さにできる。刀はそのためのもんではござらぬか」

気色ばんだ角馬に磯辺は慌《あわ》てて「拙者、深尾殿のことを指して言うたつもりはありませぬ。これはいかいご無礼仕りましたなあ。許してつかんせえ」と、苦笑いした。

その後の角馬は涼しい顔で脇差を腰に戻すと、また黙って大蔵殿を待つ姿勢になった。深尾に冗談は通じない。この時から藩士の間で角馬についてそんなことが言い交わされるようになった。

この間にも雖井蛙流の太刀分けの稽古は着々と進められていた。

三曲太刀《さんきよくたち》の分《わけ》
口伝言、三曲太刀の分と言いたる事、五乱太刀《ごらんたち》の分《わけ》の条下に書きたるごとし。

「小鷹返《こたかがえ》し」

相手より打ち掛けてくる太刀をひらりと飛び変わる形、小鷹の羽遣いに似ているゆえ、こう呼ぶものなり。

「玉簾《たますだれ》」

簾の美しきを玉とほめるという意。簾を掛ければ外より内《うち》は見えず。内は打ちに通じ、相手に打ちを見せぬという技なり。

「鷲乱《しゆうらん》」

鷲乱《わしみだ》れるの意。鷲が獲物《えもの》の小鳥を見つけ、空より降下する様を表す。小鷹返しに似るも、小鷹返しより大技なり。

小太刀十斬《こだちじゆうざん》
口伝言、小太刀と言うは一尺五寸以下、一尺までの打物《うちもの》たるべし。十斬は十度斬《き》る意にて、十ヵ条とするならん。

「鉄釘《てってい》」

くろがねの釘《くぎ》の意なり。鉄釘を打ちつけたるごとく、打ち込んで相手の太刀を少しも動かさぬ技なり。

「遂復《えんふ》」

移り重なるの意なり。鉄釘と少しも変わらぬように見えるが心持ちに相違あり。打ち込んで相手より打ち太刀を引き取るをすかさず、相手の腕に移る技をより重ねて移すゆえ、この名とする。復はふくと読まず。反復の意にあらず。

「引例《いんれい》」

ひきつらなるの意。以前の技（丹石流の技か）を見れば別に口釈に及ばず。

「載附《さいふ》」

のせつくの意。引例にてもなく、外の太刀技というものなり。

「石火《せっか》」

石と石を二つ手に持ちて打ち合わせれば、その中より火の出るを石火という。読んで字のごとしの技なり。

「刺劉《らったく》」

戻り斬るの意。打ち出された相手の技を一度押さえ、引き取りを二度斬るゆえに刺劉というなり。

「造断《ぞうだん》」

造の字に「進む也」の注釈あり。

相手の太刀の下に急に走り進みて小太刀を打ち込む技なれば、進み斬るという意になる。

「右閃《うせん》」

右に閃《ひらめ》くの意。

「左契《さけい》」

右閃を左にしたるものなり。

「一刀両剆《いっとうりょうせん》」

一つの刀、両《ふた》つを剆《き》るの意。相手の打ち出される出合いがしらを斬る仕方なり。

尺不足剣幷失刀五術《しゃくふそくけんならびにしつとうごじゅつ》

口伝言、一尺にも足らざる打物を持ちて立ち向かう心持ちという事を尺不足剣というなり。また失刀は無刀《むとう》のことなり。武士たるもの、無刀にて相手に立ち向かう作法なしといえども、手に持ちたる太刀を取り落とし、それを取りあぐる間なければ、その時の心持ちを言うなり。無刀という言葉を嫌いて失刀と記すものなり。

「埋木《うもれぎ》」

花を見せぬという意。花は鼻に通ず。人の鼻を花にたとえて埋木というなり。

「盛花《せいか》」

十分に開くの意。身を開くことを花の開くに通わせたるなり。

「折紙《おりがみ》」

太刀に付くという意なり（刀の鑑定書を折り紙ということからか）。

「羽抜鳥《はぬけどり》」

手をもって押さえて取るという意にて羽抜鳥というなり。

「旅雁《りよがん》」

踏《ふ》み落とすの意なり。故事にて書《ふみ》を踏になぞらえたる。

中極

口伝言、以前より位の字はなし。中極意の事なり。

獅子《しし》の位《くらい》

口伝言、これは柳生《やぎゆう》流の「水月《すいげつ》の位」という太刀なり。水月という二字の心をもって獅子の位の意を知るべし。技にて技にてはなし。

太刀数、以上二十。

石河《いしこ》四方《よも》左衛門《ざえもん》はおおよそ、このような伝書を記したが、文章に疎《うと》い角馬のこと、また、角馬自身の雖井蛙流の思いがことの外、強く、弟子達にとっては観念的であり過ぎたゆえ、石河四方左衛門でも理解が及ばない技が多々見られた。後年、誰一人知らぬ技も出てくる始末であった。それは角馬の胸の内にだけ明確に刻まれていた技であったのかも知れない。

十七

「奥様、この頃、法印さんがようお越しになられますなあ」

お熊《くま》は怪訝《けげん》な顔でそう言った。

袋川の鹿野橋《しかのばし》のたもとには決まった日に市が立つ。土手内に立つ市は内市《うち》、土手外の市は外市《そと》と呼ばれていた。城下近郊の村から新鮮な野菜や水菓子が運ばれ、また賀露《かろ》の海で獲《と》れた魚も数多く並んでいた。

お熊にふきを背負わせて、かのは時々市に買い物に出た。市には瀬左衛門《せざえもん》の好物である岩牡蠣《いわがき》も出ていた。かのはそれを幾つか求めた。買い物籠《かご》に当座の食料を収め、かのは家路を辿《たど》る途中だった。お熊の言葉が思わぬほどかのを動揺させた。

「最初はなあ、ふきの熱が高い時に祈禱《きとう》していただいただが。それから色々と相談事にのって貰《もら》っとるんよ」

かのは平然を装《よそお》って応《こた》えた。

「ほうですか。だけど、もうすぐ旦那《だんな》様が江戸からお戻りになられるんだし、幾ら法印さんゆうても、あんまり家に寄せん方がええんじゃないかな」

「あら、お熊は何をそんなに心配しとるの？　わたくしと法印さんのこと、何か言っとる人がおるの？」

「おとらが夜になっても法印さんがおるっちゅうて言っとりましたが」

「…………」

おとらはお熊の妹で深尾家の隣家の女中をしている。人の口に戸は閉《た》てられないと、かのはつくづく思う。

「夜になってもおりんさるのはいつものことじゃありませんよ。そうね、大晦日《おおみそか》の時ぐらいのもんかな」

かのは慌《あわ》てて取り繕《つくろ》う。

「あれえ、法印さんは奥様の所で年越しされたんですかいな」

お熊は少し呆《あき》れたような声を上げた。

「やはり……まずいことだったろうか。わたくしは雪がごっつい降っとったし、気を遣って、泊まっていきんさいと言ってしまったんだが」

「そら奥様、まずいことですがよう。法印さんだって男だし、それにごっつい男前だったって、おとらが言っとりましたけ」

かのは、お熊に応える代わりに吐息をついた。

「なあ、奥様。うらは奥様のお気持ちがようわかりますがよ。旦那様はちょっとも奥様に優しいことを言われんお人で、剣術と牡丹《ぼたん》の世話ばっかし一生懸命ですが。けど、旦那様はお嬢様の実の父親になるお人や。お嬢様のために、ここはひとつ、辛抱してつかんせえよ」

「……」

かのは家に帰る道々、袋川沿いに建っている家の庭に白い梅がほっこり咲いている様子に眼をやった。もうひと月もしたら角馬は戻って来る。そうしたら瀬左衛門とは頻繁に会う機会もなくなるだろう。瀬左衛門を慕う気持ちが自然に消えて行くのならいいと思う。何も苦しまずに元の暮らしを続けられるのなら。

我《が》昔《しゃく》所《しょ》造《ぞう》諸《しょ》悪《あく》業《ごう》
皆《かい》由《ゆ》無《む》始《し》貪《とん》瞋《じん》痴《ち》
従《じゅう》身《しん》語《ご》意《い》之《し》所《しょ》生《しょう》
一切《いっさい》我《が》今《こん》皆《かい》懺悔《さんげ》

「我昔より造れるところの諸々の悪業は、みな無始の貪瞋痴により、身語意より生ずるところなり。一切我今みな懺悔《げ》したてまつる」

瀬左衛門の唱える懺悔偈はかのの胸にこたえる。煩悩《ぼんのう》によって罪深い行為を繰り返すことは心から悔い改めなければならない。懺悔偈は在家《ざいけ》の人々にそう諭《さと》しているのだ。

「願わくはこの功徳《くどく》をもって、あまねく一切に及ぼし、我等と衆生《しゅじょう》と、皆ともに仏道を成《じょう》ぜんことを」

きっと、瀬左衛門は経を唱《とな》える度にきりきりと胸を刺されるような痛みを感じているに違いない。それはかのが想像している以上のものだろう。女犯《にょぼん》をしたことが他の修験者に知られたなら、瀬左衛門もただでは済まないのだ。

「奥様の前で旦那様の悪口を言うんは申し訳ないことやけど、旦那様は幾ら剣術のお師匠さんでも男振りに掛けちゃあ三文にも値しないもんやし、それに子供のような背丈しかありゃあせん。奥様が嫌気が差すのもわかりますがよ」

お熊はかのの胸の内をすっかりわかったようなことを言う。背中のふきがぐずった。

「あれ、お嬢様、堪忍《かんにん》してつかんせえよ。大事なお父様を悪く言うて」

お熊の言葉にようやくかのは笑顔になった。

「お熊、心配しないで。これからは気をつけるけえ……」

かのは足許《あしもと》に視線を落として低い声で言った。

十八

「しばらく、この家においでになるんは控えてつかんせえ」

瀬左衛門《せざえもん》がかのの身体から離れると、かのは瀬左衛門の顔を見ずにそう言った。瀬左衛門は返事の代わりに洟《はな》を啜《すす》るような短い息をついた。

「通いの女中が妙な目になっとります。隣りの女中は、うちの女中の妹になるもんだけ、戸田様がお見えになるのが気になるんでしょうな」

瀬左衛門は黙って身繕いしている。灯りの陰になって瀬左衛門の横顔が青黒く見えた。

「それにもうすぐ旦那《だんな》様も江戸からお戻りになられるし、余計な勘繰《かんぐ》りはされとうないですが」

「余計な勘繰り？」

瀬左衛門は怒気を孕《はら》ませた声でかのを振り返った。かのははっとして「堪忍《かんにん》してつかんせえよ。わたくしとしたことが、つまらんことを言うてしもうて」と頭を下げて謝った。

「わしも大山《だいせん》に上がらんならんけ、お嬢様のご心配は無用ですがよ」

そう言われて、かのは思わぬほど動揺した。

家へ来るのを控えろと言ったくせに、瀬左衛門が大山に行くと聞かされると慌《あわ》ててい
た。かのは瀬左衛門との逢瀬《おうせ》が続く内に平常心を失っていた。

「え？　いつ、いつ大山へ行きんさるのですか」

「もはや春になる。わしもいつまでも里におる訳にはいかん」

「……………」

「それに深尾殿もそろそろ城下にお戻りになるけ、お嬢様のためにも会わん方がええが
よ」

大山は出雲《いずも》富士《ふじ》、伯耆《ほうき》富士と呼ばれる高さ十六町ほど（海抜一七〇九メートル）の山
である。山腹に大山寺がある。修験者達の活動の拠点となる寺だった。寺は地蔵菩薩《ぼさつ》を
本尊としていた。

「戸田様はお勤めがありますけえ、わたくしのことなど忘れてしまえる」

「……………」

「けど、わたくしは戸田様のことを明けても暮れても考えて過ごすことでしょうなあ。

それはいっそ、地獄にも思えますがよ」

「わしが教えたお題目を唱えておれば心が静められます。わしとお嬢様は世間に背《そむ》くようなことをしてしまったけえ、咎《とが》めは何らかの形で現れるだろうと思っとります。それがいやだったら、一心に祈ることですわ。それしかない」

かのは深い溜《た》め息《いき》をついた。本当にそんなことで心が静められるのかと思う。

「昔、天竺《てんじく》にな、若い僧がおったそうな。その僧はある日、美しいおなごと会《お》うたんじゃと」

瀬左衛門は身仕度をしながら話を続けた。

それを見て、今夜は泊まらずに瀬左衛門は帰るのだと、かのは察した。安心するような、心細いような気持ちが交錯した。本当はいつまでも瀬左衛門と一緒にいたいのだ。

いつしか、瀬左衛門はかのと会う度に泊まって行くようになった。それでも、ひと晩が、まるで一刻《いっとき》ほどの時間にしか思えなかった。

初めて心から慕うことのできる男と出会ったのである。人妻と修験者の許されない恋路であるから、なおさらかのの胸を激しく掻《か》き立てるのだろう。その胸の思いを捨て去ることは、若いかのには難しかった。

「その話は、まるでわしとお嬢様のように思えましたがよ」

「わたくしは美しいおなごじゃありませんけ」

かのは自嘲《じちょう》的に応《こた》えた。

「ほう、謙虚なことを。そんなことはない。わしにとってお嬢様はこの世でいっとう、美しいおなごだ」

「……」

「その僧は美しいおなごに心を奪われ、ついにおなごと交わってしまったんだが」

瀬左衛門が何を言いたいのかわからなかったが、かのは黙って瀬左衛門の話に耳を傾けた。

「だが、おなごは途端に本性を現わし、僧を自分の棲家《すみか》に連れて行って喰おうと、背中に僧を背負い、空に飛んだそうな」

「わたくしは戸田様を喰おうなんぞと思いませんよ。そのおなご、実は何んでしたの？」

かのは女の正体が気になった。

「羅刹女《らせつにょ》だったそうや。妖怪《ようかい》やな」

「まあ……」

羅刹は男の陰茎を切るという意味があった。

「だが、羅刹女が、ある寺の上を通り掛かった時、たまたま読経《どきょう》が聞こえて来たそうな。僧はその読経を聞いて本心を取り戻し、自分も一緒になって経を唱えるとな、羅刹女は
僧を背負い切れなくなって、ついに振り落として立ち去ったそうだ。命拾いした僧は寺に行って仔細《しさい》を告げたんだと。寺の僧達は口々に女犯《にょぼん》したことを詰《なじ》ったが、首座《しゅそ》に就《つ》い

ていた僧が、咎めてはならぬ、希有《けう》な体験をした者ゆえ、この寺に留《とど》めよと言われたそうだ」

話が終わった途端、かのは瀬左衛門の胸を拳《こぶし》でどんどんと叩《たた》いた。

「人ォ、馬鹿《ばか》にして。わたくしは羅刹女ですか！」

かのは泣きながら叫んだ。瀬左衛門はかのの両手を摑《つか》み「そう思わなんだら、わしはお嬢様のことは諦《あきら》め切れん。え？　そうじゃないですかな」と、強い口調で言った。

「もう潮時だけ。もう、どもならんけえ、お嬢様、堪忍してつかんせえよ」

瀬左衛門は苦痛に歪《ゆが》んだ表情を見せた。つかの間、かのの身体《からだ》をぎゅっと抱き寄せると、後はものも言わず、裏口から出て行った。

かのはしばらく、瀬左衛門の足音に耳を澄ましていた。ずっとその音を聞いていたかったのに、袋川のせせらぎは、すぐに掻き消してしまう。かのはしばらく茫然《ぼうぜん》とその場に座っていた。二人の間は終わったのだろうかと、そればかりを考えていた。

十九

大蔵殿は学問をしない人間であったが、和歌も詠《よ》めば、読書も好む。『太平記《たいへいき》』は大蔵殿の愛読書であった。とりわけ楠木正成《くすのきまさしげ》・正行《まさつら》父子の「桜井《さくらい》の別れ」の段に愛着を示し、その部分を読む度に落涙した。

延元元年（一三三六）五月。九州まで敗走していた足利尊氏《あしかがたかうじ》の軍は勢力を取り戻して瀬戸内海を東に進んでいた。楠木正成は足利軍が軍勢を伸ばしているとの知らせを受け、京が攻め落とされることを強く危惧《きぐ》した。

正成は後醍醐《ごだいご》天皇を新田義貞《にったよしさだ》の軍の護衛で比叡山《ひえいざん》に避難させ、京に入った足利軍を兵糧《ひょうろう》攻めにし、河内《かわち》、比叡山から挟《はさ》み討《う》ちにする作戦を考えた。しかし、側近の坊門清忠《ぼうもんきよただ》によって、その作戦は退《しりぞ》けられる。天皇を何度も比叡山に避難させては体面に関わるとの理由だった。

年が明けてから後醍醐天皇を比叡山に避難させるのは、それが二度目だった。天皇は正成に兵庫に向かえと命令した。

五百余騎の軍を従えて京を発《た》った正成は五月の十六日に西国《さいごく》と京、それに故郷河内へ向かう分岐点とも言うべき桜井の「駅」に辿《たど》り着いた。駅は交通の要所に設けられた建物である。

正成は同行させた十一歳の正行を傍に呼んで、ささやかな宴《えん》を張った。そこで正成は息子に語る。この度の戦は天下分け目のものである。自分が死ねば天下は足利のものになる。しかしながら長年に亘《わた》る忠義を捨てることは忍びない。一人でも生き残っている者がある内は金剛山《こんごうざん》に立て籠《こも》り、足利と戦え、それが父に対する唯一《ゆいいつ》最大の親孝行であると。金剛山は正成の本拠地、大坂と奈良の境にある山のことだった。

正成は息子に忠義と親孝行を求めて泣く泣く別れたのである。

正成の死後、正行は楠木一族の若大将として、北朝の細川顕氏《ほそかわあきうじ》、山名時氏《やまなときうじ》等と河内や摂津で激戦を繰り返す。

そして正平三年（一三四八）一月。正行は北朝の主力、高師直《こうのもろなお》の軍と四条畷《しじょうなわて》で決戦を試みる。この時、高師直軍総勢六万、正行の軍は僅《わず》か三千であった。

返らじと　かねて思へば梓弓《あづさゆみ》　なき数に入る名をぞとどむる

正行は、この辞世の句を詠んで壮絶な戦死を遂げた。享年《きょうねん》二十三と記されている。

大蔵殿が『太平記』の「桜井の別れ」の段にことさら執心するのは、自身が顔もよく覚えていない父、忠雄《ただかつ》と正成が重なって見えたせいだろうか。大蔵殿が忠義と親孝行を重んじるのは『太平記』の影響が大いにあったものと、鳥取藩の家臣達は思っている。

江戸詰めの家臣の中には学問をよくする者が何人もいた。しかし、大蔵殿の目の届くところでは学問の書を開くことは遠慮していた。

用人を務めていた岩田平次衛門《いわたへいじえもん》は学問を好む男だったが、自分がその様子を見せては大蔵殿が喜ばぬだろうと、夜になってから密《ひそ》かに儒者《じゅしゃ》を藩邸の自室に呼び、同志を募って講義を受けた。講義はしばしば深更に及んだという。

その内に大蔵殿も岩田の部屋に夜な夜な人が集まることを怪訝《けげん》に思い、ある日、直接岩田に訊《たず》ねた。

「そちのところで時々、会が催されている由《よし》。何んぞ慰めの事があるや」

岩田は返答に窮し、堅く口を閉ざした。

大蔵殿は岩田の頑《かたくな》な様子にふと思い当たり、「そち等は学問をしておるのか」と、静かな声で言った。

「平にご容赦のほどを。殿のおわす御殿で生意気なことを致しました。この通りでございまする」

岩田は平伏して大蔵殿に許しを乞《こ》うた。大蔵殿は岩田の様子に短い吐息をついた。

「そちは余が学問を好まぬからと言うて、学問をする者を皆々、余が不快に思うと考えるのか」

大蔵殿の表情には岩田に対する哀れみの色が感じられた。

「そちがそのように考えておるならば、大いなる誤りであるぞ。余は学問のなきことを自ら憂《うれ》いておる。しかし、今更後悔するも及び難きことゆえ、自らは学問を好まぬが、家臣が学問をすることは大いに喜ぶべきことと思う。余の近くにいる者が学問を修め、その一端なりとも余に聞かせるならば、何んぞ、余も得ることがあると思う。岩田、余に遠慮は無用じゃ。よくよく励め」

大蔵殿の情けある言葉に岩田平次衛門は感涙したという。

しかし、岩田は、このように天性の美徳を備えた大蔵殿が、もしも学問を修めていたなら、因幡《いなば》・伯耆国《ほうきのくに》はどれほど発展したことかと、懇意にしている者に洩《も》らしたという。

大蔵殿の長子、池田綱清《つなきよ》は大蔵殿が江戸在府の折に元服の儀を済ませた。次の参覲《さんきん》交代で大蔵殿が江戸へ出府した時、綱清が鳥取城下に赴く旨《むね》が江戸詰めの家臣達に告げられた。

綱清は従四位下侍従に叙され、伯耆守《ほうきのかみ》と称することになった。

家臣達は誰もが綱清の成長を頼もしく思っていたはずである。大蔵殿の思惑は自身が在国の時は綱清が江戸藩邸を守り、江戸に出府した時は綱清を国許《くにもと》に行かせ、隔年を以《もっ》て交互に参観交代をすることだった。それによって不測の事態にも対応できるというものだった。

こうして、一年に及ぶ大蔵殿の江戸在住の任期は満ち、三月の半ばには家臣を従えて因幡国に戻ったのである。


かのは大蔵殿の行列が城下に入ったとの知らせを聞いても家の中にいて、出迎えには行かなかった。角馬の帰郷がかのを重い気持ちにさせていた。女中のお熊《くま》は塞《ふさ》いでいるかのに構わず、ふきを背負って智頭《ちず》街道まで見物に出た。参観交代の行列は、その智頭街道を通って帰城する。

お熊は戻って来ると「旦那《だんな》様は無事にお戻りですぜ」と、やや冷淡にも思える物言いで告げた。お熊は、もはや瀬左衛門《せざえもん》とかのの関係に気づいているようだ。

かのはお熊が角馬に告げ口をすることを恐れた。お熊は、ふきをかのに預けると、夕《ゆう》餉《げ》の仕度を始めた。

「お熊、御酒《ごしゅ》は間に合《お》うとるかね？」

かのはふきに乳を与えながら訊《き》く。

「もちろんでございますよ。今夜はご馳走《ちそう》をこさえますけえ、奥様も機嫌のええ顔で旦那様の相手をしてつかんせえよ」

「ええ、わかっています」

「もう、昨日とは違う日になったんですけえ、そこんところは奥様もようく肝に銘じてつかんせえよ」

お熊はかのを心配するあまり、そんなことを言う。わかっている。わかっているけれど、この気持ちはどうしようもない。

「何ぼう法印さんでも、旦那様がおられる家には寄りつかんでしょうが。ええ機会だけ、奥様も了簡《りょうけん》して、これからは旦那様に親身に尽くすことじゃ」

お熊は火吹き竹を使いながら、合間にくどくどとかのを諭す言葉を続けた。

「どうも因州のおなごは普段はおとなしいくせに、時には周りがびっくりすることをやりますけ。きっと情が強《こわ》いんでしょうなあ……ああ、堪忍《かんにん》してつかんせえよ。奥様に当て付けて言うとるじゃないですけ。おなごをそんなふうにしてしまう男の方も悪いんですけえな。うらもなあ、亭主っちゅうのが稼ぎもろくにないくせに威張り散らして、あだこうだと勝手をするけえ、いっそ、家を飛び出したろうかと思うこともあるんですぜ」

「そっでも、お熊は子供のために我慢しとるんでしょう?」

「そうですよう」

お熊は振り返って大きく肯《うなず》いた。

「亭主は所詮《しょせん》、他人だが。だけど子供はうらの血を分けた可愛《かわい》い宝や。奥様、お嬢様のために辛抱せないけんで」

「ありがとう、お熊。わたくしも心を入れ替えますけ、どうぞ法印さんのことは旦那様に内緒にしといてつかんせえ」

かのは縋《すが》るようにお熊に言った。

「そんなん、当たり前ですけえ。うらが旦那様に告げ口したら、どないなことになるか、いやというほど知っとりますよ。うらは奥様が旦那様に折檻《せっかん》されるところなんぞ、見とうないけ。本当ですけえ」

お熊の言葉がくぐもり、前垂れで眼を拭《ぬぐ》う。

かのはお熊に思わぬほどの心配を掛けていたと初めて感じた。瀬左衛門との逢瀬《おうせ》に夢中で、周りの人間に気を遣う余裕もなかったのだ。今は辛《つら》いけれど、じっと耐えていれば、いつか瀬左衛門を忘れられるかも知れない。かのはその時、そう思った。

二十

角馬の弟子達は国許《くにもと》に師匠が戻ると、以前にもまして稽古《けいこ》に精進する日々が続いた。城下の藩の道場は江戸の藩邸とは比べものにならないほど広い。誰しも心おきなく稽古ができるのを心底喜んでいる様子であった。

石河《いしこ》四方《よも》左衛門《ざえもん》はその日、務めが繁忙を極めたため、いつもより遅れて道場に入ることになった。他流の門人達は、すでに稽古を終えて帰り仕度を始めている者もいた。

道場の庭には藩士が汗を流すための井戸が設えてある。四方左衛門はそこを通り掛かって思わず足を止めた。

二人の藩士が上半身を肌脱ぎにして手拭《てぬぐ》いを使っていた。春とはいえ午後になると外気は冷え込み、二人の身体から湯気が立っていた。

四方左衛門が足を止めたのは二人の口から雖井蛙《せいあ》流という言葉が聞こえたためだった。彼等から見えないように四方左衛門は納戸《なんど》の陰に身体をひそめた。

「雖井蛙流と、ご大層な流儀名を使《つこ》うて、くそ真面目《まじめ》に稽古しておるわい。なあにが雖井蛙じゃ。新丹石流でええじゃろうが」

苦々しく吐き捨てたのは岩流の弟子、磯辺《いそべ》友吉という男である。江戸詰めの折、磯辺は角馬の背丈のないことを皮肉り、逆に一本取られたという話を四方左衛門は道場の仲間から聞いていた。磯辺はそのことを根に持っているらしい。

「新丹石とは、ちいと間の悪い名だなあ」

相手は朋輩《ほうばい》の黒田半兵衛《はんべえ》だった。二人とも藩の御納戸役を務めている。

「間が悪うて上等よ。雖井蛙流は諸流の寄せ集めだけえ」

「まあ、おぬしの言うことも一理ある。今日、深尾が教えとった技は新陰流《しんかげ》にもあるもんだった」

黒田は磯辺の話に控えめに相槌《あいづち》を打った。

「そうじゃろう」

磯辺は得意そうに相好《そうごう》を崩した。

「それを、あたかも己れが生み出した技みたいに、もっともらしい顔つきで指南しとる。わしは、あの分別臭い顔が心底好かんが」

「おぬし、江戸で奴《やつ》にやり込められたんが、よっぽどこたえておるらしいのう」

「おうよ。思い出す度に肝が焼けるわい。いつか仕返ししたろうと思っとる」

「そっでも、おぬしの腕で深尾は無理じゃ」

黒田はあっさりと言った。

「何んぼう腕が強いいうても、二六時中構えておる訳にはいかんけん、どっか隙《すき》を狙《ねら》って打ち込んでやる」

「さあ、どうじゃろう」

「わしばかりじゃのうて、他にも深尾をいまいましゅう思うとる者はおるけ。そいつ等と手を合わせて深尾に掛かって行きゃ、あいつだとて降参するわい。武士はいつ何時《なんどき》でも敵のことを考えんといけんと偉そうに言うとる。わしはその鼻をあかしてやりたいんだが」

磯辺はそこで黒田の耳に片手を添え、何事かを囁《ささや》いた。

「おぬし、本気かいや？」

驚いた黒田の顔は、すぐににやけた笑いになった。

四方左衛門は、一つ空咳《からせき》をして二人の前に姿を見せた。

「もはや、稽古は仕舞いでございますか。いや、ご苦労様でございますなあ」

四方左衛門が鷹揚《おうよう》な顔で声を掛けると、二人はぎょっとした表情になった。だが四方左衛門は涼しい顔で「ごめん」と、その場を通り過ぎた。

四方左衛門は二人の名を出さなかったが、他流の弟子達にくれぐれもお気をつけ下さいと、角馬に注意を促すことは忘れなかった。

角馬は「他流の者に妬《ねた》まれるとは雖井蛙流の評判は大したものだのう」と、呑気《のんき》な声で言うだけだった。

起きている間は、常に敵の存在を意識せよ、とは角馬が常々、弟子達にも口が酸《す》っぱくなるほど言い聞かせていることである。しかし、人間はそうそう緊張した気持ちを続けられるものではない。たとい、無敵の角馬といえども不意をつかれては手も足も出ないことがあろう。四方左衛門は、ひそかに磯辺達の行動に警戒の目を光らせていた。

四方左衛門の心配をよそに、角馬は牡丹《ぼたん》の世話に余念がなかった。

江戸詰めの折、角馬は池田光仲《みつなか》を介して、将軍家綱から牡丹の株を所望された。家老、荒尾志摩守《しまのかみ》の申し出には断じて拒否しているので、さて、どうしたらよいものかと案じていたが、光仲に心細いような表情で「深尾、差し上げてくれるか」と縋《すが》られては、否《いな》とは言えなかった。

蕾《つぼみ》のままの牡丹を鉢に植え、それを御使番の手で江戸へ運ばせるのである。家綱の手に鉢が届く頃、牡丹が花時を迎えるように。

上様は、これが深尾紅《くれない》かと感歎《かんたん》の声を上げるだろう。角馬の意地も反骨も将軍家綱の前では無力であった。

かのは「上様に旦那《だんな》様の牡丹を差し上げるなど、鼻の高いことですなあ」と、無邪気に喜んでいたが、角馬の気持ちは複雑であった。

せめて剣法だけは己れの意のままに、自在に腕を発揮できるよう精進するのみと悟った。

一年ぶりで見た妻の顔と、娘の存在は、つかの間、角馬の心を癒《いや》したが、家綱に差し上げる牡丹のことで、すぐに頭はいっぱいになった。

庭にしゃがんでいると、角馬は背中にかのの視線を感じた。以前はほとんど気にならなかったのに、国許に戻ってからは妙に感じる。殺気とはほど遠いが、そこには底意地の悪いひえびえしたものがあった。それは何か。

さすがの角馬もかのの心の奥底までは思いが及ばなかった。


江戸へ向かう御使番に牡丹の鉢を渡し、ほっとひと息ついた頃、角馬の家に下男らしい男が文《ふみ》を持って現れた。それによると、急に剣法の師匠の集まりがあるので、おいで願いたいということが書かれていた。

晩飯を済ませて、時刻は五つ（午後八時頃）を過ぎていた。角馬は使いの男に、なぜ前もって知らせなかったのかと文句を言った。

年寄りの男はすまなそうな顔で「申し訳ごぜェませんなあ。深尾様にお知らせするんを旦那様は忘れておられたもんで」と、応《こた》えた。

他の者はすでに集まっているが、相談事は角馬が集まってからにするから、ゆるゆるお越し願いたいと男は言い添えた。慌《あわ》てて駆けつけることもあるまいと、角馬は使いの男が言ったように、食後の茶をゆっくりと飲んでから出かけることにした。まあ、四つ（午後十時頃）までに向こうに着けばいいだろうと考えていた。

着物の上に袴《はかま》を着《つ》けた角馬を見て、かのは驚いた顔をした。

「これからお出かけになりんさるか」

「ああ。ちいと出て来いと呼び出しがあった」

「そっでも、こないに遅うなってから」

「全くのう、わしがこまい身体《からだ》をしとるけ、忘れられておったようじゃ」

「まさか」

「先に休んでええぞ。これからだったら夜中になるけえ」

「石河さんは、ご一緒じゃないんですか？」

「剣法の師匠だけが集まっとるいうことじゃ。雖井蛙流はわしだけだろう」

「夜道は危のうござりますが」

「なあに、大事ないけ。ほんの二町ばかり歩くだけだ。袋川沿いの黒田という岩流の弟子の家だけ」

「師匠だけの集まりやのに、お弟子さんの家に行きんさるのですか」

かのは怪訝《けげん》な眼になった。つかの間、角馬はかのの顔をじっと見た。だがすぐに「心配するな」と、短く応えて袴の紐《ひも》を結んだ。

角馬は夜道を歩きながら、かのの言葉を反芻《はんすう》していた。剣法の師匠の集まりなのに、それが岩流の弟子の家であるということを、かのは不審に思ったらしい。そう言われてみれば、そうだ。まあ、しかし、行けばわかることだろうと、角馬は思い直して歩みを進めた。袋川は月明かりできらきらと水面《みなも》を光らせていた。静かなせせらぎを聞いている内に、角馬はふと尿意を覚えた。近くの為登場《いとば》に降りて小用を足しながら、角馬は柳生《やぎゆう》新陰流の「月の抄」のことを思った。「月の抄」は柳生十兵衛《じゆうべえ》三厳《みつよし》が著した兵法《ひようほう》研究書、及び柳生家の家史に相当するものである。丹石流の遣い手であった角馬の父の河田理《り》右衛《え》門《もん》が何かの折に角馬に話して聞かせてくれたものだった。理右衛門も一時期、新陰流を学んだことがあったことから、そんな話になったのだろう。

十兵衛の祖父に当たる柳生石舟斎《せきしゆうさい》（宗厳《むねよし》）は年老いると、外にある雪隠《せつちん》に通うにも足が覚つかなくなった。寒中の折、山中のこともあって氷が解けず、雪隠までの通路は滑りやすくなっている。

足は覚つかないが、雪隠には行かなければならない。不覚にも滑って転ぼうとするところを、さすが石舟斎、踏ん張って堪《こら》えた。その時、新陰流の極意「西江水《せいこすい》」を体得したという。「西江水」は文字通り、西江の水を飲み干すような大らかで、しかも全身に注意がゆき届き、どこにも心の止まらない心身ともに自由な心持ちを指していた。

角馬は小用を足そうとして石舟斎の雪隠の故事のことを偶然にも思い浮かべたのだ。それが摩利支天《まりしてん》の加護だったのかはわからない。しかし、角馬はその時、殺気を感じた。

すいっと体を躱《かわ》し、敵の背後に廻り、刀を振り下ろしたが、敵の勢いが強過ぎたせいか、袋川に無粋な水音が立った。角馬はチッと舌打ちした。闇《やみ》討ちを仕掛ける卑怯者《ひきようもの》は斬《き》って捨てても咎《とが》めはない。角馬はそのまま黒田家に向かった。

案の定、角馬は何事もない顔で訪《おとな》いを入れた。

角馬を中に招じ入れた。黒田の家には他流の師匠などは集まっておらず、半兵衛が居心地の悪い顔で

ほどなく、磯辺友吉がずぶ濡《ぬ》れで現れた。

「深尾殿、おぬしも人が悪い。わしがちぃと声を掛けようとしたところ、くいっと身体を躱したけえ、わしは川にざんぶと嵌《は》まってしまったが」

「そりゃ気の毒なことをしたのう。わしはてっきり辻《つじ》斬りじゃと思うたけ。だが、おぬしは川に落ちて命拾いをしたようなもんじゃ。ほんのつかの間、刀の振り出しが遅れてしまったけえ」

そう言うと、磯辺は訝《いぶか》しい顔で濡れた背中を探った。黒田も磯辺の後ろに廻って、低く唸《うな》った。磯辺の着物と襦袢《じゆばん》が一寸ほど裂け、刀の切っ先は肌に赤いひと筋の傷をつけていた。

磯辺はずぶ濡れのせいでもなく、唇をぶるぶる震わせて角馬の前に手を突いた。

「深尾殿、まことに僭越《せんえつ》至極なことを致しました。平にお許しを」

「常に敵を想定して修行を続けられる深尾殿のお心ばえ、拙者も、よっくわかり申した

けえ、この度のことは堪忍《かんにん》してつかんせえよ」

平身低頭する二人に角馬は苦笑した。

「なあに。せっかくここまで出かけて来たんじゃけえ、黒田殿、茶など振る舞《も》うて下さらんか。わしは、ちいと喉《のど》が渇いたけえ」

角馬はようやく笑顔を見せた。

この夜のことは、間もなく鳥取藩の家中に拡《ひろ》がった。ことに雖井蛙流の弟子達は誇らしい顔つきで吹聴《ふいちょう》していた。かのはその話を聞くと、眉間《みけん》に皺《しわ》を寄せた。角馬が危険な目に遭《あ》ったことより、かのにそのことを微塵《みじん》も話さなかった角馬が恨《うら》めしかった。

庭の牡丹はそろそろ花時を迎える。

牡丹は主《あるじ》の帰郷を心から喜んでいるに違いない。角馬のいない間、牡丹のことなど、かのは微塵も考えなかった。

かのがこの世で、いっとう嫌いな花は深尾紅と呼ばれる牡丹である。かのは胸の内で強くそう思っていた。

為登場に下りて、角馬の弟子の一人から届けられた青物を洗っている時、修験者の一団が袋川を隔てた通りを達者な足取りで通った。

兜巾《ときん》、結袈裟《ゆいげさ》、金剛杖《こんごうづえ》。背中に笈《おい》を背負い、験者声《げんざごえ》で経を唱えている。

観自在《かんじざい》菩薩《ぼさつ》。行深《ぎょうじん》般若波羅蜜多時《はんにゃはらみったじ》。
照見五蘊皆空《しょうけんごうんかいくう》。度一切苦厄《どいっさいくやく》。
舎利子《しゃりし》。色不異空《しきふいくう》。空不異色《くうふいしき》。
色即是空《しきそくぜくう》。空即是色《くうそくぜしき》。受想行識亦復如是《じゅそうぎょうしきやくぶにょぜ》。

……………

二十人ほどの修験者の中に、かのは瀬左衛門《せざえもん》の姿を認めていた。これから大山《だいせん》へ向かうのだろう。般若心経《はんにゃしんぎょう》を唱えながら彼等は歩みを進めていた。瀬左衛門もかのに気づいたはずだ。しかし、こちらに視線を向けようとはしなかった。かのは茫然《ぼうぜん》と修験者達が通り過ぎるのを眺めた。

往《い》ける者よ、往ける者よ、彼岸に往ける者よ、彼岸に全く往ける者よ、悟りよ、幸いあれ。

般若心経の最後はそういう意味があった。

二十一

因幡《いなば》・伯耆国《ほうきのくに》を領地とする外様《とざま》大名、池田光仲《みつなか》が生まれた池田家とは、そもそも源《みなもとの》頼光《よりみつ》から四代目の源泰政《やすまさ》が美濃国《みののくに》池田郡本郷村《ほんごう》（あるいは可児《かに》郡池田村）に住んで池田姓を名乗ったことが嚆矢《こうし》とされる。泰政の九代の孫教依《のりより》の妻は、楠木正行《くすのきまさつら》の室であった。正行が戦死したために教依に再嫁《さいか》したのである。その子教正《のりまさ》は正行の子と信じられていた。大蔵殿《おおくらどの》が『太平記』を好む所以《ゆえん》は、そこにあるのかも知れない。

永禄《えいろく》の頃、池田恒利《つねとし》の代に池田家は美濃から尾張《おわり》へ移った。恒利の妻が織田信長《おだのぶなが》の乳母を務めたことから、子の恒興《つねおき》は信長に仕え、桶狭間《おけはざま》の合戦などで軍功を挙げた。恒興は信長から信の一字を賜《たま》い、以後、池田信輝《のぶてる》と名乗る。

信輝は本能寺の変の後、すぐさま豊臣秀吉《とよとみひでよし》につき、その働きを認められて美濃の大垣《おおがき》に十三万石を領する大名となった。この頃から全国に池田の名は知られるようになったのだ。

しかし、信輝は嫡子之助《ちゃくしゆきすけ》とともに長久手《ながくて》の戦で戦死してしまう。幸い、次男の輝政《てるまさ》はなかなかの器量人であったため、父と兄の死後も如才なく秀吉に取り入り、三河吉田《みかわよしだ》に十五万石を賜っている。さらに輝政は秀吉の死後、徳川家康《いえやす》につき、関ヶ原の合戦では東軍に属して勝利をおさめ、播磨姫路《はりまひめじ》に五十二万石を与えられるという異例の出世をする。

播磨姫路の実質的な藩祖は、この輝政と言っても過言ではないのだ。輝政の出世は戦で軍功があったことより、家康の次女富子《とみこ》（督姫）を娶《めと》ったせいが大である。富子は輝政の後添えであった。すでに輝政には中川清秀《きよひで》の娘で糸子《いとこ》という妻がいた。しかし、富子を迎えるために輝政は病気を理由に糸子を離縁してしまう。大名の婚姻はおおかたが政略結婚の様を呈《てい》しているので、そのようなむごいことも珍しいことではなかったのだ。輝政は富子との結婚により、「神君の婿《むこ》」として外様大名ながら家康に厚遇され、松平の姓を与えられた。

輝政は時勢を見る目に長《た》けていたようだ。果たして世は家康の時代となり、富子が次々と子を産む度に輝政は領地を拡《ひろ》げていった。

他の大名達はそんな輝政を「我等が槍先《やりさき》で摑《つか》み取った領地を池田は魔羅《まら》で取る」と皮肉ったものだった。

慶長八年（一六〇三）には播磨姫路五十二万石の他に、富子の産んだ次男忠継《ただつぐ》に備前岡山二十八万石、同十五年には三男忠雄《ただかつ》に淡路六万石が与えられ、池田家は一挙に八十六万石の大家となったのである。輝政と富子の間には七人の子があり、政略結婚とはいえ、夫婦の間は円満であったようだ。しかし、富子の胸中では輝政の先妻糸子の産んだ利隆《としたか》が播磨姫路を継ぐことが何んとしてもおもしろくなかった。自分の腹を痛めた子に播磨姫路を継がせたい。母親なら、まして家康の娘ならばそう考えるのも無理はない。播磨御前と称された富子は気性の激しい女性であり、時には輝政を尻《しり》に敷いているように周りの者には見えた。

輝政が亡《な》くなった時、幕府は遺領を分散して輝政の息子達に分け与える措置を取った。家康の外孫であることから優遇したのである。この時、利隆は三十歳、次男忠継は十五歳、三男忠雄十二歳、四男輝澄《てるずみ》十歳、五男政綱《まさつな》九歳、六男輝興《てるおき》は三歳であった。

富子は輝政の遺領をそっくり忠継に継がせたかったので、この措置に強い不満を持った。

富子のわが子可愛《かわい》さは「毒饅頭事件《どくまんじゆう》」と呼ばれるお家騒動にまで発展した。

慶長二十年（一六一五）二月。富子は毒入りの饅頭を利隆に差し出した。利隆の傍《そば》にいた侍女が危険を察して、富子に気づかれないように掌《てのひら》に毒という字を書いて利隆に知らせた。そのお蔭《かげ》で利隆は毒饅頭に手を出さなかったが、一緒に控えていた忠継は母の行為を諫《いさ》めるために、自らその毒饅頭を口にして苦しみながら死んだ。

富子はあまりのことに自分も毒饅頭を食べて憤死する。池田家は二人が疱瘡《ほうそう》を患《わずら》って死んだことにして幕府へ届けた。

池田家では、今もこのことは禁句となっているが、池田騒動は仙台の伊達《だて》騒動と同じように、それとなく脚色されて後世に伝わることとなる。

忠継の後は大蔵殿の父、忠雄が、備前岡山藩の遺領三十八万石から減封された三十一万五千石を継いだ。

利隆は三十三歳で死去した。子の光政《みつまさ》は利隆の遺領を引き継いだが、光政はこの時、僅《わず》か八歳。幼主では播磨姫路の統治は無理との理由で幕府は光政を因幡国に移封した。まさに大蔵殿が辿《たど》った運命を、従兄《いとこ》の光政も同じように経験しているのである。

光政は、ただ今は備前岡山藩の藩主であった。

備前岡山は大蔵殿の父、池田忠雄のかつての領地でもあった。大蔵殿が池田騒動の詳細を知る前に忠雄はみまかっている。忠雄が死去した時、大蔵殿は三歳だった。

しかし、成長するにつれ、聡明《そうめい》な大蔵殿は、それとなくお家の事情を察するようにもなっただろう。

大蔵殿の嫡子綱清《つなきよ》は元服して、来年には、この城下へ訪れるという。そのせいで、大蔵殿の側室である匂《にお》の方《かた》が心穏やかでなくなるのではないかと、かのの伯父の彦右衛門《ひこえもん》は世間話の傍ら、角馬に話していた。かのは角馬の横で彦右衛門の話を聞きながら、改めて大蔵殿の家柄の凄《すご》さを知ったのだった。

匂の方にも男子がいた。隆律《たかのり》はまだ六歳と幼いので、先のことより無事に成長させることに匂の方は心を砕いているはずだ。しかし、元服を迎える頃になったら、匂の方も大蔵殿の祖母のように、わが子のために恐ろしい企《たくら》みを考えるのだろうか。かのは口には出さなかったが、伯父の話を聞きながら、ぼんやりと、そんなことを考えていた。

二十二

また牡丹《ぼたん》の季節が巡って来た。

城下の町では椿《つばき》の花も可憐《かれん》に咲いて人々の目を楽しませていたが、寺町の一郭、袋町の深尾角馬の家の庭は、牡丹にあらずば花にあらずとばかり、様々な種類の牡丹が一斉に咲き揃《そろ》っていた。その中でもひときわ人の目を惹《ひ》きつけるのは深尾紅《くれない》と呼ばれる艶《あで》やかな牡丹であった。その色は血よりも赤かった。

昨年に生まれたふきは覚つかない足取りで庭をよちよちと歩く。少し目を離すと、すぐにばったり転んで派手な泣き声を上げた。

主《あるじ》の角馬が城に出仕した深尾家は、のんびりした雰囲気が漂っていたが、お熊《くま》が買い物に出てしまうと、かのは他の仕事も手につかず、ただふきの傍にいるより仕方がなかった。

ふきは家の中にいるより外に出たがった。

かのは小さな草履《ぞうり》を紐《ひも》で括《くく》って外れないようにしてやった。眩《まぶ》しい陽射《ひざ》しが降り注ぐ庭は、気持ちのよい春の風も吹いている。

「ふき。これ、あっちこっち歩いては転びますがな、じっとしとりんさい。ほんにお前はお父上と同じで少しもじっとしとらん子やなあ」

かのがふきの小袖《こそで》を摑《つか》むと、ふきは嫌がって悲鳴のような甲高い声を上げた。泣き声も以前とは比べものにならないほど力強い。

起きている時のふきは瞬時も目離しができない。長火鉢の引き出しを開けて中の物を畳にぶちまけたり、濡《ぬ》れた雑巾《ぞうきん》を箱膳《はこぜん》の上に置いたりと、とんでもないことばかりする。ふきの相手ができない時は、かのはやむなく箪笥《たんす》の把手《とって》に紐を通して、それをふきに括りつけた。手には沢庵《たくあん》の尻尾《しっぽ》を持たせた。ふきは漬け物好きの子供であった。角馬はそんなふきを見て「まるで犬だが」と笑った。しかし、角馬は滅多にふきを抱き上げたり、あやしたりしない男であった。だからなおさら、かのは精が切れる。よその亭主は女房が家事に忙しくしていると、子供を背負って近くに散歩に行くというのに、角馬はまるでかのに手を貸そうとはしなかった。角馬に子供の世話を期待してはいなかったが、時々かのは、よその家庭が羨《うらや》ましくなる時があった。こんなことなら、ふきは歩けない赤子のままでいた方がましだったと思う。むつきを取り替え、乳を与えてやれば、後はすやすや眠ってくれたからだ。

ふきの利《き》かん気な丸い眼は角馬と瓜二《うりふた》つである。眉《まゆ》の形も似ている。角馬の性格も引き継いだとすれば、年頃になった時は、とんでもなく強情な娘になるだろう。

角馬はその時、どのようにふきに対処するのだろう。ふきは角馬の弟子達のようにおとなしく言うことを聞いてくれるとは思えなかった。かのはずっと先のことを今から心配していた。

「これ、ふき！」

垣根の木戸が開いている。ふきはそちらに向かっていた。木戸の外は通りを隔てて袋川が流れている。目を離した隙《すき》に川に嵌《は》まって溺《おぼ》れ死ぬ子供の話は、かのもよく聞くことである。角馬にも、よくよく気をつけよと注意されていた。

ふきを摑まえて抱き上げると、ふきはむずかって暴れた。かのは苛々《いらいら》してふきの尻《しり》を一つ、ぱんと張った。ふきはまた、凄《すさ》まじい泣き声を上げた。

その時、くすりと苦笑する声が聞こえた。

ふきに気を取られている内に、かのは傍に人がいたことに気づかなかった。植え込みから外を見ると、立派な乗り物が止まっていた。

苦笑したのは、その乗り物につき添っていた若い女中だった。紫の矢絣《やがすり》の着物に黒の帯をやの字結びにした女中は、同様の恰好《かっこう》をした四人の中の一人であった。駕籠《かご》持ちの中間《ちゅうげん》と、他に武士が二人、乗り物の後方に控えていた。どうやら、城からやって来た者達らしい。かのは慌《あわ》てて頭を下げた。

「お見苦しいところをお目に掛けまして申し訳ございません」

「かまいませぬ。この年頃の子供は聞き分けがないものゆえ、我等に遠慮は無用でございまする。不躾《ぶしつけ》ながら、こちらは深尾角馬殿のお住まいでございましょうや」

若い女中は、はきはきとかのに訊《たず》ねた。

「は、はい」

「やはりそうでございましたか。見事な牡丹が咲いとりますゆえ、そうではないかと思うとりましたが」

「牡丹を見物にお出ましになられたのでしょうか」

かのは恐る恐る訊いた。

「いえ、お方様はご実家の伯母上様の祥月《しょうつき》命日に近くのお寺までご参詣《さんけい》なさり、お戻りの際に噂《うわさ》の深尾紅を是非にもご覧になりたいとおっしゃいましたので、お忍びでこちらへ廻りました。どうぞ、このことは他言無用に」

「は、はい。承知致しました。そっでも、そこからはようお見えになりませんでしょう。

よろしかったら、むさい所ですが、中へ入って見物してつかんせえ」

かのは木戸を大きく開けて促した。若い女中は乗り物の傍にしゃがんで小声で中へ囁《ささや》いた。

乗り物の主は、少しためらうような様子もあったが、しばらくして扉が開けられ、その前に白い履物が揃えられた。

乗り物から出て来たのは背の高い女性であった。

「匂《にお》の方《かた》様……」

かのは驚いて地面に平伏した。紅花色の着物の上に、丸に揚羽蝶《あげはちょう》の紋の入った裲襠《うちかけ》を纏《まと》った匂の方は燦々《さんさん》と照る陽射しにも負けず、輝いて見えた。裲襠には金糸が織り込まれている。それは光の加減で複雑な色合いに変化した。

匂の方は平伏したかのに、礼は無用とばかり、手にしていた扇で制した。

「それではお言葉に甘えて見物させていただきまする」

傍の女中は匂の方の代わりに応《こた》えた。庭には匂の方の衣服に焚《た》きしめた香《こう》が漂った。

「これか、これか？」

匂の方は深尾紅の咲いている植え込みの前に立つと、女中にとも、かのにともつかずに訊《き》いた。女にしては野太い声だったが、かのは少しも興醒《きょうざ》めを覚えることはなかった。むしろ、その声が甲高いものだったら失望したのではなかったろうか。かのより少し年上であるが、その美しさにかのは眼を奪われた。

白い肌、くっきりとした二重瞼《まぶた》、高い鼻、紅を刷《は》いた形のいい唇。じっと眺めた訳でもないのに匂の方の面差《おもざ》しはかのの眼に刻印されたように残った。

かのの父は、この美しい女性のために魂まで奪われたのだ。たとい、それが匂の方のせいではなくても、美しく生まれついた者は知らずに誰かを苦しませるものなのか。かのは匂の方に大きく肯《うなず》くだけで精一杯であった。

ふきはおとなしくなった。ふきも匂の方の出《い》で立ちに心を奪われている様子だった。匂の方が深尾紅を眺めていたのは、ほんの僅《わず》かな間だったが、かのには長い時間に思われた。

やがて匂の方は未練のありそうな表情で踵《きびす》を返した。乗り物に向かう前にかのの前で足を止め、ふきの頭を撫《な》でた。それから持っていた扇をかのに差し出した。

「いえ、もったいない。そのようなお気遣いはご無用ですけえ」

かのは後退《あとずさ》りした。

「お方様のお志です。お受けなされませ」

女中が口添えした。ふきを抱いた不安定な恰好で、かのはその扇を受け取った。牡丹を見物させた礼であろう。

「さきほども申し上げた通り、これはお忍びのことゆえ、くれぐれも他言無用に」

女中は念を押した。かのは返事の代わりにさらに頭を下げた。匂の方が乗り物に入ると、扉は閉じられ、駕籠持ちの中間がゆっくりと担《かつ》いだ。そのまま静かに庭の前から去って行った。つき添いの武士はかのに目礼して後ろから続いた。何も彼《か》も夢のようなことに思えた。匂の方が城下の、しかも家臣とはいえ、平士分の家の庭を見物するなど前代未聞《ぜんだいみもん》のことである。もしも、このことが露見したなら、匂の方はきっと大蔵殿から叱責《しっせき》されるだろう。そんなことはさせたくなかった。

父を迷わせた憎い女性であるはずなのに、かのは少しも匂の方を恨む気持ちにはなれなかった。あの美しさなら是非もない。かのに差し出された雪のように白い手を父は矢も盾もたまらず握ったのだ。あの白い手は父にとって天女《てんにょ》の手にも思えたのだろうか。父は本望であったろう。その手の感触を終生胸に抱えて、預けられた屋敷の座敷牢《ろう》に押し込められたのだ。かのの胸に悲しみが拡《ひろ》がった。匂の方を恨むことができたのなら、その悲しみは、まだしも癒《い》えたのにと思った。

ふきはいつの間にか、かのの腕の中で眠ってしまった。かのはふきを抱えたまま、お熊が戻って来るまで、つくねんと庭に佇《たたず》んでいた。深尾紅は匂の方の上覧を得て、さらに艶やかさを増したように見えた。

かのは匂の方のことを誰にも話さなかった。

買い物から戻ったお熊が「さきほどご近所で、えらい立派な乗り物を見ましたがよう。あれはお殿様だろうか。うらは思わず這《は》いつくばっちまいましたが」と、呑気《のんき》に喋《しゃべ》っていた。乗り物が女物だということまで、お熊は気づかなかったらしい。どうやら匂の方が牡丹を見物していたところは誰にも見られなかったようだ。

かのは拝領した扇を簞笥の奥に仕舞い込んだ。扇は白地に金粉の雲が描かれ、和歌がしたためてあった。

おもひやる　都の空をながむれば
山また山の　あとのしらくも

それは大蔵殿の詠《よ》んだ和歌であると、なぜかかのにはわかった。かのの脳裏には山間《やまあい》にたなびく白雲の様子がありありと浮かんだ。

一片の不浄なものとてない。大蔵殿の心の清らかさが伝わってきた。それに比べて、自分は何んと不純な女であろう。かのは大蔵殿に優しく叱責された気がした。いや、扇を与えてくれた匂の方にだったろうか。かのは簞笥に扇を収める時、胸にそれを押し当ててほろほろと泣いた。

二十三

角馬の弟子である石河四方左衛門《いしこよもざえもん》の縁談が纏《まと》まった。妻女は角馬の親戚《しんせき》に当たる娘である。これによって深尾家と石河家も親戚の関係になる。角馬はますます四方左衛門を頼る気持ちが大きくなることだろうと、かのは思った。

四方左衛門は雖井蛙《せいあ》流の伝書を記すという理由で、以前にもまして角馬を訪れる機会が増えた。

その日、角馬は四方左衛門の他に三人の弟子を伴って、ずい分早い時刻に帰宅した。いつもなら藩の道場で稽古《けいこ》をしている時分であった。角馬は稽古を早目に切り上げて、弟子達に盛りの牡丹《ぼたん》を見物させるつもりだったようだ。突然のことにかのはうろたえた。弟子達を急に四人も接待するには準備が間に合わない。当惑したかのの表情を察して角馬は、酒は要らぬ、茶と茶受けにする菓子か漬け物があればよいと言った。

「それでもせっかく家に来られたもんですけ」

「いや、牡丹を見物に来ただけだ。皿小鉢並べて、あれこれせんでもええ」

「そうですか？　本当にお茶とお菓子だけでええんですかな」

「ああ」

弟子達に対して角馬は、かいがいしかった。

縁側に座蒲団《ざぶとん》を運び、莨盆《たばこぼん》を出して莨を勧めたりして、如才なく振る舞った。庭の牡丹に感嘆の声を上げる弟子達に角馬は相好《そうごう》を崩した。

台所に行くと、お熊《くま》は「奥様、これからちょっと魚屋まで行って来ますけ」と言った。

「旦那《だんな》様はあれこれせんでもええと言われたけどな」

「花見に酒と肴《さかな》はつきものですけ、そういう訳にはいかんですが」

お熊は弟子達の気持ちを先回りして言う。

「そうか」

「奥様、取りあえず、お茶だけ出しといてつかんせえ。すぐにうらが戻って仕度しますけ」

こんな時のお熊は頼もしい。かのは肴代を与え、ついでに酒屋に寄って酒も買うように言いつけた。お熊は張り切って出かけた。

かのは背中にふきを括《くく》りつけて茶と菓子を運んだ。弟子達と角馬は楽し気に語り合っていた。

「剣豪と言われる人物の中には花の栽培を好む御仁が多いようですなあ。尾張柳生《やぎゅう》の麒《き》麟児《りんじ》と称された柳生厳包《としかね》もそうでしたし、美濃《みの》の大垣で正木流万力鎖《まさきりゅうまんりきぐさり》の術を起こした正木利充《としみつ》もまたしかり。二人とも好んだ花は、なぜか牡丹でしたなあ」

角馬の留守に牡丹の世話を任せられた岩坪勘太夫《いわつぼかんだゆう》が滔々《とうとう》と語った。勘太夫も今年の牡丹のできに大いに満足している様子だった。

「ほう。それでは岩坪殿も牡丹を丹精なさるけえ、一応は剣豪の体裁をしておることになりますすな」

石上八兵衛《いしがみはちべえ》という中年の弟子が茶化すように言葉を挟むと、一座は笑いに包まれた。

「ご城内でも先生の牡丹のことは大層評判になっとりまして、何んでもお方様は一度、深尾紅《くれない》をこの眼で見たいと仰せられましたとか」

石河四方左衛門も角馬を持ち上げるように言った。

「しかし、お方様がわざわざここまで出かけていらっしゃることは、色々差し障《さわ》りもあり難しいことでしょうなあ」

角馬と一緒に江戸詰めであった高原市兵衛《たかはらいちべえ》がそう言う。かのは何事もない顔で一人一人に湯呑《ゆのみ》を差し出した。

「そっでも、不思議なことに、お方様は、すでにご覧になったようなお話もされておられるそうな」

四方左衛門がそう言うと、角馬はちらりと、かのに視線を向け、「かの、そんなご様子があったんか」と訊《き》いた。

「さあ、わたくしはちょっとも気がつきませんでしたなあ。わたくしはこの子の世話で忙《いそが》しゅうしておりましたけえ」

「そらそうですわ。奥様はお嬢様の世話が大変で、とても外を通る人のことまで気をつけておられませんわな」

勘太夫は訳知り顔で口を挟んだ。

「そんなら、お方様はいつ、うちの牡丹をご覧になったんかのう」

角馬は牡丹の植え込みに視線を向けながら独り言のように呟《つぶや》いた。

「上野殿のお屋敷においでになる途中でご覧になったんではありませんか」

四方左衛門は思いついたように言った。匂《にお》の方《かた》は鳥取藩家臣の上野家の出であった。

上野家は匂の方が大蔵殿の側室に上がったことにより大市《おおはば》に家禄《かろく》を加増されていた。

「そうかも知れん。上野殿の家は、昔はあちこち立ち腐れが目立っておったもんだが、この頃はどうしてどうして、ご家老様のお屋敷に負けんほど立派ですけえ。あのぐらいの器量よしの娘を持てば、おなごも家の出世に役立ちますなあ」

石上八兵衛は心底感心した顔で言った。

「いずれ、ご兄弟ばかりでなく、甥《おい》っ子やら、はとこやら、上野の男子はことごとく藩士に取り立てられ、上野家は末代まで禄《ろく》を食《は》む果報に恵まれましょう。それはいっそ羨《うらや》ましい話ですが。それに比べて我等は、いつ在郷《ざいごう》するやも知れぬ宿命《さだめ》……」

高原市兵衛が沈んだ声で言うと、弟子達は黙って肯いた。

明暦の江戸の大火に引き続き、翌年も江戸は本郷から出火して大火となった。それにより池田家の江戸藩邸も罹災《りさい》している。

かのが角馬の家に嫁ぐ前の年には城下でも大火が起きていた。様々な掛かりが藩の財政を圧迫していたのである。藩の家臣の中には家屋敷を他人に譲って、在郷に居を移す者が続いていた。城下では、野菜も魚もすべて食べる物は銭を出して買わなくてはならないが、在郷に移れば畑を耕して野菜を作れるので幾らか暮らしは楽になる。領内の地方支配は在御用場《ざいごようば》がこれに当たっていた。在御用場の長は郡代《こおりだい》であるが、配下に寄合、在郷吟味役《ざいごうぎんみやく》等の諸奉行、平士役人、組付役人《くみつき》、御徒《おかち》、御弓徒《おゆみかち》、苗字付《みようじつき》、無苗之者《むみようのもの》と続く。在郷入りしても鳥取藩の家臣としての仕事はあった。それゆえ、暮らしが立ち行かなくなった藩士は在郷入りを申し出るのだ。

「この次の参覲《さんきん》交代は伴の家臣も減らされることになるかも知れんのう。若君様がお国《くに》許《もと》にお越しになることもあるし……」

角馬は藩の今後を予想して言った。

「参覲交代の道中の掛かりは都合三千両と見積もられておりますが、実際は伴の家臣の仕度金や何やで五千両は下りますまい」

四方左衛門は若いくせに妙に年寄りじみた表情で説明した。

「おまけに城下では頻繁に洪水やら地震が起きるし、全くわが藩の金蔵に金が落ち着いたためしもありませんなあ」

四方左衛門は溜《た》め息《いき》混じりに続けた。

「しかし、このせちがらいご時世に嫁女を迎えようという奇特な者もおりますけえ」

石上が四方左衛門をからかうように言うと、四方左衛門の頬がぽっと赤くなり「石上殿、それとこれとは別ですが」と、むきになって言った。それがおかしいと弟子達は声を上げて笑った。

お熊が膳《ぜん》を調《とと》えて運んで来ると、座は一層盛り上がった。白井源太夫《げんだゆう》が遅れてやって来て得意の尺八を披露して興を添えた。牡丹の宴《えん》はその夜、遅くまで続いたのだった。

二十四

大蔵殿の居城は鳥取城になるが、伯耆国《ほうきのくに》も預かる鳥取藩は他に米子《よなご》城も抱えていた。そこは家老荒尾《あらお》志摩守《しまのかみ》の預かりとしている。

領内の他の城はおおかたが廃城となっていたが、城跡には陣屋が配置されていた。荒尾氏が自分の組士を配して「自分手政治《じぶんてせいじ》」と呼ばれる自治政治を行っていた。このやり方は他の藩では見られない独特のものだった。

しかし、自分手政治の性質上、因幡国《いなばのくに》の不足を伯耆国に期待することはできなかった。

鳥取藩は時代の流れと天災の影響で、財政は下降の一途を辿《たど》るばかりであった。

大蔵殿は軍式と軍役の設定を行い、また家中法度《かちゅうはっと》の整備、家臣の知行給付を通じての厳しい家臣団の統制を実施したが、いかんせん、藩にはめざましい産業もなく、財政を維持するためには質素倹約の策ぐらいしかなかった。

どこの藩も財政の維持には苦慮していたので、大蔵殿もさほど危機感を覚えていなかったと思われる。徳川家との血縁を誇示するために東照宮を勧請《かんじょう》造営する心はあっても、家臣や領民の貧苦には具体的な思いが及ばない。

それは大蔵殿が家臣や領民を深く愛する気持ちとは、また別のものだった。

そういうことを、かのは伯父から聞かされていた。ご政道のことは理解できなかったが、その時だけ、かのは大蔵殿の鷹揚《おうよう》さが恨めしかった。在郷入りした家臣の報告を受ければ、村では満足な医者もおらぬので、病に倒れた時はどうするのかと、大蔵殿は家老に無邪気に訊《たず》ねられたとか。だが、在郷入りを回避する策は大蔵殿も家老も持ってはいないのだ。

武を重んじる大蔵殿の配下において、深尾角馬も他の剣法の師匠達も、財政困難にも拘《かか》わらず、これまで通り弟子に稽古《けいこ》をつけていた。そんな中で雖井《せい》蛙《あ》流平法の伝書は着々と進んでいった。

雖井蛙流平法目録第二
（夢想《むそう》）利集《りしゅう》之巻
一、手余《しゅよ》刀《とう》無《む》利《り》之《の》事《こと》
一、反刀《はんとう》多利《たり》之事
一、離刀《りとう》怪我《けが》第一之事
一、頂剣三術湛身位《ちょうけんさんじゅつたんしんくらい》之事
一、柄八寸《つかはっすん》ニ有利《ゆうり》之事
一、敵踏込切時徹位《てきふみこみきるときてつい》之事
一、小太刀《こだち》一尺語《いっしゃくご》（五）寸《すん》ヨリ短キ事
一、懸身《かけみ》三尺有徳《さんじゃくうとく》之事
一、敵踏打時日者《てきふみうつときひしゃ》ハ西山月者《にしやまげつしゃ》ハ山影之事

右の一巻、秘伝に為《な》すと雖《いえど》も、数年の御執心《ごしゅうしん》に依《よ》って、残さず相伝せしめ、畢《ひっ》す（ことごとく）秘《ひ》す可《べ》し、秘す可し。

口伝言、雖井蛙流平法の六字は前に註するがごとし。此《こ》の巻には利害の勘弁を書き集めたる故《ゆえ》に利集の巻という。当流本師、摩利支天《まりしてん》の夢想に驪龍剣《りりゅうけん》を感得せられ、これを一流の極意として取り立てられたる剣術なれば、第一を夢想萬勝《ばんしょう》の巻、第二を夢想利集の巻、第三を夢想秘極《ひきょく》の巻というなり。

「手余刀無利之事」

口伝言、手に余る刀は利なしということなり。手に余るとは長短軽重なり。これは人々によりての相応なれば、いかほどの長短軽重と極《きわ》めて言うべからず。その人に用捨《ようしゃ》あるべし。

すべて刀剣に限らず、世の常、衣服を着するに足ると思うようならざる物を着して晴れがましき座敷に出たる時は、そのこと気に掛かりて立ち働き思わしくなきものなり。

「反刀多利之事」

口伝言、反《そ》りたる刀に利多しというなり。

反りと直《ちょく》なるとは、人々の得手というものありて一様とは言われざるものなり。直は抜き難し、向こうの太刀を止むるにも直なるは止め心地悪《あ》しきものなり。使い難きものにあれば直なるに対して反りたる刀、利多しというものなり。しかしながら、反りたるに利ありと一遍《いっぺん》に合点《がてん》しては反りたるものにも又、損多し。物には程《ほど》というものあり。

「離刀怪我第一之事」

口伝言、刀を手遠く身を離して置きぬれば、不慮の事あらん時の、間に合わざればあやまちあるべしということなり。刀を離さぬようにといえる一言にて万事刀の取りさわぎの心持ち多きことなり。勘弁第一なり。無刀取りを肝心と相伝するは、刀の利をば、さのみ頼まれぬ道理なり。その上、尺斗《しやくばかり》の短刀を持ちては敵に勝つこと自由ならん事必定なり。よって小太刀を専一に教えられたるなり。又、その上に長剣を取りては勝負に何の難しき事なくするが雖井蛙流の正意なり。しかるに離刀怪我第一と書きたまえる底意は敵を我より下手にして見たる時には無刀取りにても勝つべし。小太刀にても大太刀を制すべし。我と等しき者と見れば寸尺一寸増《ま》して見えたり。しかるに長を捨て短を取るは理と変なり。常理を見れば離刀怪我第一というに落着するなり。

「頂剣三術湛身位之事」

口伝言、頂剣とは太刀を頂上に構えたるをいうなり。頂剣には三術の自在あり。三術とは順逆中《じゆんぎやくちゆう》の三つなり。この三術を使うに湛身を用ゆるその利なり。湛はしずむと読むなり、沈の字と同意なり、位という字はほどちいと俗語にいう意に見れば能《よ》くすむなり、頂剣には身を湛《しず》みて順逆中の働きある事を知らしむために、頂剣三術湛身位之事と書きたるなり。

「柄八寸ニ有利之事」

口伝言、柄は長さ六寸五分、七寸と定むる事、世上の通用なり。七寸より長ければ柄留《つかどめ》の気遣いありといえり。長柄に利ある事を用ゆればなり。柄留には長短ともに得失あり。一遍に思うべからず。

「敵踏込切時徹位之事」

口伝言、これは敵に先に仕《し》懸《かけ》られたる時には向うへ手出しすることならぬものなり。その時はその先を取返して向うの仕懸と同じく、等しくなるような使い様をいうなり。徹位という徹の字は均なり。遅れたる身の位を取返して敵と等しくなるを徹位というなり。

「小太刀一尺語（五）寸ヨリ短キ事」

口伝言、これは一尺五寸より以下の打柄を小太刀という事なり。一尺の小太刀にも三尺の用をなす。又、三尺の太刀も使い様にて一尺の得ならではなき事、何《いず》れは一尺五寸より以上は太刀と等しき道理なれば一尺五寸より短きというが正意なり。

「懸身三尺有徳之事」

口伝言、前へかかりて打込む太刀は一尺の物を持っても三尺の得ありという事なり。

「敵踏打時日者ハ西山月者ハ山影之事」

口伝言、これは敵の気とつり合うて立ち向いたる時の心持なり。少しにても敵の気にゆとりたる処《ところ》をば、少しも許さず打《うつ》をば日者西山という。又、向うより破るまじき処をば破りてかけり込むをば、いかにもその気に取合わず、のっしりと引くるを月者山影と言えり。日の西山に入る時は少しもゆとりなく、落ちかかると思えば直に入るなり。敵の気の猶予《ゆうよ》と刹那《せつな》の事なり。又、月の山影より出る時は、いつも知らずおいいんぼりとゆるやかに出るものなり。向うの気の険《けわ》しきに少しも取合わぬ気色を譬喩《ひゆ》して言える詞《ことば》なり。

雖井蛙流を志す角馬の直弟子達は師の教えを真摯《しんし》に受け留め、稽古に励んだ。中でも石河《いしこ》四方《よも》左衛門《ざえもん》と白井源太夫《げんだゆう》の二人は角馬の言わんとするところを確実に体得している様子が窺《うかが》える。かのも角馬の口ぶりから、この二人に角馬が格別の期待を持っていることを感じていた。

二十五

庭の牡丹《ぼたん》が散ると、鳥取城下はいっきに夏めいて感じられるようになった。ふきの足取りは日毎《ひごと》、確かになり、それとともに、かのもふきを追い掛けることに疲れを覚えるようになった。日に何度、かのはふきへ甲高い声を上げるだろうか。

恒例の幟邌り《のぼりね》を三日後に控え、お熊《くま》は心穏やかではなかった。今年はお熊の息子の八《や》十吉《そきち》が幟邌りで騎乗の武士を追い掛けるのだ。

かのはふきと一緒に見物に行くことを大層楽しみにしていた。

お熊が為登場《いとば》へ洗濯をしに行くと、かのは庭でふきを遊ばせながら植木に水遣り《みずや》をした。

茄子《なす》や瓜《うり》、青菜等を庭の片隅で作っている。

その他に、かのの好きな竜胆《りんどう》や桔梗《ききょう》、秋茱萸《ぐみ》も植えていた。秋の季節を迎えた頃には、かのの目を喜ばせることだろう。

岩坪勘太夫《かんだゆう》が、かのに挿《さ》し木や接《つ》ぎ木を丁寧に教えてくれるので、かのも土いじりがおもしろくなってきたところである。角馬は野菜作りや牡丹以外の花には格別の興味を示さなかった。

井戸から手桶《ておけ》に水を汲《く》み、それを柄杓《ひしゃく》で庭に撒《ま》くのは結構、骨の折れる仕事である。かのは匂《にお》の方《かた》が立った植え込みの前の地面に感慨深い眼を向けた。匂の方がこの庭にやって来たのが今では不思議なことのように思える。

あれは夢まぼろしではなかったのだろうか。

いや、自分がこの世に生きていることすら、夢まぼろしのごとく儚《はかな》いものに思える。

ふきの甲高い声だけが現《うつつ》だった。

かのはふきの世話をすることで自分を取り戻せるのだった。しかし、それにしても手が掛かる。

ふきは手鞠《てまり》で遊んでいた。時々、かのは柄杓の手を止め、ふきに手鞠を投げてやった。ふきは一瞬、眼を閉じるが、しっかりと両腕でそれを受け取る。さすがに角馬の娘であると、かのは他人に言ったら親馬鹿《おやばか》と苦笑されるようなことを思っていた。女子ながら、ふきも剣法の修行をしたらよいと思う。多分、角馬は反対するだろうが。

ふきは受け取った手鞠を「えいッ」と気合を入れて放った。まだ言葉は満足に喋《しゃべ》れないが、「いや」という拒否の言葉と「えいッ」は、はっきり言える。それに「母《かか》」と、かのへ呼び掛けることもできた。しかし、「父《とと》」はまだ言えない。

ふきの放った手鞠はころころと転がって垣根の木戸の方へ行った。庭の外へ出してはならじと、かのは柄杓を置いて慌《あわ》ててふきの後を追い掛けた。

その時、かのは目まいを覚えた。

しかし、それは目まいではなかった。地震だった。平坦《へいたん》な地面は傾斜がついたように感じられ、ふきの所まで行くことが容易でなかった。

「ふき、これ、ふき！　そっちに行っては駄目！」

近所から「地震だ」という声が口々に聞こえ、女の悲鳴もした。すぐに止《や》むかと思った地震はかのの予想を裏切り、さらに激しさを増した。隣家の柳の樹《き》が髪を振り乱した女のように見えた。

木戸の外に出ると、近くの寺へ避難する人々が小走りになっていた。その中で、ふきの小さな身体は無心に手鞠を追い掛けている。

肩上げをした単衣《ひとえ》に赤い三尺帯を締めた身体は職人ふうの男に突き飛ばされて呆気《あっけ》なく引っ繰り返った。火が点《つ》いたような泣き声が聞こえた。

袋川沿いには土手が築かれ、その上は武者走りと呼ばれる小道がついている。緊急の知らせがある時、城の家臣はそこを駆けるのだ。

土手には松の樹が整然と植えられていたが、かのの目の前で、その一本がゆっくりと倒れた。土手が崩れたせいだった。人々の悲鳴は続く。早くふきの傍に行かなければ。そう思いつつ、かのの足は思うように前へ進まない。

「ふき、ふき」

叫ぶのが精一杯であった。ひとかたまりの群衆が近づいていた。ふきが踏み潰《つぶ》される。かのは後頭部にちりちりと痺《しび》れを覚えながら「誰か、誰か、子供がおりますけえ、助けてつかんせえ！」と、あらん限りに叫んだ。

しかし、かのの声に誰も気づく様子はなかった。群衆がどうっと通った時、かのは思わず眼を閉じて、その場にぺたりとしゃがみ込んでしまった。

「お嬢様、これ、しっかりしなされ！」

聞き慣れた声が頭の上からした。見上げると戸田瀬左衛門《せざえもん》が泣いているふきを抱えて立っていた。

「ふき！」

かのは礼も忘れてふきの身体を奪い取るように抱くと「よかった、ほんによかった」と、安堵《あんど》の涙をこぼした。その時になって、ようやく地震が治まった。

「凄《すご》い地震でしたなあ。いやいやびっくり致しました。ちょうど、わしも近くまで来とりましたんや。皆が逃げる時に子供が泣いとったけえ、踏まれたらえらいこっちゃと助けましただが。最初はふきと思いませんでしたなあ。ほんの何ヵ月か見ん内に、こがいに大きゅうなって」

瀬左衛門は感心したような声で言った。相変わらず修験者《しゆげんじや》の恰好《かつこう》をしている。たまたま里へ下りて来たところだったのだろう。

瀬左衛門がふきを呼び捨てにするのは、ふきに対して格別の情があるからだ。かのはそれが嬉《うれ》しいと思う。

「何んとお礼を申し上げてよいか……旦那《だんな》様はお務めで家におられんし、一時はどがいなことになるんかと途方に暮れとりました」

かのはようやく平静を取り戻して瀬左衛門に頭を下げた。

「いやいや」

瀬左衛門は鷹揚《おうよう》な表情で笑った。笑顔が眩《まぶ》しい。かのは先刻とは別の目まいを感じた。

「この様子ではご城下のあっちこっちで被害が出たことでしょうな。地震はしょっ中《ちゅう》ありますけ、別に驚くことでもありゃせんが、今日のは格別大きゅうて度肝《どぎも》を抜かれましたなあ」

瀬左衛門は倒れた松の樹に視線を向けながら言った。

「戸田様、お世話になりましたけえ、ちいと家に入って休んでいってつかんせえ。お米なども差し上げたいし」

かのがそう言うと瀬左衛門は僅《わず》かにためらう表情を見せた。

「いいや、それは遠慮した方がええでしょう」

「何んでですか。ふきを助けて貰《もら》ったお礼ですがよ」

「そっでも……」

「わたくしのことはもう、どうでもええの？」

かのの口調に甘えたものが含まれた。

瀬左衛門は左右を見回して「お嬢様にはせっかく静かな暮らしが戻っとるんですけえ、

ここでまたわしが掻《か》き回してはおおごとになります」

「わたくしが静かな暮らしをしとると、どうして思いんさるか?」

「はあ……時々、お家の様子を見とりました。深尾殿がお戻りになって、この家はようやく親子水いらずの倖《しあわ》せな暮らしをしとります。わしの出る幕は、ありゃせんですけ」

そう応《こた》えた瀬左衛門は寂しそうな表情をした。かのの胸がつんと疼《うず》いた。

「もう、わたくしは戸田様とお会いすることはできんのでしょうか」

「その方がええでしょう。お嬢様のためにも、ふきのためにも」

瀬左衛門はかのよりも、ふきに対して気遣いをしていた。もしもふきがいなかったら、かのは瀬左衛門と深尾の家を出奔《しゅっぽん》してもよいとさえ思う。かのは久しぶりに瀬左衛門と会ったことで、昂《たかぶ》っていた。

「さ、わしはここでぐずぐずしちゃおられん。なら、これで行きますけえ」

瀬左衛門は思いを振り切るようにかのに言った。

「戸田様はもうわたくしのことは忘れてしまわれたんですかな」

かのは恨みがましく踵《きびす》を返した瀬左衛門の背中に言葉を覆《おお》い被《かぶ》せた。瀬左衛門は振り返って「忘れてなどおりません。お嬢様は死ぬまでわしの思い人だけえ」と言った。そのまま通りを進んで行く。

死ぬまでわしの思い人……瀬左衛門の言葉がいつまでもかのの耳に残った。

瀬左衛門の姿が見えなくなると、かのは俯《うつむ》いた恰好で庭に戻った。その拍子に、かのはぎょっとした。いつの間にか戻って来たお熊がこちらをじっと見ていたのだ。手にはふきの手鞠を持っていた。お熊はしばらく何も言わず、その手鞠をぽんぽんとお手玉のように上下に弾《はじ》いた。

「お熊……」

「またあの法印《ほういん》さんですかいな」

お熊の言い方は小意地が悪かった。

「違うんですよ。さっきの地震でふきが外に出てしまって、助けて貰《もろ》うたんですが」

かのは慌てて言い訳した。

「わたくしのことを忘れんさったんかと奥様は言われましたなあ」

「……」

「諦《あきら》め切れんのは奥様の方やったのかいな……呆《あき》れたもんだ」

「……」

「うらはもう、そんな奥様を庇《かば》い切れんですがよう」

「お熊、わたくしに仇《あだ》するなら、この家を辞めて貰うことになりますよ」

かのはお熊を脅《おど》すように言った。お熊は鼻先でふんと笑うと「埒《らち》もねェ」と毒づいた。

かのはお熊から視線を逸《そ》らした。すると、倒れて無残に白い根を見せている牡丹が眼についた。角馬は戻って来たら、大慌てで牡丹の手直しをするだろうと思った。

ぼんやりと牡丹を見つめるかのの耳に、昼を告げる時の鐘の音が響いた。

二十六

外から射《さ》し込む白い光が瀬左衛門《せざえもん》の額に滲《にじ》む汗を光らせる。汗は、こめかみのところで玉となり、頰から顎《あご》へと流れた。せわしなく身体《からだ》を揺すられながら、かのは瀬左衛門の汗の行方をじっと眺めていた。瀬左衛門の荒い息遣いに、コッ、ココと庭を徘徊《はいかい》する鶏の声が時々混じる。静かな昼下がりだった。

川端《かわばた》三丁目と四丁目は鳥取城下では宿屋町と定められている。川端は袋川の内側の町家にあり、智頭《ちず》街道、伯耆《ほうき》街道、若桜《わかさ》街道等の馬立場《うまたてば》に近く、旅人で賑《にぎ》わう所だった。

しかし、宿泊については一泊が原則であり、二泊以上は町年寄《まちどしより》・目代《もくだい》の許可が要るという、なかなかうるさいものだった。かのと瀬左衛門のように不純な理由で宿を借りるなど、本来はとてもできない相談である。

そこは宿屋ではなく、民家であった。瀬左衛門が里へ下りて来た時、利用する所だった。

その民家は修験者《しゅげんじゃ》、虚無僧《こむそう》、由緒《ゆいしょ》のある商人にしか宿を貸さないという。人に見られたら、瀬左衛門はどんな理由をつけるのか、かのには見当もつかない。込み入った話があるとでも言うのだろうか。

しかし、かのは瀬左衛門と二人きりになれるなら、どのような場所でも構わなかったし、どのような理由でもよかった。

娘のふきは女中のお熊《くま》に預けてきた。表向きには無沙汰《ぶさた》をしている妹達の様子を見に行くと言ってきた。お熊はさして怪しみもせずに「いってきなんせえ」と送り出してくれた。

鳥取城下に地震が起きてから間もなく、かのは瀬左衛門を訪ねて川端の宝良院《ほうりょういん》に行った。宝良院は修験者の統領となる寺だった。

諦《あきら》めねばならないとわかっていても、かのの気持ちは瀬左衛門の顔を見た途端に大きく揺れた。お熊に咎《とが》められても、その気持ちをどうすることもできない。肌を許した男が、こんなにも女の心に影響を与えるものだろうか。かのは己れの心に畏《おそ》れおののく思いであった。

川端は袋町の家からさほど遠くない所にある。かのが訪ねて行くと、瀬左衛門は驚いた顔をした。その大胆さに呆《あき》れた様子でもあった。しかし、瀬左衛門は、かのをそっとその民家へと促し、母屋《おもや》から離れた座敷で二人の時間を作ってくれた。もはや言葉はいらなかった。ただ見つめ合い、抱き合い、唇を吸い、獣となって欲情を晴らすだけだった。

「あの体格のよい女中さんには、何んと言って出てきんさったんかな」

やがて瀬左衛門は、かのの傍《そば》に身体を横たえると、ようやく口を開いた。まだ荒い息をしている。

「妹の様子を見て来るっちゅうて家を出ましたんやけど」

「……」

「堪忍《かんにん》してつかんせえよ。嘘《うそ》はつきとうなかったけど仕方がないけえ」

「お嬢様を責めてはおりゃせん。そう仕向けとるのは、このわしだけ。この間は伯父さんの家へ行くと言いましたなあ。今日は妹。さしずめこの次はお母上の所になるんでしょうなあ」

瀬左衛門はかのの外出の理由を予想する。

「いけんかな？」

かのは瀬左衛門の胸に寄せていた顔を上げた。

「こんなこと、いつまでも続くもんやない」

瀬左衛門は自嘲《じちょう》的な口調で応《こた》える。

「そっでも、わたくしの気持ちはどうもなりませんよ。戸田様も、わたくしに後悔しないかと念を押しんさったじゃないかな」

「あの時は、わしもお嬢様の傍を離れとうないからそう言ったんだが」

「今は、今は心変わりされましたんか」

「そうやない。何事にも潮時いうもんがあることをお嬢様は知るべきですわ」

「……」

「因州はどういう訳か昔から女敵討《めがたきう》ちがよう行われる土地柄ですな」

瀬左衛門は半身を起こすと胸の汗を掌《てのひら》で拭《ぬぐ》いながら言った。

「うちの旦那《だんな》様に女敵討ちされることを恐れておられるんでしょ」

「そうなっても仕方がないと覚悟を決めておるつもりだが、一方、命が惜しいという気持ちも少しはあるんですわ。意気地のない男じゃ、わしは……」

「そんな、ちょっとも意気地がないとは思いません。戸田様は正直におっしゃっておられるだけですけえ。わたくしだって旦那様に斬《き》って捨てられるのは怖い」

「因州の女房が他の男に懸想《けそう》するんは、どういう訳じゃろう」

瀬左衛門はいまさらながら不思議そうに言う。かのは低い声で笑った。

「別に女房が他の男に懸想するんは因州のおなごだけに限りませんでしょうが。亭主に始終邪険にされている女房の前に、優しいことを言ってくれる人が現れたら、心はそっちに移ります。そんな難しいことやない」

「だが、亭主は亭主、女房は女房じゃ。間男《まおとこ》して無理もないと世間はよう言わん」

「そんなら、どうせえと戸田様はいわれるんかな？」

「だから、わしが何遍も言うとろうが。会わん方がええんじゃて。それをお嬢様がのこのこ現れよるもんだけ、わしも堪《こら》えることができんのじゃ」

瀬左衛門は苛々《いらいら》して吐き捨てた。何んのことはない。久しぶりに瀬左衛門と会ったというのに、かのは痴話喧嘩《げんか》を吹っ掛けられているのだった。かのは黙って単衣《ひとえ》を身に着け、帯を結んだ。その様子を瀬左衛門は黙って見つめている。

「何んだ、その仏頂面《ぶっちょうづら》は」

「もう用事は済みましたでしょう？　わたくしは家に帰らせてもらいますよ。ふきが待っとるけえ……」

「最後はふきだな。それを出せば、わしが何んも言えんことをお嬢様はよう知っとる」

「そんなら、どうされるんかな？　わたくしは旦那様に去り状を書いて貰《もら》いますけえ、ふきともども戸田様が養《やしの》うてつかんせえ。な、それが一番や」

「そがいなこと……」

できない相談であるという言葉を瀬左衛門は濁した。俯《うつむ》いた瀬左衛門にかのはすぐに後悔した。

「ああ、堪忍してつかんせえ。わたくしは戸田様を苛《いじ》めるつもりはありませんけえ」

「わかっとる……」

「この次はいつ？」

かのは次の逢瀬《おうせ》を瀬左衛門に訊《たず》ねた。

「来月の晦日《みそか》、またここで」

「わかりました。では」

かのは懐紙に包んだ金を瀬左衛門の手に握らせて障子を開けた。西陽《にしび》がかのの眼を射《い》た。

眩《まぶ》しそうに眼を細めて、かのは庭を抜けて表通りに出た。思わぬほど時が経《た》っていたことにようやく気づいた。かのの足は自然に小走りになっていた。

二十七

深尾角馬は箱膳《はこぜん》の前に座って腕組みしていた。暮六《くれむ》つはとうに過ぎたというのにかのは戻っていなかった。

お熊《くま》は晩飯の仕度を済ませると家に帰って行った。ふきは隣家にいるお熊の妹が預かっている。かのが戻って来たら迎えにやることになっているが、肝腎《かんじん》のかのは一向に戻る様子がなかった。

角馬は弟子の岩坪勘太夫《かんだゆう》から囁《ささや》かれた言葉を頭の中で反芻《はんすう》していた。

(奥様の所に法印さんがようお越しになられとります。何か祈禱《きとう》を頼まれておるんじゃろうと最初は思うとりましたが、先日、川端の辺りで奥様が法印さんと一緒に歩いているのを見掛けたんですわ。わしの思い過ごしじゃと思いますけど、狭い町だけえ、噂《うわさ》になっては困ります。ちいと訳を訊《たず》ねて、それで、あんまり出歩かん方がよろしいとご忠告されたら、奥様もそうかと納得されますわ)

先妻も家で雇っていた男衆《おとこし》と深間になって、角馬が男衆ともども成敗した。不義密通した妻を斬《き》っても本夫は罪に問われないと鳥取藩の御定書《おさだめがき》にある。むしろ、本夫が不義密通した妻と姦夫《かんぷ》に何の措置も施さない場合こそ、家名の恥であった。

しかし、後妻にまた再び背《そむ》かれるとあっては角馬が屍《かばね》になっても消えない恥となろう。

その理由を考える時、角馬は決まって己れの背丈が足りぬせいだと思ってしまう。それ以外に考えられなかった。自分は真面目《まじめ》にお務めに励み、剣法をよくし、弟子の指導に当たってきた。よそに女を作った覚えもないし、そうしたいと欲したこともない。このわしの何が不足かと角馬は奥歯をぎりぎりと嚙《か》んで思うのだった。手付かずの膳を前にして角馬は、じっとかのを待っていた。

やがて裏口の戸が控えめに開く音が聞こえた。角馬の怒りはすでに頂点を通り越していた。

「申し訳ありませんなあ。思わぬほど刻《とき》を喰ってしまいました。あれ、旦那《だんな》様、まだ御膳は召し上がっておられませんか」

かのは茶の間に現れると頭を下げてそう言った。

「どこへ行っとった?」

「はい。妹達の顔を見に。二人とも元気にしとりましたんで安心しました。お喋《しゃべ》りしとる内に時間のことは忘れてしまいましたが」

かのは心底済まない顔で詫《わ》びる。その表情には角馬が微塵《みじん》も疑いを抱くようなものはなかった。角馬の怒りは一瞬にして萎《な》えた。

「ふきはどこにおりますかいな。お熊が家に連れて行ったんですかな」

「いいや、隣りの堀の家で預かって貰《もろ》うとる。早《はよ》う、迎えに行け」

「は、はい」

慌《あわ》てて腰を上げたかのに角馬は厳しい眼を向けた。

「かの、お前が川端の辺りで法印と一緒に歩いているのを見たという者がおる。それはまことか?」

「家に時々廻って来る法印さんですか？　あのお人は木村の家にもよう来られとりましたけ、道で会《お》うたんなら挨拶《あいさつ》の一つもしますし、施しも幾らかしとります。それがいけんことでしょうか」

「……」

角馬が安堵《あんど》したような吐息をついた。その時、かのは角馬の胸の内を察することができた。角馬は妻がまた密通しているのではないかと恐れている。一度目は思う存分怒りを露《あらわ》にしても、周りの者は仕方がないと思っただろう。相手の男ともども斬って捨てても、武士ならばやむを得ないと誰も咎《とが》める者はいなかったはずだ。だが、後妻のかのに再び背かれたとあっては、今度は角馬にも、その原因となる何かの理由があるのではないかと勘繰られるだろう。

剣法の師匠として弟子達に尊敬される身が、妻一人を監督できなくて何が師匠か。角馬は心底、世間の口を恐れる。それは、角馬が最も嫌う己れの恥を晒《さら》すことにも通じていた。

「この町は法印さんと話をしても疑いの眼で見られるんですなあ。怖いことですが。でも気をつけますけえ、旦那様、堪忍《かんにん》してつかんせえよ」

かのはさらりと躱《かわ》してふきを迎えに行った。

仄暗《ほのぐら》い道を急ぎながら、かのは胸の動悸《どうき》が高かった。自分は嘘《うそ》をつくのがうまい女だと思う。とことん嘘をつき通すしか、かのの生きる道はなかった。

　先日の地震で法美郡《ほうみぐん》岡益《おかます》の石堂《いしどう》が崩壊するという被害が出た。その地震の恐ろしさも癒《い》えない五月の十一日。今度は智頭《ちず》、八上《やかみ》、八東《はっとう》の諸郡が大洪水に見舞われた。全く因州は地震と洪水がおみきどっくりのように訪れる土地だった。

　深尾家も袋川が増水して土間口まで水が流れ込み、それでなくても腐り掛けている根太《ねだ》がすっかり弛《ゆる》んでしまった。造作をしたくても深尾家に余分なものはなく、角馬が急場凌《しの》ぎに納戸《なんど》にある板を打ち付けただけで済ませていた。剣法の腕は相当なものかも知れないが、玄能《げんのう》を持っての角馬は呆《あき》れるほど不器用だった。かのは、来年、また角馬が江戸詰めとなった時、瀬左衛門《せざえもん》に家の手直しをして貰《もら》おうと内心で思っていた。瀬左衛門は角馬よりまだしも体裁よくやってくれる男だった。

二十八

　角馬は自分が興《おこ》した雖井蛙《せいあ》流平法が弟子達に思うように伝わらないことに次第に苛々《いらいら》するようになった。

伝書は二巻編み、すでに角馬の頭の中には、続く三巻目の構想ができ上がっている。しかし、言うは易《やす》く、行なうは難《かた》しで、実際の稽古《けいこ》になると弟子達の勘違いと混乱は甚《はなは》だしいものがあった。

たとえば、五乱太刀《ごらんたち》の分《わけ》における「錫杖《しやくじよう》」は次の巻では「獅子《しし》の位《くらい》」となり、三巻目では「不識剣《ふしきけん》」となる。名称が変わっても皆、同じ一つの太刀である。巻が進み技が高度になれば、同じ太刀といえども動きや速さに違いが出る。それが弟子達にはよく理解できないのだ。角馬の指南の仕方が悪いのか、はたまた弟子達の呑《の》み込みが悪いのか、錫杖と獅子の位を別物のように考える者が多かった。

この様子では不識剣もまた別物、さらに極意の技である「落露《らくろ》の妙術《みようじゆつ》」さえも全くの別の技と考えられる畏《おそ》れがあった。

角馬はそれが歯がゆくてならなかった。直弟子の石河四方左衛門《いしこよもざえもん》と白井源太夫《げんだゆう》にしてもしかり。この二人に角馬は大いに期待しているものの、その技の会得《えとく》の仕方は角馬が思うところの雖井蛙流ではなく、極端に言えば石河流であり、白井流であった。また、この二人の太刀筋を眺める弟子達が石河殿より白井殿の方が上手であるなどと勝手な解釈をするものだから、さらに技は混乱を招いた。

しかし、角馬は言葉で技を説明することをよしとしなかった。自分が弟子達に技をやって見せ、それを弟子達が自ら体得するしかない。体得できない者は免許が与えられぬだけの話である。

雖井蛙流平法の特徴は様々な構えがあることだった。その中で最も姿が美しく、最も有効なものは「中段霞《ちゅうだんかすみ》の構え」である。

相手からまっすぐに来た突きを体をさばいて打ち落とすのだ。しかし、木刀や刃引《はびき》を打ち落とすには相当の力がなくてはならない。その力を倍増させる効果があるのが中段霞の構えである。突きで来る相手に刃《やいば》を上に向けて構え、回転力を利用して打ち落とすのである。角馬必勝の構えであった。しかし、中段霞の構えは、人目には手の内が柔らかく、まるで力を入れていないように見える。力を入れては回転をつけられないということを納得できない弟子達もまた多いのだった。

石河四方左衛門は晩飯の後に角馬を訪れる機会がとみに多くなった。四方左衛門は秋に祝言《しゅうげん》を控えているので、身辺が慌《あわ》ただしくなる前に少しでも角馬の口伝を書き留め、伝書の最後、夢想秘極《むそうひきょく》の巻《まき》を早く完成したいと考えていた。

床に入る前のふきはひと騒動である。廊下や座敷を音を立ててどんどんと走り廻る。

「やかましい、静かにせい！」

角馬が怒鳴っても、ふきは一向にこたえない。甲高い悲鳴を上げて角馬に対抗した。

「お嬢さんは元気ですなあ」

四方左衛門はふきの足音を聞きながら感想を洩《も》らす。

「すこぶるつきのつわものよ。あれがおなごであるのが、わしは心底惜しいわ」

角馬は苦笑混じりに応《こた》えた。

「ようやく雖井蛙流平法も道場では定着して来た様子であります」

単衣を着流しにした四方左衛門は、やや胸がはだけている。団扇《うちわ》で風を送りながら、そう言って書き付けの用意を始めた。

「定着するなど、まだまだ先のことだ」

角馬はにべもなく四方左衛門の言葉を否定した。

「そっでも、すでに他藩にも雖井蛙流のことは噂《うわさ》になっとるそうで、腕に覚えのある者は、いったい、どがいな技なのかと興味津々《しんしん》である由《よし》。先生、拙者も大層鼻が高いと思っとります。早く雖井蛙流の全体を伝書に収めて、我等は稽古に邁進《まいしん》したい所存ですがよ」

「おぬしは祝言の準備で色々忙しいことじゃろう。世話を掛けてすまんのう」

角馬は四方左衛門の細面を見ながら言う。

「拙者は何も……忙しいのは乾《いぬい》の家の方でしょう」

四方左衛門は僅《わず》かに顔を赤らめた。四方左衛門の祝言の相手は乾十郎左衛門《じゅうろうざえもん》の娘で、乾家は四方左衛門と同じ小姓組に属していた。

乾家は角馬の父、河田理右衛門《かわだりえもん》の親戚《しんせき》に当たる。十郎左衛門の娘と祝言を挙げたあかつきには、角馬と四方左衛門も親戚になる。角馬が四方左衛門を頼りにする気持ちは一層強かった。角馬は兄弟もおらぬ寂しい身の上であったからだ。

「お暑うございますねえ」

かのは麦茶と割った西瓜《すいか》をのせた盆を持って現れ、四方左衛門に勧めた。

「奥様、いつもかたじけのうございます。どうぞ、お構いなく」

四方左衛門は畏《かしこ》まって頭を下げた。

「もうすぐご親戚になられるのに、そんな遠慮はいらんですけ」

かのは笑いながら四方左衛門をいなした。

「お嬢さんはお休みになりんさったんかな？」

「ええ、ようやく。言うことを聞かんので手を焼きますよ」

かのは眉間《みけん》に皺《しわ》を寄せて困り顔をした。

「奥様はこの頃、ますますお美しくなられましたなあ」

四方左衛門はかのの顔を見てしみじみと言った。

「まあ、何をおっしゃることやら」

かのは四方左衛門の言葉に照れ臭そうに笑った。角馬は、かのにちらりと視線を向けた。四方左衛門の言葉に改めて妻の表情に気づいたという感じだった。

かのは団扇の風を二人に送りながら、しばらく書物部屋で話を聞いていた。

「先生、拙者にもう一度夢想驪龍剣《りりゆうけん》のことを詳しく教えてつかんせえ。先生は夢からその技を暗示されたといわれましたが、拙者にはもう一つピンと来んのですわ。この技は錫杖でもあり、獅子の位でもあり、いずれは落露の妙術に通じるもんですな？」

四方左衛門は上目遣いで恐る恐る訊《き》く。

「そうだ」

角馬は麦茶をぐびりと啜《すす》って肯《うなず》いた。夏の季節、角馬は膝《ひざ》までの丈の渋帷子《しぶかたびら》に袴《はかま》も裾《すそ》の短いものを着用していた。その恰好《かっこう》はあまりいただけないものだが、角馬は他人の目など頓着《とんちゃく》しなかった。本人は、稽古をするにも外歩きをするにも具合がよいと思っている。

「先生の夢に現れた神様は、やはり摩利支天《まりしてん》なんですかな」

「そうだ」

「まあ、摩利支天は剣術の守り神ですけえ、長いこと修行を続けられた先生の夢の中に現れても不思議ではないと拙者も思います。しかし、その摩利支天がわざわざ先生に限って指南された技となると興味は尽きませんがよ」

「四方左衛門さん、わたくしはその時のことをよっく覚えとりますよ」

かのはさり気なく口を挟んだ。

「え、本当ですか、奥様」

「ええ。旦那様《だんな》は夜中にわたくしを起こして昂《たかぶ》った声で知らせてくれたのです。わたくしはあの時、旦那様に奇跡が起こったのだと思うとります」

「奇跡……」

四方左衛門は信じられない顔で角馬とかのの顔を交互に眺めた。角馬は四方左衛門から視線を逸《そ》らし、遠いものでも眺めるような目付きになった。

「そっでも、それは一瞬のことだった。摩利支天の周りには、ぼんやりとした靄《もや》が掛かって、その靄を摩利支天はきらきら光る太刀ですいっと斬《き》ったんだ。すると、靄はすなわち晴れて、辺りに後光が射《さ》したのよ。わしはその靄のことをずっと考えとった。摩利支天は常に日天に従って自在の通力を持つと信じられておるが、摩利支天の、摩利支の意味は陽炎《かげろう》だが」

「陽炎……」

四方左衛門は独り言のように呟《つぶや》いた。

「四方左衛門、まだわからんか？　陽炎は目には見えるが実体のないものだけえ。その実体のないもんを斬るところに雖井蛙流の極意があるんよ」

「はあ……」

そうは言われても若い四方左衛門には、なかなか理解の及ぶものではなかったろう。

「旦那様、もう少しわかりやすいたとえはないもんでしょうか」

困惑した四方左衛門に助け船を出すようにかのは言った。

「剣法のことなど何んもわからん者があれこれ言うな」

角馬はすかさず、かのに吐き捨てた。

「わたくしはただ……」

「ただ、何んだ」

角馬はかのを睨《にら》んだままだった。

「先生、奥様を責めんといてつかんせぇ。拙者の頭がぼんくらで呑み込みが悪いんで、奥様がお口添えなさっただけですが」

四方左衛門はかのの肩を持った。角馬はすぐに表情を緩め「かの、わしの言うことがそれほど難しいか」と訊いた。

「おなごの浅知恵ですけ、あまり本気にせんと聞いといてつかんせぇ。旦那様のたとえは宙に浮いたような言葉ばかりで、納得がゆかんことが多過ぎるような気ィがします。摩利支天の神様が陽炎を斬りなさったと言われましたが、だから、それがどうしたと素人《しろうと》は思いますなあ。旦那様の心の中にはもっと深い意味があるんではないでしょうか」

そう言うと角馬は言葉に窮した様子で、しばらく黙った。四方左衛門の視線はかのに向けられた。感心したような表情だった。

やがて、角馬は何かを決心したように低い声で口を開いた。

「夢想秘極の巻の最後は夢想驪龍剣で仕舞いにしようかと思うたが、もう一つつけ加える」

「それは何んですかな」

四方左衛門は、つっと膝を進めた。

「星斬《せいざん》や」

「せいざん？」

四方左衛門は角馬の言葉を鸚鵡《おうむ》返しにした。

「星を斬るということだ。星は目に見えるが触ることなど叶《かな》わぬ。そっでも、その途方もなく遠くにあるものを斬るという心構えはどうだ」

角馬は四方左衛門とかのを交互に見ながら昂った声で話した。

「星斬言うんは……」

かのは角馬の昂りを宥《なだ》めるように静かに言い掛けて、書物部屋から見える庭に眼をやった。庭は濃い闇《やみ》に包まれていたが、蛍《ほたる》が飛び交い、つかの間、牡丹《ぼたん》の植え込みの辺りを浮かび上がらせた。

「かの、何が言いたい」

角馬はかのに言葉の続きを急かせ《せ》た。

「星が頭の上にある時、誰もがしみじみ眺めます。その時、不思議に自分の将来のこととか、叶わぬ夢のあれこれを思うとります。あるいは長く会わずにいる家族のこととか……旦那様がその星を斬ると言うんは、そういう人の心にある優しい気持ちや甘い思いを斬ることになりますが。それは凄《すご》いことだと思いますけ。その覚悟ができたあかつきには、向かって来る敵に対して微塵《みじん》の迷いもありませんなあ。もっとも、刀は人を斬るためにあるもんですけ、迷うてたらどうもなりませんが」

かのはその時、何か考えがあってそう言った訳ではなかった。強いて言うなら星斬の心持ちは角馬が愛してやまない牡丹を斬るようなものかも知れないと、ふっと思ったからである。

角馬に牡丹を斬ることができるだろうか。だが、かのは、牡丹のことは口にしなかった。

角馬は雖井蛙流の技の数々にきわめて詩的な命名をする男だった。いや、おおかたの剣法の技には、素人が感心するような名称が多い。突き詰めれば人を殺す技だ。だが、残虐《ざんぎゃく》だの、皆殺しの術だのと呼ぶ者はいない。心を蕩《とろ》かすような名称をつけるのは、かのに言わせれば欺瞞《ぎまん》に外ならなかった。

角馬が「星斬」と口にした時も、かのはやんわりと皮肉ったつもりだった。だが四方左衛門は「奥様は難しいことを考えますなあ」と、心底、感心したような顔で言った。

「かのの言うことも一理じゃ。四方左衛門、星斬のこと、忘れるなよ」

角馬も興奮した顔で四方左衛門に念を押した。星斬は雖井蛙流平法において、神妙剣、不識剣、驪龍剣とともに極意の剣となることであろう。星斬がかのにとって、特別の意味がある技になろうとは、この時、想像すらできなかった。

二十九

雖《せ》井《い》蛙《あ》流平法夢想秘極之《の》巻

一、無手人《むてじん》、謾《あなど》るべからざる事《こと》

一、術人《じゅつじん》、恐るべからざる事

一、捨疑心《しゃぎしん》之事

一、踏不践《とうふせん》之事

一、弱強《じゃくきょう》之事

一、萬力《まんりき》手裏之事

一、尺《しゃく》に寸有《すんあ》り、寸に尺有る事

一、遅身早身之事《おそみはやみ》

一、無拍子有拍子之事《むびょうしびょうし》

一、頂剣自目壅之事《ちょうけんじもくよう》

一、二佛《にぶつ》の中間之事

一、聚剣之事《しゅうけん》

一、筆引之事《ふでひき》

一、千手観音之事《せんじゅかんのん》

一、三拍子之事

一、要撃之事《かなめうち》

一、不識剣之事《ふしき》

一、夢想驪龍剣之事《むそうりりゅうけん》

一、星斬之事《せいざん》

右の条々、すなわち累年《るいねん》武神を仰《あお》ぎ信心して旦暮《たんぼ》に工案を運《めぐら》すに因《よ》りて、摩利支尊天の瑞験《ずいけん》を蒙《こうむ》り此書《このしょ》に畢《ことごと》く之《これ》を記す。爾《しかり》と雖《いえど》も作者短愚《たんぐ》なるによりて雖井蛙流平法と号す。不執心の輩《やから》には全く相伝せざるものなり、千金伝うる莫《なか》れ、秘《ひ》す可《べ》し、秘す可し。

「無手人、謾るべからざる事」

口伝言、無手人とは竹刀《しない》の持ち様も知らぬ者を手なき人のごとしと言う心にて無手人と言うなり。無手なる人と知りて立ち向かう時は無手人とあなどる故《ゆえ》に心のゆるみあり。

「術人、恐るべからざる事」

口伝言、術人は兵法《ひょうほう》の上手の事なり。但《ただ》し、術人と書きたるを見れば竹刀の曲打《きょくうち》するものの事たるべし。曲打するといえども、つまるところ、向こうへ打ち込む一刀の外なし。此一刀よき図に打ち込めば勝ち、あしき間に打ち込めば却《かえ》って向こうの敵に打たるるなり。此外に別に兵法なし。

「捨疑心之事」

口伝言、捨疑心とは疑いの心を捨てよという事なり。いかほどよき図へ打ち込むと言いても心中に心許《こころもと》なしと危ぶむ心ありて打つ太刀は矛先《ほこさき》なまりて、しっかりと当たらぬものなり。

「踏不践之事」

口伝言、踏不践とは踏んで踏まずと読むにて、其《そ》の心、口釈するに及ばず。馬書《ばしょ》に手綱《たづな》は取って取らされ、鐙《あぶみ》は踏んで踏まされ、鞍《くら》は敷きて敷かされと記《しる》せりと全く同意なり。

人々、常に畳の上を歩き、道を歩む。いつ足を運ぶにも踏不践なり。是《これ》を誰に習いて歩むという事はなし。人たるものの生まれつき老若男女《ろうにゃくなんにょ》、皆、かくのごとし。しかるに竹刀を取りて人と試合をしてみるという時、踏みつめたる足、しっかり釘《くぎ》を打って地へ打ちつけたるようになりて、後へも先へも一歩も動かず。是《これ》、力一杯踏む足の己が心より、りきみなり。

「弱強之事」

口伝言、弱と見て強くかかる者は弱にくじかれて、弱に強を制せらるる心持ちを弱強と言うなり。柔《じゅう》よく剛《ごう》を制すと兵書に書きたるがごとし。

「萬力手裏之事」

口伝言、是は太刀を握る手の内の事なり。射家《しゃか》(弓術)の伝に卵の手の内という習いあり。柄《つか》を握りたる手の心も蚕《かいこ》の手の内のように柔らかに握りぬれば取り落としもせず、いかなる盤石《ばんじゃく》のごとき物をもって打ちひしぐといえども、柳の風に吹き折れざるごとし。

「尺に寸有り、寸に尺有る事」

口伝言、是は心の伸びちぢみにて打ち出す太刀の長短による得失を言うなり。

「遅身早身之事」

口伝言、是は太刀を構えて向こうへつらつら進み寄る間の身の事なり。諺《ことわざ》に急がば廻れという意にも通い伝わらんか。

「無拍子有拍子之事」

口伝言、前の箇条に遅身早身と書きたる文勢に同じく、無拍子にて有拍子という事なり。

手妻兵法というものは拍子を第一とするなり。其の拍子を抜かして千に一つも利得る事なし。

かのは走る。袋町から川端へ。四方左衛門《よもざえもん》の祝言《しゅうげん》で元大工町近くの石河《いしこ》家の前は幕を巡《めぐ》らし、高張り提灯《ぢょうちん》を掲げ、さながら祭りのようだった。

もっとも、六百石を給《たま》わる石河家は二百坪の敷地に建ち、長屋門を抜ければ式台玄関と内玄関を備え、奉公人の数も多い。そのような家に婚礼があるとなれば、おのずとすべてにおいて他の家と規模が違った。かのは角馬とともに婚礼に出席することとなっていた。四方左衛門が是非、奥様も出席してほしいと頭を下げたからだ。そのために、城下の呉服屋で、かのは晴れ着を新調した。新しい着物はかのの気持ちを久しぶりに弾ませた。その姿を瀬左衛門《せざえもん》に見せたかった。

かのは晴れ着のまま、そっと深尾家を出た。ふきは隣家のおとらが預かってくれている。お熊《くま》は石河家で祝言の宴《えん》に出す料理を手伝っていた。角馬は道場で弟子達の稽古《けいこ》を見た後に戻り、着替えをして石河家に向かうことになっていた。

その日は行けぬかも知れぬと瀬左衛門に言ってある。しかし、かのは仕度を調えると無性に瀬左衛門に会いたくなった。婚礼が始まるまで少し時間が空いたせいもある。

「頂剣自目壅之事」

口伝言、古伝に村雲山月《むらくもさんげつ》というは此事《このこと》なり。

頂剣とは頂上に構えたる太刀の事なり。自目壅とは自ら目、壅《ふさ》ぐと読むなり。頂上に構えたる太刀を相手にして打ち合う時は、自ら目をふさぐ所を打つべしという事なり。

角馬は自宅へ向かう途中、笈《おい》を背負い、金剛杖《こんごうづえ》を突いた修験者《しゅげんじゃ》と擦れ違った。城下では、家々を廻る修験者の姿を見掛けることが珍しくない。しかし、その男に格別の興味を抱いたのは自分に向けられる一種異様な眼の光にあった。やや茶色がかった眼は、こちらの胸の奥底までも見透すような気がした。角馬はその男と擦れ違ってから振り向き、しばらく後ろ姿を眺めた。男はよく響く験者声《げんざごえ》で経を唱えていたが、角馬の視線に気づいたように、つと振り返った。その瞬間、角馬の胸に、ある予感が芽生えた。踵《きびす》を返したのは角馬が先であったが、袋町の小路に入ると見せ掛け、再び男の背中を追った。男は袋川沿いの土手を北へ向かっている。そのまま行けば川端になった。

「二佛の中間之事」

口伝言、世上にて二佛の中間と言うは釈迦の滅後、弥勒未生《みろくみしよう》の時は無佛《むぶつ》世界なるを二佛中間と言うなり。二佛とは左右両眼の事なり。目と目との真ん中を打つ太刀筋の曲尺を極めたるものなり。

男は角馬が後ろをつけていることを知らぬ様子であった。知っていれば一度ならず振り向くはずである。その男は修験者とはいえ、さほど修行を積んでいないのだと角馬は合点《がてん》した。あるいは、何かに心を奪われているために気を曇らせているものかとも。

男は川端に入ってから表通りを避け、裏道ばかりを辿《たど》っている。宿屋町の繁華な通りから外れ、野菜を植えている田畑の畦道《あぜみち》を進んだ。その先に少し大きな民家があった。角馬は土埃《つちぼこり》で木の目も見えない納屋《なや》の陰から男の様子を窺《うかが》った。男がその民家に入って行くのを見届けてから歩みを進めた。

「聚剣之事」

口伝言、聚はあつまると読む。太刀を打ち込む手心をば、物を我が手前へかきあつめるようの心持ちにするを聚剣と言うなり。不識剣の修行は聚剣をもってする事なり。其の仕方、手の内木刀《うちぼくとう》といい、六角に削り、長さ三尺六七寸にして、手《て》の内いっぱいに握る程の太さにする。是を持って両人打ち向かうに立ちならびて、両方より聚剣を使《つこ》うて互いに打ち合うに、よき図に出たるは上太刀になり、あしきは下太刀になる。

角馬は空を仰いだ。四方左衛門の祝言にはまことにふさわしい秋空が頭上に拡《ひろ》がっている。そこには一片の雲もなかった。角馬は己れの心の迷いを払拭《ふっしょく》しようと努めた。陽《ひ》射《ざ》しは角馬の月代《さかやき》を焦《こ》がすほどに強かった。

「筆引之事」

口伝言、是は向こうの太刀を打ち込む時の手心なり。向こうの太刀と打ち合わせたる時は聚剣となる。打ちはずしたる時は筆引となる。筆引というは筆を紙に打ちつけて上より下へ引きすつる心持ちという事なり。

母屋《おもや》は表戸を閉ざして人の気配はなかった。

脇《わき》についている通路を入ると鋤《すき》、鍬《くわ》等、農耕の道具が戸のついていない物置に無造作に立て掛けられている。堆肥《たいひ》が近くに作ってあるのだろうか、饐《す》えた臭《にお》いがした。

裏手の庭では鶏がのんびりと餌《えさ》をついばんでいた。濡《ぬ》れ縁のついた座敷があり、その下には筵《むしろ》が拡げられ、細かく刻んだ青菜を干していた。濡れ縁の前にある沓脱《くつぬ》ぎ石に女物の草履《ぞうり》が一足。


「千手観音之事」

口伝言、是は一剣を以《もっ》て諸剣《しょけん》を制する事、千手観音の十方の手を使いたまうがごとくという事を千手観音の事と言うなり。

修験者の男は濡れ縁に背負っていた笈を下ろした。その音に気づいたのか、白い障子が細めに開いた。男は中の様子にしばし目を留めた。

「美しいのう……」

低い感歎《かんたん》の声がした。その声に誘われたように白足袋が障子の陰からすっと見え、ついで、その足袋の持ち主の姿が現れた。晴れ着に身を包んだかのだった。ほつれ毛一本もない黒髪は秋の陽《ひ》射しで輪郭を縁がかって見せている。髪を束ねている元結《もっとい》の白さも際立《きわだ》っていた。男の感歎の声を聞くまでもなく、その姿は角馬の眼にも、この上もなく美しく映った。うっすらと化粧を施したかのの白い顔と、紅を差した唇が晴れ着の黒に映える。かのは男に向かって艶然《えんぜん》と笑った。かつて、そのような微笑を角馬はかのから向けられたことがあっただろうか。かのの腕が伸びて男の肩を細い指がきゅっと摑《つか》んだ。

「三拍子之事」

口伝言、手足身の拍子を三拍子と言う。手足身の三拍子とばかり知る事は此の箇条の密意に非《あら》ず。密意は三拍子と書いたるを一拍子と会得《えとく》して快く受用するにあり。三拍子の中に身の拍子を眼目とす。

身は心の舩《ふね》なり。心は水なり。足は舩をいつまでもやる櫓《ろ》かいなり。拍子というは飛びはねするを言うに非ず、程位に応ずるを拍子と言うなり。

畢竟《ひっきょう》、この三拍子というも一心よりなす事なり。

かのは男に笑顔を向けたままだ。男はその笑顔に、また何事かを囁《ささや》く。かのは喉《のど》の奥からこもった笑い声を立てた。それから男を焦《じ》らすように男の肩を軽く突き放した。男は大袈裟《おおげさ》によろめいて見せた。かのはさらに笑い声を立てた。男の帷子《かたびら》の袖《そで》を引き、座敷に引き入れようとした刹那《せつな》、かのの視線がこちらに向けられた。見つめる角馬の眼を何んと感じたのだろうか。かのの表情は金縛りに遭ったように硬直した。見つめる角馬の眼なかのの顔をじっと見てから、ゆっくりとゆっくりと振り返った。

「要撃之事」

口伝言、是は本師深尾角馬の父、河田理右衛門《りえもん》による相伝にて丹石流《たんせき》の肝腎《かんじん》という外になし。向こうより打ち出す太刀を扇子の開きたるにたとえて、是を扇かねと言えり。其の太刀の柄を握りたる拳《こぶし》を指して打つを要撃《かなめ》ちと言うなり。


沈黙が流れた。三人の間に言葉はなかった。

いや、言葉が何んの用をなすだろうか。角馬にとっての救いは、男が命乞《ご》いをするために言い訳がましいことを言わなかったことだろう。しかし、言い訳がましいことを慌《あわ》てて言わなかったことは、二人の間で交わされた情を認めることでもあった。

「後で女敵討《めがたきう》ちをせんでもええけ、手間がはぶけたのう」

やがて角馬は独り言のように呟《つぶや》いた。瀬左衛門は角馬の軽口に応《こた》えるように「そうじゃのう」と言った。それから乾いた声でカカと笑った。


「不識剣之事」

口伝言、此《こ》の太刀の使い様は、最初錫杖《しやくじよう》より獅子《しし》の位《くらい》、夢想驪龍剣《むそうりりゆうけん》に至るまでおよそ四十余条を一つに引っくるめて、不識剣の一箇条にして稽古するを雖井蛙《せいあ》流と言うなれば、わけて此の所にて何も言うべき事なし。

「旦那様《だんな》、堪忍《かんにん》してつかんせえ、戸田様には罪はないですけ、皆、わたくしが、わたくしが……」

かのは切羽詰まった声で瀬左衛門の前に立ちはだかった。

「かの、見苦しいぞ」

角馬は静かな声で窘《たしな》めた。

「そうです、お嬢様。深尾殿のおっしゃる通りですが」

すっかり覚悟を決めた瀬左衛門の声が潔《いさぎよ》い。

しかし、かのは俄《にわか》に娘のふきのことが思い出された。

「ふきは、ふきはどうなるんかな。わたくしが傍におらんようになったら」

「親はなくとも子は育つという諺《ことわざ》、かのは知らんかのう」

そう言いながら角馬は腰の一刀を抜いた。

「夢想鸝龍剣之事」

口伝言、おおかた文面に聞こえたる外、余意なければ別に口授なし。摩利支天を信仰すると書かれたるは愚婦の礼拝する類《たぐい》に非ず。

多年、兵法《ひょうほう》の事を心に掛けて朝暮に忘れず工夫思案を運《めぐら》されたる。ついに平法の極意驪龍の一術に辿り着く。

まるで稽古をする時のように角馬の表情に変化はなかった。何んのためらいも畏《おそ》れもなく、つかつかと六尺近い瀬左衛門に歩み寄り、短い太刀先を僅《わず》かに調子をつけて回したと思いきや、渾身《こんしん》の気合とともに瀬左衛門の首を刎《は》ね上げた。かのは瀬左衛門の首がいっとき宙に浮き、陽に照らされて地面に転がる様を見ていた。首のない瀬左衛門の身体《からだ》は、恐ろしいくせにどこか滑稽《こっけい》な気がした。首の切り口は柘榴《ざくろ》を割ったように思えた。

かのは悲鳴を上げることすらできなかった。心《しん》ノ臓《ぞう》は、かつてこれほど高く動悸《どうき》したことはない。身体が締めつけられるような恐怖と緊張に捉《とら》えられた。

「何んでだ、かの。何んでこがいなことになるんだ。わしがお前にどないな仇《あだ》をしたと言うんだ」

角馬は苦しい息遣いで訊《き》く。腰が抜けてぺたりと地面に座り込んだかのの髪を角馬は左手で鷲摑《わしづか》みにした。苦痛から逃れるためか、かのの両腕は泳ぐような仕種《しぐさ》になった。

「わしの背丈が足りんせいか」

続けて訊いた角馬に、かのはつかの間、恐怖を忘れて動きを止めた。

「そんな……そんなつまらんことで他の男に懸想《けそう》するもんですか」

「言ってみいや。理由を言え！」

角馬は摑んだ手をぐいぐいと振り回した。

かのは顔を歪《ゆが》めながら、喘《あえ》ぐような声で応えた。

「わたくしは旦那様の丹精なさる牡丹《ぼたん》より価値のない女ですけ」

「何を言っとるだ。わしがお前より花を大事にしていると本気で思うとるんか」

「本気ですけ。わたくしがこの世で一番嫌いな花は深尾紅《くれない》という牡丹です」

角馬は苛立《いらだ》たしげに手を放した。かのは俯《うつむ》いて荒い息をついた。

「そがいなことで間男したんと言うんか。馬鹿《ばか》も休み休み言え」

「わたくしは旦那様の何んでしたの？　女中ですか、それとも遊び女《め》ですか？　旦那様の妻でなかったことは確かですよ。妻だったら、もう少し情けがあったはず。戸田様は父にあのようなことがなければ、わたくしと祝言《しゅうげん》を挙げていたはずのお人です。短い間でしたけど、戸田様はわたくしを愛《いと》しんでくれました。美しいとも言うて下さいました。旦那様は一遍《いっぺん》もそがいなことは言うてくれませんでしたなあ。わたくしは恨んでおりました けえ……」

「わしはどがいしたらよかったんだ」

「ほう、雖井蛙流の剣法の師匠にもわからんことがおありなんですなあ。それでは、お教えしますけえ。日に一度はわたくしに心底、惚《ほ》れている眼を向けて、かの、かのと優しく呼んで下されればよかったんです。それで、お庭の牡丹を……お庭の牡丹をすべて旦那様のその短い刀で、斬《き》り捨ててほしかったですがよ」

「……」

「できませんでしょうが。そらそうだが。旦那様は大切な牡丹を斬り捨てるより、わたくしを斬り捨てる方が易《やす》いことだけ」

小意地悪くかのの眼が角馬を睨《にら》んだ瞬間、角馬に握られた太刀はかのの細い首を瀬左衛門と同様に刎ね上げていた。

「星斬《せいざん》じゃ……」

かのの首が地面に落ちると角馬は呟いた。

「惚れていると言ってほしかったんか」

かのの首は青菜を干している筵まで転がり、まるでその青菜を喰うように後ろ向きになった。夥《おびただ》しい血が乾いた地面に拡がり、角馬の足許《あしもと》に迫る。角馬はその血の拡がりから逃れるように、くるりと踵《きびす》を返した。

「星斬之事」

この一条、伝書に見当たらず。ただわざの名ばかりあり。夢想驪龍剣と僅かに心持ち違うものなれば、わざわざ口授する必要もなしと思えども、仔細《しさい》分明ならず。不審なり。

深尾角馬はその後、袋町の自宅に戻り、井戸で汗を流した。それから着替えを済ませると石河四方左衛門の屋敷に向かって祝言の席に着いた。その表情は微塵《みじん》も普段と変わる様子はなかった。

落露の章

一

　この世に生まれて最初に見た景色は、女中のお熊《くま》に背負われて眺めた細く長い城下の道だったとふきは思う。踏み固められた茶色の道は風が吹けば埃《ほこり》が舞い上がり、雨が降ればぬかるんだ。お熊の背中から見下ろした道は歩く度に白い埃が立っていた。道の両脇《りょうわき》の雑草も埃を被《かぶ》って白い粉をふいたように見えた。

　その日は西陽《にしび》がやけに眩《まぶ》しかった。お熊は首筋に汗を滲《にじ》ませ、それが蒸《ふ》かし飯のような体臭を放っていた。ふきはその体臭に閉口しながら、同時に安心するものも感じていた。

　ふきは、かなり大きくなるまでお熊に背負われていることが多かったので、その時も、自分を背負っていたのがお熊だということはわかっていた。

　いったい、お熊はふきを背負ってどこへ行くところだったのだろう。ひどく急ぎながら、盛んに洟《はな》を啜《すす》っていた。お熊は、今思えば泣いていたのかも知れない。しかし、ふきの記憶はそこでふっつりと途切れたままだ。

毎朝、目覚めて、裏の井戸で顔を洗う時、こんもりとした久松山《きゅうしょうざん》が見える。久松山の山頂には、お城の天守があった。麓《ふもと》には二の丸、三の丸も見えた。江戸から遠く離れた狭い城下では、どこもかしこも鄙《ひな》びた景色ばかりである。その中でお城だけは凜《りん》とした風情《ふぜい》があった。そして、城下のどこからでもお城の姿は眺められた。

「うら達のお殿様はな、あすこに住んでおられるんですが。お嬢様のお父様もあすこでお務めをされておられるんですぜ」

お熊はふきにそう教えた。ふきの父親は鳥取藩の馬廻《うままわり》を仰《おお》せつかる。しかし、父親の仕事はそれだけではなかった。お務めを終えると藩の道場に行って弟子達に剣法を指南する偉い師匠でもある。雖井蛙流平法《せいありゅうへいほう》というのが父親の剣法の流儀名だった。何んでも父親が自ら編み出した剣法であるという。

「お父様は強いんか?」

ふきはお熊に無邪気に訊《たず》ねると「そらもう、旦那様《だんなさま》に敵《かな》う相手はこの城下にはおらんですが」と、お熊は応《こた》える。

「そっでも、お父様は小さい男だけ、大きな人が相手では敵わんだろ」

父親の深尾角馬《かくま》は格別に短軀《たんく》の男だった。

「いいや、旦那様は背がちいそうても、どんな相手にも負けたためしはありませんけ」

背丈が足りなくても、ふきにとって角馬は怖い父親であった。弟子達とは気軽に話もするのに、ふきにはあまり言葉を掛けない。抱き上げられた記憶もなければ、一緒の蒲団《ふとん》で寝たこともない。ふきがお菜に不平を言う時だけ「ふき、黙って喰え」と、低い声で窘《たしな》める。その声だけで身体《からだ》が縮み上がるような気がした。父親なのに一緒にいると息苦しい気持ちになった。だから、角馬がお城に出仕すると、ふきはほっと解放されたような気持ちになった。参観《さんきん》交代の御用で江戸へ一年も行っている時でも、ふきは滅多に寂しいとは思わなかった。

ふきの傍《そば》にいるのは、いつもお熊だった。

だが、お熊も年寄りになったので、ふきの家の女中をするのが辛《つら》そうだった。やれ腰が痛いの、膝《ひざ》が痛いのと、しょっ中《ちゅう》言う。それでも、ふきが嫁入りするまでは奉公をやめないと心に決めているようだ。以前は通いだったが、今は住み込みである。息子達に、それぞれ嫁が来て、世話の焼ける亭主も死ぬと、お熊は、自分がいなければ深尾の家はどうもならぬと、角馬に頼んで住み込みにして貰《もら》ったのだ。ふきにとってお熊は母親代わりのようなものだった。

城下の娘達はもの心つくと、茶の湯だ、琴だ、手習いだと習い事に忙しくなるが、ふきはそのどれにも興味が湧《わ》かず、ことごとくやめてしまった。近所の人々は、そんなふきのことを堪《こら》え性《しょう》のない娘とは言わず、母親がいないからだと言った。

ふきは何を言われても平気な娘だが、母親のいないことは寂しかった。お熊がどんなに可愛《かわい》がってくれても、親戚《しんせき》の石河《いしこ》家の夫婦が実の娘のように扱ってくれても、寂しさを埋めることはできなかった。

「何んでうちにはお母様がおらんの?」

お熊に訊《き》くと、母親はふきが赤ん坊の頃に病で死んだからだと応える。どんな病で死んだのかまでは教えてくれなかった。何んとなく訊かれたくないような様子でもあった。するとお熊に背負われて城下の道を進んでいた景色がふきに甦《よみがえ》る。あれは母親が死んだという知らせを受けて、お熊が駆けつけるところだったのではないかと。病で死んだ母親は袋町《ふくろちょう》の自宅におらず、どこか違う場所で療養していたのだろうか。他人にうつる重い病だったのかも知れない。しかし、ふきが不思議に思うのは角馬が妻の墓参りをすることがないことだった。日蓮宗《にちれんしゅう》の本浄寺《ほんじょうじ》が深尾家の菩提《ぼだい》寺である。そこへはお盆や彼岸に訪れる。

「さあ、お祖父《じい》様にお参りしなさい」

角馬はふきにそう言うけれど、お母様にお参りしなさいとは言わない。ふきにとっては祖父よりも母親の墓参りの方が大事に思われていたのに。

成長するにつれ、母親のことは訊いてはならないことだと自然に察するようにもなった。

別に知らなくてもいいと、ふきは思っている。知ったところで母親がいないことには変わりはないのだから。

角馬は参観交代で江戸へ出ても、滅多にふきに土産を携《たずさ》えて来ない。江戸には美しい着物も簪《かんざし》も櫛《くし》も、この城下では見ることができないほど豊富にあるという。父親はお務めに忙しくて土産を買う暇もないのだろうと、ふきは諦《あきら》めていた。藩からいただく禄《ろく》が目減りする一方で、角馬の懐《ふところ》に余裕がないことまで子供のふきには思いが及ばなかった。

だが、親戚の石河四方左衛門《よもざえもん》はそんな父親に代わって、こっそりふきに土産を渡してくれる。四方左衛門は角馬の弟子の一人でもあるが、藩からいただく禄はずっと高い。元大工町近くにある屋敷も立派なものだった。

四方左衛門の土産はふきが喜びそうな赤い塗りの櫛だの、花簪だのだ。小袖《こそで》や帯の時もある。ふきはその時、眼も眩《くら》むほどの嬉《うれ》しさを覚えた。だが、欲を言えば、もう少し派手でもいいのにと思う。四方左衛門の質素な人柄を考えれば派手な品を選べないのは無理もなかった。ふきはこの人が大好きだった。

大蔵殿《おおくらどの》は質実剛健を貴ぶ藩主である。その影響で町全体にも何やら武張《ぶば》った空気が漂っている。

ふきはこの山陰の町が退屈で退屈で仕方がなかった。祭り以外、ふきの興味を引くようなことは、ほとんどなかった。

毎日、用事もないのに城下のあちこちをふらふらするふきを、人は悪戯娘《いたずらむすめ》と呼んだ。

武家の娘は、滅多に外出はしない。習い事をするために出かける時も女中か下男がつき添う。それが世間では当たり前のことだった。

着座《ちゃくざ》や証人上《しょうにんあげ》(家老待遇職)の家に生まれた娘などは、さらに躾《しつけ》が厳しい。祭りであろうと外に出しては貰えない。立派な門の横についている下郎窓《げろうまど》から、そっと外の様子を窺《うかが》うだけだ。まるで檻《おり》に入れられた狐《きつね》か狸《たぬき》だった。幾らきれいな着物を着ていても、どれほど高価な簪を挿していても、人に見せられないのではつまらない。ふきはそんな屋敷前を通る時、わざと娘達を挑発するように「ええ天気だなあ。こんな日に外を歩くんは気持ちがえぇがよ」と、言った。娘達は悔しそうに、そっと扇で顔を隠した。

城下で火事でもあると、ふきは真っ先に駆けつける。それをお熊に滔々《とうとう》と話して聞かせた。その時だけ角馬もふきの話を聞いてくれた。後で、「あまり、あちこち出歩くな」と小言になるのは決まっていたが。

最近、ふきが一番興奮した話は城下で起こったことではなかった。それは石河四方左衛門の武勇伝である。

寛文十一年(一六七一)の年、石河四方左衛門は江戸詰めであった。ふきはつくづく寂しかったが、翌年にまた土産を持って来てくれるかと思えば今から楽しみだった。

国許《くにもと》では四方左衛門の妻が幼い息子達を育てながら石河の家を守っていた。

「おばさん、おじさんがおらんようになって寂しいことないか」

ふきが四方左衛門の妻のふじに訊くと、「そら、寂しいですが。あんまり寂しいから、おいおい泣くこともあるんですが。だからふきさん、時々、遊びに来てつかんせえよ」と言った。

「おじさん、江戸にずっとおって、よそのおなごに色目を使《つこ》うたりせんだろうか」

ふきは生意気にそんな心配をする。するとふじは途端に落ち着かない様子になる。ああ、おばさんは心底、おじさんに惚《ほ》れとると、ふきは思うのだ。

普段は虫も殺せないような顔をしていた四方左衛門が朋輩《ほうばい》の武士を助けるために武家屋敷へ乗り込んだという話は、ふきには俄《にわか》に信じられないことだった。それは七月に江戸で起きた事件であったが、鳥取城下の深尾角馬の許《もと》に知らせが来たのは秋も深まった頃だった。この年、角馬は江戸詰めの御用はなく国許にいた。

白井源太夫《しらいげんだゆう》という角馬の弟子が、夜に角馬を訪ねて来て、その話をしたのである。

ふきは大好きな四方左衛門の名が出て、一緒に話を聞いていたかったのだが、「早よう、寝ろ」と、角馬に厳しく叱責《しっせき》されたため、渋々、自分の部屋に引き上げた。だが、どうしても気になり、そっと部屋を抜け出して、書物部屋の近くで耳を澄ませた。

「そって、詫間八太夫《たくまはちだゆう》殿は四方左衛門と格別親しい仲だったのか？」

角馬は源太夫に仔細《しさい》を訊ねた。近習納戸役《なんどやく》を務める源太夫は凜々《りり》しい風貌《ふうぼう》をした若者である。尺八の名手でもあった。務め柄、江戸藩邸の噂《うわさ》も他の藩士よりも早く耳に入る。

この度のことは師匠であり、親戚でもある角馬に知らせておいた方がよいと考えたのだろう。

「石河殿が詫間殿と親しかった様子はございません。言葉を交わしたこともあったかどうか……」

「それでは何ゆえ四方左衛門は危険も顧《かえり》みず、そのような行動に出たのであろうの」

角馬は怪訝《けげん》な顔で源太夫に訊いた。

「強《し》いて言うなら、武士は相身《あいみ》互《たが》い、同門のよしみでございましょう」

「同門のよしみ……」

角馬は源太夫の言葉を鸚鵡《おうむ》返しに呟《つぶや》いた。

江戸番頭《ばんがしら》を務める詫間八太夫は藩命を帯びた一条を藤堂《とうどう》家に伝えるべく、家僕を伴って藤堂家へ向かった。途中、旗本・野々宮《ののみや》瀬兵衛《せひょうえ》の一行と出くわした。そこで理由は定かに知れないが詫間と野々宮の間に諍《いさか》いが起きてしまったらしい。家僕が諍いを鎮《しず》めようと二人の中に割って入ったところ、頭に血の昇っていた野々宮は、あろうことか、その家僕を斬《き》り捨ててしまった。

「そって、詫間殿はすぐさま報復に出たのか」

角馬は源太夫に話の続きを急《せ》かした。

「いえ、何しろ大事な御用の途中で起こったことですけ、そこはぐっと堪《こら》えて、とにかく御用を片付けましたが、無事に御用を終えた後、大身の槍《やり》を引っさげて馬上の野々宮を追い掛けたそうですが。野々宮は詮間殿の剣幕に大層、恐れをなし、慌《あわ》てて北条新蔵《ほうじょうしんぞう》という旗本の屋敷に逃げ込んだとのこと。北条は助けを求めた野々宮に加担して、追い掛けて来た詮間殿を屋敷内の牢《ろう》に押し込めてしまったんですが。そのことが江戸のお屋敷に届くと、ご家老様は家中の者を何人か掻《か》き集め、詮間殿を援護しようということになったんです」

家老荒尾志摩守《あらおしまのかみ》は腕の立つ者に声を掛けたようだ。その時、四方左衛門が自分もその中に加えてほしいと願い出たという。家老は怪訝な眼を四方左衛門に向け「そちは何んぞ、詮間と縁故があるのか」と訊ねた。

縁故はなけれど、詮間殿は諸芸の同門、ここは是非にも事のなりゆきを見届けたいと応えたという。

「何んとも、あっぱれな心ばえだのう、源太夫」

角馬はひとしきり感心した声で言った。

「普段はおとなしい石河殿のどこに、そのような男気があったのかと、拙者も大層驚きました。だが、これは先生の影響でござりましょうな」

源太夫の声が揶揄《やゆ》するような響きになった。

「わしの？」

「はい。武士たる者、義のためには、たとい、命の危険があろうとも立ち向かわねばなりませぬ。それは常々、先生が我等弟子達に口酸《くちす》っぱくおっしゃっていることではありませんか。瞬時でも迷う心は、おのずと雖井蛙流の本意に逆らうことでもありまする。石河殿は手をこまねいて眺めているより、即、行動を起こすことを選ばれたんですが」

「……」

角馬が黙ったのは、四方左衛門が独り身ならいざ知らず、国許に妻子がいることをふと考えたからだ。もしも、それで命を落としたとしたなら、戦国の世を越えて来た父親の甚左衛門《じんざえもん》は褒《ほ》めこそすれ、妻子は決してそれを喜ばないだろう。何ゆえ、自ら危険に身を晒《さら》したのかと、終生、その死を悔やんだはずだ。

だが、源太夫は角馬の思惑《おもわく》など意に介するふうもなく言葉を続けた。

「援護の一行がお屋敷から出発する時、見送りの者が、四方左衛門、よろしく首尾を全うして来いと声を掛けますとの、相手の出方次第だわいと破顔されたそうです。拙者、つくづく石河殿の心意気に感服致しました」

「そうだのう……」

角馬も低い声で相槌《あいづち》を打った。

幸い、一行は死者を出すこともなく、無事に詫間八太夫を助け出すことができた。詫間は盛んに持仏の加護であるかのように周りの者に語ったが、江戸藩邸の家臣達は四方左衛門の並々ならぬ武士としての決意に称賛の言葉を惜しまなかったという。

ふきは何んだか泣けていた。四方左衛門の気持ちが切なかった。

「誰だ、そこにおるのは」

角馬は襖《ふすま》をがらりと開けた。寝間着のままのふきは盛んに眼を拭《ぬぐ》った。

「お嬢さんは石河殿の身を案じておられたんですが」

源太夫はふきの肩を持つように言った。

「おじさんは立派ですけ……」

ふきは蚊の鳴くような声で言った。

「そうですけ、お嬢さん。石河殿は立派な人ですが」

源太夫は笑ってふきの頭を撫《な》でた。だが、角馬は「立ち聞きするとは呆《あき》れた奴《やつ》だ。あちこち触れ回って歩いたら承知せんぞ」と、厳しい声で言った。

「お父様は嫌いじゃ！」

ふきは一言、角馬に叫ぶと、泣きながら自分の部屋に戻った。戻ってからも涙はとめどなく溢《あふ》れた。

白井源太夫は間が持てなくなり、すぐに角馬へ暇乞《いとまご》いをした。玄関先まで見送りながら、角馬は「あがいなところは母親と瓜《うり》二つだ」と、何気なく呟いた。

「そんな、先生……」

源太夫は言葉を濁した。ふきは二人のやり取りを聞きながら妙な気持ちがしていた。角馬の口から初めて母親という言葉が洩《も》れたからだ。それはふきの母親のことであって、決して角馬の母親のことではない。角馬は自分の母親の顔は知らないのだ。ふきの中に死んだ母親について疑問が芽生えたのは、まさにその時だった。

二

大蔵殿が因幡《いなば》・伯耆国《ほうきのくに》の藩主に就いてから、城下は以前と比べて大巾《おおはば》に拡大している。具体的には九つの町、家数にして二千三百五十六軒が増加している。新しく城下町に加えられたのは上町《うえまち》、立川町《たちかわ》の一丁目から三丁目、薬師町、新品治町《しんほんじ》、川下町、今町《いま》の一丁目と二丁目である。上町と立川町は江崎《えざき》から南へ延びた雨滝《あめだき》街道に沿う山麓《さんろく》地帯にあった。

大蔵殿が初めてお国入りした二年後の慶安三年（一六五〇）、この地域に東照宮大権現《だいごんげん》神社を勧請《かんじょう》造営した。日光の東照宮には初代将軍徳川家康《いえやす》の御霊《みたま》が祀《まつ》られている。その分霊を因幡国でも祀ろうとする大蔵殿の意図は、将軍家に忠誠を誓う心と、自身も徳川家の血縁の者であるということを強く誇示するためだった。

神社の建てられた所に住んでいた農民は、もっと西の小西谷《こざい》等、他の場所に住み替えさせられた。鄙《ひな》びた風景の山麓地帯は急速に町化が進んだ。新品治町や今町は袋川の外にできた町だった。それまでは袋川の内側までが城下町という扱いであった。

とはいえ、めぼしい産業のない鳥取藩の財政は逼迫《ひっぱく》して行く一方であった。大蔵殿が因幡・伯耆国へ移封となった頃の寛永九年（一六三二）当時の年貢《ねんぐ》米は十六万五千八百九十二石と記録にある。その内、家臣の俸禄《ほうろく》に十一万石ほどを要し、残りの五万五千石で藩の掛かりを賄《まかな》わなければならなかった。年貢米は領地の整備により増加してはいるが、禄《ろく》を食《は》む家臣も当時と比べものにならないほど多くなっている。

大蔵殿が必死で藩制改革を試みても、さほど芳《かんば》しい結果はもたらさなかった。河村郡と久米郡では、かつて鉄を産出していたが、人足と運賃の掛かりが重くなり、明暦元年（一六五五）には操業を止《や》めている。神倉《かんのくら》の鉄山だけは細々と操業を続けているものの、とても藩の財政を潤《うるお》すまでには至らなかった。

藍《あい》、木綿の生産も領民の自給自足の範囲でしかなかった。加えて、大火と洪水が定期的にやって来るとあっては、藩は息つく暇もないほど金策に追われた。年貢米を出してしまうと、自分の所で食べる米もなくなる農民が多かった。つい三年ほど前も、藩は領民に四千石の救米を施したばかりである。

藩財政の維持に苦慮していたのは、鳥取藩ばかりではなかった。それは全国的な傾向でもあった。その打開策の一つに藩札《はんさつ》の発行があった。

藩札は寛文元年（一六六一）、越前《えちぜん》福井藩藩主・松平光通《みつみち》が幕府の許可を得て発行したのが始まりと言われる。藩札は市中に出廻る三貨の不足を補うのが目的である。それにより、福井藩では藩財政の窮乏を救うことができたという。

大蔵殿は家老職の家臣と相談の上、いずれ藩内でもこの藩札を発行しようと考えていた。

二百石取りの深尾角馬も暮らしの維持にはご多分に洩《も》れず頭を悩ましていた。藩からいただく禄は決まっているのに、諸物価は年々、高騰《こうとう》している。その割に米価は横這《よこば》いの傾向である。三百石の家臣でも年に三十両やそこらの赤字が出るご時世なので、それより百石も下廻る角馬の暮らしは言わずもがなであった。

角馬は剣法の指南役ではあったが、それもお務めの範疇《はんちゅう》であるので、弟子達から束脩《そくしゅう》（謝礼）が集まる訳ではない。盆暮につけ届けがあるといっても、自家製の野菜、魚、蒲鉾《かまぼこ》の類《たぐい》で、もしも弟子達が金子《きんす》を包んで来たとしたら、断固角馬は拒否した。自分は金儲《もう》けで剣法の師匠をしているのではないと。

それは周りの者から頑《かたくな》な様子にも見えたが、反骨精神の強い角馬は、どれほど内所が火の車であっても金子を受け取ることだけはできなかった。

ふきは角馬が弟子から差し出された志《こころざし》を押し返したところを何度か見ていた。ふきは内心で、黙って受け取ったらいいのにと思ったものだ。そうしたら、夕餉《ゆうげ》のお菜に、もっとおいしい物が食べられるし、季節ごとの着物も数が増える。だいたい、角馬が稽《けい》古《こ》の時に着用する革袴《かわばかま》は、いったい何年経《た》っているものだろう。元は何色だったのか知れないが、すっかり白茶けていたし、所々、すり切れてもいた。

弟子達が差し出す金子を受け取っても、別に構わないのではないかとふきが遠回しに言った時、角馬は眼を三角にして怒鳴った。

お熊《くま》が庇《かば》ってくれなかったら、ふきは柱に縛りつけられて大きな艾《もぐさ》で灸《きゅう》を据《す》えられていたことだろう。それ以後、ふきは金銭に関することを口にしたことはなかった。頭の硬い父親には言うのも無駄なことだった。

角馬はこの頃から密《ひそ》かに在郷《ざいごう》入《い》りを考えていたらしい。だが、角馬が編み出した雖井《せい》蛙《あ》流平法は弟子達にまだ免許を与える段階ではなかった。角馬はとにかく、雖井蛙流を弟子達に引き渡してから身を引くつもりだった。

三

それまで、ふきは角馬が道場で試合をするところを見たことがなかった。一日中、何もせずに外をうろついている娘に業《ごう》を煮やし、何んでもいいから習い事を始めよと角馬に言われた時、「そんなら、うちは剣法の稽古《けいこ》がしたい」と、ふきは応《こた》えた。角馬は大層驚き、おなごがそがいなことして何んになる、と吐き捨てた。

「そっでも、うちは他にしたいことなどありゃせん。ま、ちいと、お父様が道場で稽古をするところを見物させて貰《もら》いたいが。決めるのはそれからでもええでしょうが」

角馬はふきに稽古の様子を見せることすら不満そうであったが、お熊《くま》が角馬をあやすように、

「旦那様《だんな》、一度ぐらい見せてあげなんせえ。それでお嬢様の気が済みますけえ」

と、口添えしてくれた。角馬は渋々、それだけは承知した。春と秋には道場の紅白試合が行われる。その試合で一番強かった者が角馬と手合わせできるのだ。師匠が試合をするところは滅多に見られることではないので、弟子達もその時は真剣な表情で角馬の

技を見つめる。紅白試合には弟子達の家族も集まるので、角馬はふきを連れて行ってもよいと考えたのだろう。

しかし、お熊は身分違いであるので藩の道場には近づけない。その日は角馬の古くからの弟子、岩坪勘太夫《いわつぼかんだゆう》に伴われて、ふきは初めて江崎町にある道場の門をくぐった。

道場は着座の屋敷内に設けられていた。以前は他の流派の者達と、城内にある道場で稽古していたが、弟子の増加とともに別の場所へ移されたのである。道場からは勇ましい気合の声が聞こえていた。中へ入る前に、ふきは少し怖《お》じ気《け》づいた。

「お嬢さん、どうされましたんかな」

五十代の岩坪勘太夫は、もうすっかり年寄りで、今ではほとんど稽古にも出ないという。

しかし、試合のある時は欠かさず道場に顔を出していた。

「ふん、勇ましい声で耳がきんきんするようだけ」

ふきは勘太夫に内心を悟られないように言った。

「気合は腹の底から出すものですが。ふぁっふぁっと湯の中でひり出す屁《へ》のごときもんでは相手にたちまちやられてしまいます」

「岩坪さんは湯の中で屁をするんか。これは汚いなあ。うちは岩坪さんの娘さんに告げ口せないけん」

「敵《かな》いませんなあ。もののたとえですが」

「なあ、岩坪さん、お父様は強いんか？」

ふきはもう何度も人に訊《たず》ねた台詞《せりふ》を口にした。

「そらもう……何しろ、拙者の師匠でござるからのう」

勘太夫はふきの予想した通りの返答をした。

「お父様は人を斬《き》ったこともあるんかな？」

無邪気に続けたふきに、勘太夫はつかの間、言葉に窮した。

「お嬢さんは妙なことを訊《き》きますなあ」

「そっでも、剣法いうんは人を斬るためにあるもんでしょうが。幾ら木刀では強いと言うても、実際にものの役に立たんでは意味がないけえ」

「そりゃそうですがのう。ささ、こっちから入りますけ」

勘太夫はふきの話の腰を折るように、渡り廊下の途中にある出入り口にふきを促した。

ふきは履物を外すと、そっと勘太夫の後ろに続いた。

気合の声は道場に入って、さらに高まって聞こえた。角馬は床の間を背にして静かに座っていた。入って行ったふきをちらと一瞥《いちべつ》したが、その表情は普段と微塵《みじん》も変わりがない。

いや、家にいる時の角馬より数段、威厳があった。ふきは道場の羽目板の際《きわ》に遠慮がちに腰を下ろした。弟子の母親らしい初老の女が二人ほど見物していたが、ふきのような小娘はいなかった。

「先生のお嬢さんですが……」

低い私語が囁《ささや》かれた。ふきは少し得意な気持ちでそれを聞いた。両端の壁際に弟子が正座して座り、試合をしている二人を見つめていた。瘦《や》せて背の高い男と、丸顔で小太りの男であった。やけに力んではいるが、その二人の腕はさほどでもなかった。何やら落ち着きに欠けていた。

甲高《かんだか》い悲鳴のような声を上げて丸顔が突きを入れたが、背の高い男はすばやく木刀を躱《かわ》し、胴を払った。弟子達の間から勝負あったという低い声が一斉に洩《も》れた。

勝負がつくと、次の弟子が中央に進む。試合は整然と続けられた。

その日の試合で一番よい結果を出したのは白井源太夫《げんだゆう》であった。源太夫は若さもあって、相手を次々と倒した。試合している源太夫は普段より男ぶりが上がって見えた。

やがて、角馬と源太夫の試合になった。道場はしんと静まり返った。しわぶき一つ洩らす者もいない。角馬は試合が始まる前に稽古で使う手《て》の内木刀《うちぼくとう》で何度か素振りを試みると別の木刀に持ち換えた。雖井蛙《せいあ》流は竹刀《しない》ではなく三尺五寸ほどの反《そ》りの入った細身の木刀を使った。

手の内木刀はそれより目方もあり、六角の形をしているので持ち難《にく》い。

これで切り結ぶ稽古をすると、木刀に持ち換えた時、はるかに軽く感じられ、技も自在に打ち出せるのだ。

角馬は袴《はかま》の股立《ももだ》ちを取り、襷掛《たすきが》けした恰好《かっこう》で源太夫と向き合った。

角馬は細かい足の運びをしながら源太夫との間合を詰める。その様子は踊りの所作のように軽やかだった。一方、源太夫は角馬の隙《すき》を狙《ねら》って、こちらも細かい足の運びをするが、誰の目にも角馬に分があるように見えた。

「白井殿が何ぼう強いっちゅうても、やはり先生には敵いませんなあ」

弟子達の間からもひそめた声で感想が囁かれる。ほんの少しの間で勝負がつくものと思われたが、角馬が果敢に攻めて来た源太夫の木刀を躱した瞬間、変化が起きた。

最初は角馬に何が起きたのか弟子達は理解できなかった様子であった。角馬はけんけんをするように片足跳びを始めた。

ふきは角馬が足を挫《くじ》いたのだと、すぐに気づいた。

「岩坪さん、止めてつかんせえ。お父様は怪我《けが》をされたようだが」

ふきの言葉に岩坪が慌《あわ》てて立ち上がると、同時に二、三人の弟子も立ち上がった。

「邪魔するな。まだ勝負はついておらんけ」

すかさず、角馬の鋭い声が響いた。

「そっでも、先生……」

弟子達の声も逡巡《しゅんじゅん》したものになった。源太夫はどうしてよいかわからず、その場に立ち尽くしたままだった。角馬は片足跳びをやめない。

「源太夫、遠慮せんでもええ、かかって来いや」

角馬は挑発するように源太夫に言った。おずおずと木刀を振った源太夫に、やはり迷いがあったのだろう。源太夫の木刀は撥《は》ね飛ばされた。そこに角馬は容赦なく面を入れた。

「参りました」

源太夫は手を突いて頭を下げた。

「源太夫。おぬし、失刀《しっとう》のことを忘れてしもうたんか」

角馬は痛む右足を庇《かば》うように立ちながら静かな声で言った。失刀は刀を持たない時や、もしくは取り落とした時の技だった。源太夫は角馬の身を慮《おもんぱか》って甘い突きを見せたのだが、角馬はそれをよしとしなかった。あくまでも勝負がつくまで気を緩めるなと身を以《もっ》て教えたのである。源太夫は納得したのか、そうでなかったのか、俯《うつむ》いたまま何も応えなかった。

角馬は右足を骨折していた。試合が終わるまでどうにか堪《こら》えていたが、袋町の自宅へは弟子の一人に背負われて帰った。

しばらくの間、お務めを休まなければならない事態となった。

ふきはそれから時々、角馬がけんけんをしながら試合した姿を思い出した。多分、普通の試合であったなら、すぐにその時のことは忘れてしまっただろう。滅多にないことだったから覚え続けていたのかも知れない。

お熊にも教えたし、遊び友達の何人かにも身振りを入れて話して聞かせた。ふきの話に誰もが感心した顔になった。ふきはけんけんをして試合をした父親の姿に何やら滑稽《こっけい》なものを感じていた。雖井蛙流に対する深い思いや師匠としての矜持《きょうじ》など、十一歳のふきにはわかる訳もなかったが、角馬のその時の姿ばかりが脳裏をよぎった。

傍に誰もいない時、ふきは角馬の真似《まね》をしてけんけんをしてみる。時間が経《た》つ内に滑稽なものは消え、何やらもの悲しい気分になった。お父様は、本当は寂しい人なのではないかと、ふきは、ふと思った。剣法の稽古をしたいというふきの思いは自然に失《う》せていた。

四

角馬が自宅で療養している間、ふきは窮屈で仕方がなかった。角馬は縁側で庭を眺めながら書見《しょけん》をしていることが多い。庭には様々な種類の牡丹《ぼたん》が植えてあった。その中で七、八寸ほどの大輪の花を咲かせるのは深尾紅《くれない》と呼ばれる牡丹だった。ふきは深尾紅より大きな牡丹をよそで見たことはなかった。

自分の家の牡丹は因州一、いや、日《ひ》の本《もと》一だとふきは思う。角馬はお務めができないことや、道場で弟子達の稽古《けいこ》を見てやれぬことより、牡丹の世話ができないのが辛そうだった。岩坪勘太夫《かんだゆう》はそんな角馬に代わってお務めを終えると毎日のように袋町の家にやって来て牡丹の手入れをした。

角馬は縁側から、こと細かく勘太夫に指示を与えた。栽培のための土も吟味して、千《せん》代川《だいがわ》の上流からも、わざわざ運ばせていた。

「岩坪さんもお父様と同じで牡丹が好きなんか？」

ふきは手入れする勘太夫にそんなことを言った。牡丹のことになると角馬と勘太夫の話は尽きなかった。お熊《くま》に言われて茶を運んでも、勘太夫は容易に手を止めようとはしなかった。茶はいつも冷めてしまう。それでも、ようやく手入れにひと区切りつくと、勘太夫は冷めた茶をうまそうに飲み干した。

「お嬢さん、好きでなかったら幾ら先生のお指図でもうんと言いませんが。しかし、先生が足を折るとは夢にも思いませんでしたなあ。全く世の中は何が起こるか知れたもんじゃないですわ」

勘太夫はしみじみした口調で言った。

「お父様はうちが見物をしとったけ、いつもよりええところを見せようかいと張り切り過ぎたんだが」

ふきが言うと角馬は苦笑した。ふきは勘太夫が傍にいるので軽口も叩《たた》きやすかった。

「岩坪さんの所でも牡丹を植えとりんさるか？」

ふきは茶を淹《い》れ替えて勘太夫に勧めながら訊《き》いた。お嬢さんの淹れた茶は格別な味がしますと褒め上げるので、ふきは嬉《うれ》しかった。

「はあ、植えとります。しかし、深尾紅のように見事なものはできんがですよ」

「お父様には何かこつがあるんかな」

そう言うと、角馬は「こつなどない。親身に世話をするだけだ」と応《こた》えた。

「先生はよう咲いてくれ、きれいに咲いてくれと念じながら育てとるんですが。さあ、牡丹も張り切ってきれいに咲くんですわ」

勘太夫はふきをあやすような言い方をした。

ふきは子供扱いされた気がしてむっと腹が立った。

「そがいに簡単なもんかな。岩坪さんはうちをからかっとるんか」

「からかっとりゃせんですが。これは本当のことですけ。お嬢さんは牡丹が好きかな？」

勘太夫は穏やかな微笑を浮かべて続けた。

「ふん。好きや」

「深尾紅は？」

「あれがごっつい好きだ。豪華で見事に咲くけえ」

ふきが応えると、勘太夫はつかの間、黙った。

しかし、勘太夫は角馬の表情を窺《うかが》うような眼をそっと向けていた。

「あれは牡丹が嫌いだったのう……特に深尾紅が」

角馬は遠くを見るようにぽつりと言った。

勘太夫はすかさず「先生」と制した。

「あれって、誰のことを言うとるんか、お父様」

ふきが訊いても二人はすぐには答えなかった。角馬は長い吐息をついてから、ようやく「お前の母親のことだが」と言った。

「うちのお母様は深尾紅が嫌いだったたって？　それは本当のことなんか、お父様」

ふきの声が甲高くなった。母親に関する言葉が角馬の口から洩《も》れたので、ふきは胸が高鳴るような興奮を覚えた。

「そうだ。わしが牡丹の世話ばかりするけえ、愛想を尽かしたんだわ」

角馬が自嘲《じちょう》的に言うと、勘太夫は居心地の悪い顔で「先生、お話はもうそのぐらいで」と、制した。ふきは愉快になって声を上げて笑った。

「何がおかしい」

角馬は声を荒らげた。

「お母様は変わりもんだわ。あんなきれいな牡丹を嫌いだなんて。しかも、それを世話するお父様に愛想を尽かしただなんて……」

ふきは腹を抱えて笑い転げた。

「本当のことだが」

角馬は憮然《ぶぜん》として言い放った。

「それはな、お父様。お母様はお父様に振り向いてほしくて意地悪をしただけや。深尾紅よりお母様はきれいだぞ、ずっときれいだぞとお世辞を言うたらよかったんだが」

「そうですなあ……しかし、先生はそがいなことを言われるお人ではありませんけ」

勘太夫は低い声で口を挟んだ。

「そっでも、お父様は牡丹によう咲いてくれ、きれいに咲いてくれと念じて育てとるんだが？　同じことよ、花も人も」

「お嬢さんのおっしゃる通りですなあ」

勘太夫は相槌《あいづち》を打ったが、角馬は黙ったままだった。

「なあ、岩坪さん。うちのお母様はどんな人だった？」

「それは……」

勘太夫はまた角馬の表情を窺う。角馬は勘太夫に話をしろとも、やめよとも言わなかった。じっと牡丹の植え込みの辺りを眺めているだけだった。

「きれいな人でしたで……」

低い声で応えた勘太夫に角馬は深い吐息をついた。秋が深まる深尾家の庭は落葉がそろそろ始まっていた。肥料を与えて冬を越させれば、来年の春、また美しい花が咲く。お母様は牡丹があんまりきれいだから、悋気《りんき》したのかも知れないとふきは思った。そう考えても不思議はないほど深尾紅は豪華に咲く。

うちは深尾紅がごっつい好きだと、ふきは胸で呟《つぶや》いた。

五

自宅で足の療養をしている間、角馬は以前よりふきと話をしてくれるようになったが、気儘《きまま》に出かけられないのが不自由だった。隙《すき》を見て家を抜け出すが、「どこに行っていた」と戻ってから叱責《しっせき》された。ふきはうまい言い訳ができなかった。ふきは近くの寺の若い僧が時の鐘を突く姿を日に何度も眺めていた。

十七歳の僧は口を真一文字に引き結び、眉間《みけん》に皺《しわ》を寄せた苦しい表情で鐘を突く。その顔がたまらなくふきを魅了した。

僧が住職の伴をして弔いや月参りに出かけると後をつけた。住職がふきに気づいて、「うろうろついて来たらいけん。早《はよ》う、お家《うち》に戻りんさい」と言われてもやめられなかった。

お熊《くま》を手伝って為登場《いとば》に下りて洗濯をする時も、若い僧が通ると放り出して追い掛けた。

為登場は袋川沿いに幾つも設けられていた。何んでも為登場の為登とは階段のことを指すらしい。土手から川岸まで石段がついているのでそう呼ぶのだろう。

「お嬢さん、お坊さんに熱を上げてもなあ、しゃあないことだけえ。お坊さんは生涯お嫁さんを貰《もら》わんだが」

お熊は呆《あき》れたように言った。

「うちは別に龍見《りゅうけん》様の嫁になりたいとは思っとらん。ただ、あの人の顔を見ていたいだけだが」

「あれ、お坊さんの名前まで知っとりんさるか」

「知っとるよ。龍見さんのことなら何んでも知っとるもん」

「旦那《だんな》様に知れたら叱《しか》られますで。また柱に縛りつけられて灸《きゅう》を据えられます」

「そん時はお熊、また庇《かば》ってつかんせえよ」

「うらは知りませんがよ」

お熊はそっぽを向く。お熊はもう以前のようにふきを力ずくで止めることはできない。ふきはそれをいいことに勝手気儘《きまま》に振る舞っていた。為登場では近所の女中達も一緒に仕事をしていることが多かった。

お熊に悪態をつくふきが憎らしくなったのだろうか。御弓組《おゆみぐみ》の寺尾《てらお》鉄之丞《てつのじょう》という家に奉公している年寄りの女中が、

「お嬢さん、いい加減にせんと、その内にお嬢さんも旦那様の刀で斬《き》られてしまいんさるで」

と、ちくりと言った。お熊は、はっとした表情になり、その女中を睨《にら》んだが、勘のいいふきはお鹿《しか》という女中に向き直っていた。

「お鹿さん、うちもお父様の刀で斬られてしまうと言いましたなあ。おかしな物言いをしんさる。うちの前に誰がお父様の刀で斬られたんかな」

「………」

「ほう、だんまりかいな。ええ加減なことは言わん方がええですよ。お鹿さんは耄碌《もうろく》して、ものの言い方を忘れんさったんか。年は取りとうないがよ」

そう言うと、お鹿はきっとした表情になった。

「うらはまだ耄碌しとらんですよ。深尾様のお嬢さんだけえ、こっちも遠慮して黙っておったんだが。うらは、お熊さんの手をあまり焼かすなと言いたいだけですが」

お鹿の声は怒りのために少し震えていた。

「もうええって。お鹿さん、うらが代わりに謝りますけ、どうぞ堪忍《かんにん》してつかんせえよ」

お熊はお鹿の機嫌を取るように頭を下げた。

「お熊さんもこがいに我儘《わがまま》なお嬢さんの世話をしとったら寿命が縮まりますぜ」

お鹿はそれでも皮肉な口がやまなかった。

「お父様に言いつけて、うちよりお鹿さんを無礼討ちにしてほしいと頼もうかいな。女中風情《ふぜい》にうちが馬鹿《ばか》にされたとあっては、お父様は頭に血を昇らせて怒り狂うがよ」

「お嬢様、やめんさい！」

お熊の声が尖《とが》った。

「はてさて、上等のことだが。その女中風情を斬ったとあっては旦那様の刀の汚《けが》れ。ああ、そうか。もはやあの短い刀は何人ものお人の血を吸うとるな。お嬢さんのお母様もその一人でしたなあ。おっとろしいことや。なんまんだぶ、なんまんだぶ」

お鹿は当て付けのように言うと、絞り上げた洗濯物を抱えて為登場を上って行った。

お熊は何も言わず茫然《ぼうぜん》とした顔でふきを見ていた。袋川には紅葉《もみじ》や楓《かえで》の葉が舞い落ち、静かに水面《みなも》を流れて行く。ふきは喉《のど》の渇きを覚えた。後に残っていた女中達もそそくさと為登場を離れた。

「お母様は……お父様に斬られたんか……」

ふきは独り言のように呟《つぶや》いた。

「お嬢様、お鹿さんは拵《こしら》え話をしただけですけ」

お熊は慌《あわ》てて取り繕う。お熊の髪はもうほとんど真っ白だった。埃避《ほこりよ》けに手拭《てぬぐ》いで覆《おお》っているが、川風に嬲《なぶ》られ耳の辺りの髪の毛が風に揺れる蜘蛛《くも》の巣のように見えた。

「お父様はお母様のことを言うとったが」

ふきは川面《かわも》を見つめながら言った。

「旦那様はどがいなことをお嬢様に言われたんかな」

お熊は首を伸ばしてふきの口許《くちもと》を見つめた。

「お母様は牡丹《ぼたん》ばかり大事にするお父様に愛想を尽かしたんだと」

そう言うと、お熊はたまらず前垂れで顔を覆った。それを見て、ふきは母親が父親に斬られたということが真実なのだと悟った。

「うちも斬られるんだろうか」

「そがいなことはありゃしません。決して！」

お熊は泣きながら声を励まして言った。

「だあれもうちに本当のことは教えてくれん。いったい、何があったもんか。お熊、後生だけ、教えてつかんせえ」

お熊はいやいやをするように首を左右に振った。

「そうか……そんなら、うちが直接お父様にお訊《たず》ねするしかないな。難儀なことだが。そっでも……」

ふきは袋川の流れを見つめたまま言葉を濁した。お熊は洟《はな》をかむと、心配そうにふきを見た。

「堪《こら》えてつかんせえよ、お嬢様」

「ふん、うちは平気だで。そっでも、お父様は本当に雖井蛙《せいあ》流の師匠だと思うだが。この間、足を折っても降参せんお父様に感心したもんだが、お母様まで斬ってしまいんさるとはなあ。おとろしいお人だが。うちは、そのおとろしい父親の娘だけえ、縁は切ることはできん。お熊、何んだか切ないなあ」

ふきの言葉にお熊は返事をしなかった。黙って洗濯物を絞り上げる。ふきも黙って手を貸した。若い僧を追い掛けるのは仕舞いにしようとふきは決心していた。

六

「なあ、お父様。ちいと訊《き》きたいことがあるんだが、ええか？」

ふきは閉じられた襖《ふすま》の向こうに声を掛けた。

夜の五つ半（午後九時頃）を過ぎたあたりだったろうか。ひどく蒸し暑いせいで、ふきは眠られずにいた。父親は、まだ起きている様子だった。書物部屋は、ふきが物心つく頃から角馬の寝間にもなっている。

ふきは角馬が骨折してから隣りの茶の間で眠るようになった。女中のお熊《くま》にそうしろと言われたのだ。足の不自由な父親が夜半に水が飲みたいの、小用を足したいのと声を掛けたら即座に応《こた》えるためであった。お熊は年寄りなので、夜遅くまで用事をすることができない。ふきは渋々、言う通りにした。しかし、このひと月、角馬がふきに用を言いつけたのは数えるほどしかなかった。

襖を隔てているとはいえ、角馬の傍《そば》に眠ることで父親を以前より身近に感じ、会話も増えたような気がする。

「まだ寝とらんのか。何んじゃ訊きたいことっちゅうのは」

角馬は少し煩《わずら》わしいような声で言った。

「この間、源太夫《げんだゆう》さんと試合してお父様は足を折ってしまいんさったが、そっでもお父様は源太夫さんに勝ったでしょうが」

「ああ」

「もしも、源太夫さんに負けたとしたら、お父様はどうされたんか？」

「師匠を返上しただろう」

角馬はあっさりと応えた。

「剣法の師匠は弟子に負けてはいけんもんかな？」

「そら、そうだ」

「そっでも、あの時は足を折っていたけ、お父様が負けても、だあれも文句は言わんはずじゃないんか？」

「足が折れていようが、腕が折れていようが、試合は試合だ。そこに理屈をつけて言い逃れする了簡《りょうけん》がわしは好かん」

角馬は苦々しい口調で言う。

「世の中に弟子より弱い師匠はおらんもんかな」

無邪気に訊いたふきに、角馬はつかの間、言葉に窮した様子だった。ふきは喉《のど》の奥で低い笑い声を立てた。

「何がおかしい」

「きっと、弟子より弱い師匠いうんは、たくさんおるんだろうと思うたんで」

「そら、広い世の中だけ、弟子より弱い師匠もおるだろう」

「お父様は強い師匠だけ、うちも鼻が高いわ」

「……………」

夜のしじまを縫って、ふきの耳に尺八の音《ね》が微《かす》かに聞こえた。

「お父様、聞こえるか」

「尺八だな」

「あれは源太夫さんが吹いとるんだろう?」

「ああ。あやつは風流な男だけ、月の美しい晩は観音院の裏山に登って、あすこにある松の樹《き》の根方《ねかた》で吹いとるが」

「お父様は音曲に興味はないんか」

「わしは無骨者だけ……」

角馬は言い訳するように応える。

「牡丹《ぼたん》だけか、お父様が心を魅《ひ》かれるもんは」

「そうだのう……ふき、もう寝ろ」

角馬はふきの話の腰を折るように言った。

風のせいだろうか、尺八の音は先刻より高く聞こえるような気がした。何んの曲名かふきは知らなかったが、その音は囁《ささや》くがごとく、恨むがごとく、変幻自在にふきの耳に聞こえた。

「お父様、牡丹は可愛《かわい》いか」

ふきは試すように角馬に訊いた。

「下らんことを訊くな。早《はよ》う、寝ろ」

角馬は少しいらいらした様子で、話を続けようとするふきを制した。

「お休みなさい」

ふきは仕方なく言うと、眼を閉じた。

本当は自分と牡丹のどちらが好きかと訊《たず》ねたかった。ふきの母親は角馬の丹精する牡丹が嫌いだったらしい。なぜ、母親が牡丹を嫌ったのか、その理由も知りたかった。

いや、ふきが一番知りたかったのは、角馬が母親を斬《き》った理由だった。だが、ふきは角馬の怒りを恐れて口にできなかった。喉許《のどもと》まで出掛かっているのに、どうしても言えなかった。この頃、角馬の前で、うちは牡丹が好きだ、と言うのは父親を喜ばせようとする意識が働くせいだ。以前なら、そんなことはなかった。自分がもし、とんでもないしくじりをしたら、父親の手に掛かって死ぬかも知れないという恐れが芽生えていた。

いつか、それがいつかは明確にはわからなかったが、自分の行動が角馬の怒りを買う事態になるのではないかと、ふきはぼんやりと予測してもいる。なぜ、そう思うのかは自分でもわからない。ただ、自分が城下の娘達とは一風変わっていることは感じていた。無駄口を叩《たた》かず、行儀よく、家でおとなしく琴を弾いたり、手習いをする武家の娘達の真似《まね》は、ふきにはできない。そんなことは退屈で退屈で仕方がなかった。それよりも、お熊にくっついて買い物をしたり、近所の町家の子供達と外遊びをする方が楽しい。だが、外遊びは楽しい分だけ危険も伴うし、大人が眉《まゆ》をひそめるようなことも少なくない。

町家の男の子達は平気でそこらに立ち小便もする。おふきはおなごだけ、そがいなことはできんだろと馬鹿《ばか》にされ、意地になって立ち小便をして着物の裾《すそ》を盛大に濡《ぬ》らしてしまったことがある。お熊に「どうしたんだな、お嬢様」と訊かれて、まさか立ち小便をしたとも言えなかった。

これからは気をつけようとふきが決心したのは、安易な行動をしないことではなく、それを父親に見つけられないようにしようということだった。ふきはまだ世間知らずの十一歳の娘だった。多くのことには思いが及ばない。

その夜、源太夫の尺八の音は、かなり遅くまで続いていた。

七

深尾角馬は雖井蛙《せいあ》流平法の師匠であるが、父親の河田理右衛門《りえもん》から受け継いだ居合の師匠でもあった。

居合とは抜刀の瞬間に相手を斬《き》る技のことであり、座った状態から技に入るのを基本とする。様々な流派があり、鳥取藩でも居合は他に水野流と家次《いえつぐ》流があった。人気は何んと言っても、那須五郎左衛門《なすごろうざえもん》家次が創設した家次流だった。

家次は那須忠右衛門《ちゅうえもん》の次男であったが、武者修行のために諸国を遊歴し、後に加賀侯に仕えたという。家次から印可を受けた弟の忠清《ただきよ》は万治三年（一六六〇）に江戸普請《ふしん》奉行となり、この時、鉄砲十挺《ちょう》を幕府より預けられた。忠清は、剣法は言うに及ばず、弓術、馬術、槍術《そうじゅつ》、鉄砲術に於《お》いても優れていたからである。忠清は名人と称されていた。

大蔵殿《おおくらどの》もその噂《うわさ》を聞くと、さっそく藩の弓術の指導を忠清に命じている。武を重んじる大蔵殿のこと、たちまち忠清に魅了され、国許《くにもと》まで忠清を同行させている。

大蔵殿は道中の宿で、側近の者から忠清の居合のすばらしさを聞いた。忠清が長刀を帯びて厠《かわや》に入るところを見た者が、いかに居合の達人といえども、狭い厠の中で抜刀は適《かな》うまいと、厠の外からわざと決闘を申し込むと、戸を開けて出て来た忠清の両手には、抜刀した大小が握られていたという。

大蔵殿はその話にますます興味を引かれた様子だった。ただちに忠清を呼び、「汝《なんじ》、居合の達人とも聞き及ぶ。余のために山駕籠《かご》の中にて長刀を抜いてみよ」と命じた。

座輿に抜刀することは忠清も快しとは思わなかったらしいが、大蔵殿の頼みとあらば是非もない。さっそく庭先に山駕籠が用意された。忠清が右から乗り込んで左へ出た時、刀の鞘《さや》は瞬時に外され、また今度は左より乗り込んで右に出た時は、その刀は鞘に収められていた。

技の迅速なことは稲妻も及ばぬと大蔵殿は大層感歎《かんたん》し、その場で自ら羽織を与えたという。そういう逸話に彩《いろど》られているせいで藩内での家次流の人気は高まったのだろう。

角馬も最初は家次流の師匠につき、後に独自の流派を興《おこ》したのだ。

角馬の居合は雖井蛙流平法ほど評判にはなっていなかったが、角馬にとって大事な流儀であったことは紛れもない。

角馬は後のことを考え、雖井蛙流の印可を与える前に居合の方を先に高弟に譲ろうと決心していた。居合の弟子の顔ぶれも剣法とほぼ同じである。

腕と格を考えても石河四方左衛門《いしこよもざえもん》と白井源太夫《げんだゆう》の二人しかいない。この二人のどちらかを選ぶことは角馬には難しい問題であった。

強さとなったら源太夫に軍配が上がるが、風格は四方左衛門の方が勝る。弟子達と何度かの会合を持った末に、居合の「化顕流《けげんりゅう》」を四方左衛門に、「安心流《あんじん》」を源太夫に譲ることで落ち着いた。以後、化顕流の師匠として四方左衛門は弟子を持ち、源太夫は安心流の師匠となる。

このことで、角馬は重い荷物を少し下ろしたような気持ちにもなった。角馬は己れが創設した雖井蛙流平法の確立に集中できるというものだった。

角馬がそれほど雖井蛙流の確立に焦《あせ》っていたのには訳があった。城下での暮らしが次第に立ち行かなくなっていることを強く意識するようになっていたからだ。いずれ在郷《ざいごう》入りをするつもりでいたが、その時期は角馬が予想したより早く訪れるような気がしてならなかった。

角馬の思惑にかかわらず、毎年、雖井蛙流の門を叩《たた》く弟子は続いた。彼等はいずれ元服を済ませ、御番《ごばん》入り（役職に就くこと）を果たしたあかつきには鳥取藩士となる。次代を担《にな》う若者達だ。また、他流を修行していた者も思うところあって雖井蛙流に鞍替《くらが》えする例もあった。

この十余年、精魂傾けてきた雖井蛙流平法は角馬の庭で見事に咲く深尾紅《くれない》の牡丹《ぼたん》のごとく、開花の時を静かに、だが確実に迎えようとしていた。この先、角馬は雖井蛙流を存続させるために弟子達に一つでも多くの技を伝授しようと心に誓っていた。

角馬が入門を許した弟子に最初にすることは血判誓詞《けっぱんせいし》を取ることと、切腹の作法の伝授であった。

死を見ること帰するが如《ごと》き心こそ肝要、武とは戈《ほこ》を止めるという字を書く。剣はみだりに抜くべきものにあらず——角馬は新しい弟子達に剣法の精神を説いた。

切腹の作法の伝授は弟子達をすべて道場に集めて行われ、毎年の恒例ともなっていた。目の前に経机を置き、その上に樒《しきみ》と線香を立てる。切腹の際の恰好《かっこう》は白装束である。腹には晒《さらし》を巻く。切腹に使う小刀は、切っ先を三寸ばかり出して奉書紙で巻く。これを左の腹に突き立て、横一文字に右まで引き、それから二寸ばかり上に切り上げる。それが十文字というものである。あまり深く切るべきではない。中から腸がはみ出す恐れがあるからである。武士たる者、最期《さいご》はあくまでも潔《いさぎよ》く、見苦しいところがあってはならないのだ。だが、それだけではなかなか死に至らない。次に左手で右の頸《けい》動脈を探る。頸動脈が確認できたら、後頭部から強く切り下ろして切断する。その時の心構えは小刀の切っ先を目の前二尺ばかり先の畳に突っ込むつもりでやるというものだった。

弟子達は固唾《かたず》を飲んで角馬の所作を見守っていたが、すべてが終わり、弟子達が解散する時、「先生は何度も切腹されたようなふうがありますなあ。いや、実に真に迫っておったが」と、弟子の一人が何気なく感想を洩《も》らしたのを四方左衛門は聞いた。四方左衛門は江戸詰めを終えた大蔵殿と、ようやく国許に戻って来たばかりだった。

武士の心得として四方左衛門も切腹の作法を覚えているべきだと考えている。

だが、若い弟子の言葉で四方左衛門はふっと疑問が湧《わ》いた。他流の師匠も弟子達に切腹の作法は教えるが、それは型通りで、こんなんでええじゃろ、といかにもなおざりに感じられる。武士の一生で切腹の機会が巡って来るのは万に一つもあるかないかである。お務めでよほどのしくじりをした場合か、罪を犯した場合である。そのまさかの事態を想定して、ああまで微に入り、細《さい》を穿《うが》って切腹の作法を伝授する必要を四方左衛門は訝《いぶか》しむ。それは角馬のある種のこだわりにも感じられてならない。

先生は遠い将来、ご自分が切腹するとでも思っておられるのだろうか。不吉な気持ちが、ふと胸をよぎった。

すると、九年ほど前のでき事が四方左衛門の脳裏に浮かんだ。

あれは自分の祝言《しゅうげん》の日だった。石河家の大広間に大勢の客が集まり、それはそれは賑《にぎ》やかな宴《えん》だった。

四方左衛門は角馬の隣りの席がいつまでも空席なのが気になっていた。そこは角馬の妻のものだった。奥様は具合を悪くされて欠席されたのだろうかと思った。

親戚の何人かも角馬にそのことを訊《たず》ねると、

「なになに、あれは本日、都合の悪いことがござっての」

と、角馬は曖昧《あいまい》に応《こた》えた。その表情には格別に不審を感じさせるものはなかったと思う。

しかし、宴半ばになって、石河家の中間《ちゅうげん》が血相を変えて大広間の末席に座っていた父親へ何事かを耳打ちした。

それを聞いた甚左衛門《じんざえもん》も顔色を変え、角馬の方をじっと見た。角馬は甚左衛門の視線に気づくと一礼して腰を上げた。小用を足しに行くような様子に見えたが、角馬は再び大広間に現れることはなかった。

角馬の妻が手討ちにされたことは翌朝になって知らされた。新妻との初夜が明け、四方左衛門は新婚の喜びを嚙《か》み締めていた時だったので、まるで冷水を浴びせられたような気持ちになった。

「父上、先生はどがいな理由があって奥様を手討ちにされたんかな」

四方左衛門は急《せ》き込んで甚左衛門に訊《き》いた。

その日も祝言の儀式があった。妻の実家の乾《いぬい》家に招かれ、親戚《しんせき》となる者を紹介されるのだ。翌日は石河家で内々の祝いがあり、すべての行事が終わるまでひと廻り（一週間）を要するのが当時の格式ある武家の習わしだった。

「奥様は不義密通しておったそうな……」

甚左衛門は低く応えた。まさかという気がした。四方左衛門の目には、かのは角馬に献身的に尽くす妻に見えていた。

「そって、相手は誰だな」

「法印《ほういん》だそうな。二人とも先生に首を斬られたっちゅうことだ。前の奥様もあすこに奉公しておった男衆《おとこし》と深間《ふかま》になって先生に成敗されたろうが。よくよくそういう因縁のおなごばかり先生に付くんだな。おとろしいことだ」

「お嬢さんはどうなるんだろう」

四方左衛門は残されたふきが不憫《ふびん》で仕方がなかった。

「たった一人の娘だけ、先生も何んとか男手で育てるだろ」

「父上、先生はもう新しい奥様は迎えんだろうかな」

「もう無理じゃろ。二度もこがいな目に遭わされては何んぼ先生でもたまらんからな」

「わしは奥様の弔いに行かんならん。父上、わしの祝いはすべて中止にしてつかんせえ」

四方左衛門は甚左衛門に苦しい表情で言った。

「ま、お前の気持ちはわかるで、祝いのことは中止しても構わんが、奥様の弔いはないだろ」

「何んでかな」

「そりゃそうよ。誰が手討ちにした女房の弔いを殊勝に出すもんか。親戚に引き取られて終わりだ。向こうも文句は言えん」

四方左衛門は暗澹《あんたん》たる気持ちだった。どうしても気が済まないので、妻のふじを伴って、かのの親戚の家に向かった。

その家には伯父夫婦、母親と妹達、それに角馬の家の女中がふきを背負って狭い座敷で泣いていた。

かのの亡骸《なきがら》には覆《おお》いが被《かぶ》せられていた。首と胴が離れた亡骸では、その覆いを外すこともできないという。

かのの一番下の妹が「深尾は鬼だけ！」と叫ぶのを四方左衛門は首を俯《うつむ》けたまま聞いた。

わが妻の首を刎《は》ねることが自分にできるだろうかと四方左衛門は自分に問い掛けてみた。

たとい、不義密通したにせよ。恐らくはできまい。黙って去り状を渡すだけだろう。するると、今まで先生と慕ってきた深尾角馬という男が、途端に自分には理解の及ばない人間にも思えた。自分は角馬を知らない。角馬の心の内に思いが及ばない。それは雖井蛙流の奥義《おうぎ》を会得《えとく》することより難しいことに思えた。

帰路、妻のふじはそっと感想を洩らした。

「角馬様は母親の顔を見ずに育ったお人です。ふきちゃんも同じ運命を辿《たど》るのですね。

何んだか、それは切ないことに思えますなあ」

「お前と先生は親戚の間柄だけ、これからは先生の行き届かんところはお前が気をつけてやってくれ」

四方左衛門はそっと言った。はい、それはもちろん、とふじが快く応えてくれたことが四方左衛門の僅《わず》かな救いだった。

八

あれから九年の歳月が流れた。その間に四方左衛門《よもざえもん》も三児の父親となった。四方左衛門が恐れることは、ふきが母親が死んだ本当の理由を知ることだった。天真爛漫《てんしんらんまん》なふきにまだその様子は見えない。

もしもふきが真実を知ったら、取り乱し、わめき、前途を悲観して井戸に身を投げるかも知れない。心配性の四方左衛門は悪い想像ばかりしてしまう。

厳格な角馬の娘でありながら、ふきは父親とは似ても似つかないお転婆《てんば》だ。四方左衛門はふきの将来が案じられてならなかった。

だが、ふきはすでに母親が父親によって斬《き》られたことを知っていたのだ。

骨を折った角馬はようやく杖《つえ》を突きながら覚つかない足取りで庭を散歩できるまでになった。日に何度も角馬は牡丹《ぼたん》の植え込みを眺める。古名はほうたん、また深見草《ふかみぐさ》、二十日草《はつかぐさ》とも言う。種類によっては白や淡紅、紫、たまさか黄色もあるということだが、深尾家の牡丹は目にも鮮やかな紅《べに》の様々。その中で天光《てんこう》と名付けた牡丹がひと際《きわ》鮮やかだった。

だが、角馬以外、誰も天光とは呼ばない。

深尾紅《くれない》がもっぱらの通り名である。

「わしの牡丹は表徳《ひょうとく》（雅号《がごう》）を持っとる」

角馬は弟子達に冗談混じりに笑って言うことがあった。

牡丹を眺めることに倦《う》むと、角馬は手《て》の内木刀《うちぼくとう》を持ち、素振りをする。痛む右足を庇《かば》うような恰好《かっこう》だが、低い気合の声は迫力があり、ふきはその時、声を掛けることがためらわれた。ふきは縁側に座って角馬の素振りを黙って眺める。背丈が足りず、男ぶりももう一つの父親だが、その時だけは違った。

何か父親から神々《こうごう》しいものが感じられるのだった。

積極的に身体《からだ》を動かすことで角馬の回復は予想したよりはるかに早いものになった。

とはいえ、ふとした拍子に痛みに襲われるようで角馬は顔をしかめた。

ふきは四方左衛門から言われたことを思い出した。家にばかりいては気ふさぎになるから、賀露《かろ》の海に近い所に建っている四方左衛門の別荘で角馬を療養させてはどうかと勧められていたのだ。

「何んでおじさんはうちに言うんか？　お父様に直接言うたらええのに」

ふきは怪訝《けげん》な顔で四方左衛門に訊《き》いた。

「わしの言うことなど先生は素直に聞くものか。お庭の牡丹が終わったら、お嬢さんから言ってつかんせえ。別荘には夫婦者の奉公人がおるけ、飯の心配もいらんで」

四方左衛門が強くそれを勧めたのは、あながち角馬の療養のためだけではなかった。お務めを休んでいるために角馬には役禄《やくろく》がつかない。別荘にいる間、少なくとも食べる心配はいらないだろうと、さり気なく配慮していたのだ。

ようやく素振りが終わり、角馬が汗を拭《ぬぐ》うために井戸へ歩き出した時、ふきは「お父様……」と、声を掛けた。

「何んだ」

こちらを振り向いた角馬の額には玉のような汗が浮かんでいた。

「足が元通りになるんは、まだまだ時間が掛かる様子だけど」

「……………」

角馬が憮然《ぶぜん》とした表情になったのは、それが図星であったからだろう。

「夏いっぱいは無理と思うがよ」

「放っとけ！」

すぐにむきになるのは角馬のくせである。

「早よう元に戻りたいだろうが？」

ふきは思わせぶりに訊く。

「だから何んだ。ふき、水を汲《く》め」

角馬は苛々《いらいら》した様子でふきに命じた。ふきは庭下駄《げた》を突っ掛けると身軽に井戸へ近づき、釣瓶《つるべ》を下げた。

「おじさんの別荘に行く気はないかな」

ふきは傍の桶《おけ》に汲んだ水を入れながら言った。

「四方左衛門の？」

「うん。賀露の海の近くにあるそうだが。あすこには留守番の夫婦しかおらんそうだが。夏の間、そこで海の風に吹かれたら治りも早いだろうとおじさんは言うとったが」

「お前は行きたいんか」

角馬は自分のことよりふきの意見を求める。

ふきは笑いたくなった。自分が行きたいと言えば、仕方がない、それならわしもついて行こうかい、というつもりなのだ。

「ふん、うちは海の傍で暮らしたことはないけ、それもええなと思っとる」

「砂浜を歩けば足腰が強うなると聞いとるけ」

角馬も僅《わず》かに心を惹《ひ》かれた様子であった。

「道場の方はおじさんや源太夫《げんだゆう》さんがおるけ、さほど心配はいらんわな」

ふきは角馬を安心させるように大人びたことを言った。

ふきはさっそく、その日の午後に四方左衛門の家に行き、妻女のふじに伝えた。四方左衛門はまだお城でお務めの最中であった。

「そう、それがええよ」

ふじは一番下の息子の市左衛門《いちざえもん》の相手をしながら笑って応《こた》えた。市左衛門はまだ三歳である。姉がいないのでふきの姿を見ると喜ぶ。

ふじは市左衛門に昔話を語って聞かせていた。そうしなければ昼寝をしないのだという。『狐《きつね》の敵討《かたきう》ち』は山の狐に悪戯《いたずら》をした修験者《しゆげんじや》が狐に化かされて敵を討たれるという話だった。

ふじは市左衛門を喜ばせようと少し大袈裟《おおげさ》な表情を作って語った。傍にいたふきも話がおもしろくて耳を傾けた。市左衛門は話が佳境に入ると声を立てて笑う。ふきも一緒に笑ったが、その内に妙な心持ちになっていた。

その話は遠い遠い昔、誰かが自分に語ったものであるような気がした。最初はふじの話を初めて聞くものだとも思ったが、話が進むにつれ、聞き覚えがあったのだ。

「……法印さんは一生懸命法螺貝《ほらがい》を吹くとな、辺りは明るうなって、休んどったお堂など、どこにもありゃせん。法印さんはどこにおったと思う?」

ふじは市左衛門の顔を覗《のぞ》き込むように訊いた。

「松の樹《き》のてっぺんにおったが」

市左衛門は張り切って応えた。

「そうや。市左衛門は賢いなあ。法印さんは狐に化かされておったんだと」

ふきが語り納めの結句を呟《つぶや》くと、市左衛門は半べそを掻《か》いた。それは自分が言おうと思って待ち構えていたらしい。ふきはそれに気づくと「堪忍《かんにん》してつかんせえよ。市ちゃんのお株を取ってしまったが。それ、お仕舞いのところをうちがもう一度言うけえ、市ちゃんは、それぱっちりを言うたらええ」と慌《あわ》てて言った。

「それぱっちり」

「やれ、おとろしい化け物が追い掛けて来る。早《はよ》う屋根に上がらんならん、法印さんは急いでお堂の屋根に上がったんだが。けど、化け物は追い掛けて来る。こりゃ仕方がない、うらは化け物に嚙《か》まれえんだわ、ちゅうて、法螺貝も吹き納めだけえ、吹いちゃるわい。法印さんは一生懸命吹いたんだが。するとな、辺りは明るうなって、お堂などどこにもありゃせん。法印さんは松の樹のてっぺんにしがみついておったんだと。狐に化かされとったんだが……」

「それ、ぱっちり！」

市左衛門は今度こそ張り切って甲高《かんだか》い声を上げた。ふきは掌《て》を打って市左衛門を喜ばせた。

「ふきさんもこの話は知っとっただか？」

ふじはふきに菓子を勧めながら訊いた。ふきは曖昧《あいまい》な顔で小首を傾《かし》げた。

「首を傾げることはありゃせんだろ。ちゃあんとふきさんは市左衛門に話して聞かせたけ」

「うちは誰かに聞かせて貰《もろ》うた覚えはないんよ。自然に覚えたんだわ」

「そがいなことがあるもんかいね。誰かがふきさんに話して聞かせたからこそ、ふきさんは覚えとっただが。深尾のお父様か？」

「うちのお父様は剣法のことしか頭にない人だけ、昔話などよう知らん」

「そんなら、誰かいねえ。ああ、お熊《くま》さんだ」

ふじは合点《がてん》のいった顔で左の掌《て》を右の拳《こぶし》で叩《たた》いた。

「お熊は昔話より歌が好きなおなごだけえ、歌は、ようたって貰《もら》ったが……」

「まさか、亡《な》くなったお母様ではないだろ。あの時、ふきさんは市左衛門より小さかったけ、覚えとるはずもないし……」

「そっでも、毎日繰り返し語って貰えば、赤ん坊でも耳に残るかも知れんよ。だけど、どうもそんな気もせん。思い出そうとすると何んだか胸が苦しゅうなる。優しゅうて柔らかい男の声がするようだわ。死んだお母様は男でも引っ張り込んで、その男が語ったもんかいな」

ふきがそう言うと、途端にふじの表情が凍った。

「ふきさん、冗談でもそがいなことは言うものではないで。お母様に無礼ですけ」

声が僅かに震えていた。

「おばさん、何を怒っとるん。たとえ話だが」

ふきはふじの剣幕に恐れをなして市左衛門の紅葉《もみじ》のような手をあやすように握った。

市左衛門はきゃっきゃと笑ったが、ふじはいつものふじと違っていると、ふきは思う。

ふじの怒りの理由に何か母親にまつわることがあるのではないか。勘のいいふきはそう感じた。皆、ふきの母親が角馬に斬られた訳を知っているのだ。それは口にするのも憚《はばか》られることであり、ふきの耳に入れてはならないと思っているようだ。ふきは周りの者にいたわられていることをありがたいと思うが、訳を知りたいという気持ちの方が勝《まさ》っていた。

「おばさんは、うちのお母様が何んでお父様に斬られたんか知っとるんだろ？」

「なな……」

ふじはこれ以上ないほど狼狽《ろうばい》した。

「だ、誰がふきさんのお母様が角馬様に斬られたと言っただいな？」

そう訊いたふじの眼は吊《つ》り上がっていた。

「ふん、為登場《いとば》で顔を合わせるお鹿《しか》という年寄りの女中が言っとった。うちがおとなしゅうしとらんと、その内にお父様の短い刀で斬られる羽目になると言った……」

「子供にそがいなことを吹き込むとは呆《あき》れた女中だわ。ふきさん、旦那《だんな》様がお戻りになったら、さっそく文句を言って貰いましょう」

「その話はずっと前に済んだことだけ。おばさん、おじさんに余計なことは言わんでぇよ」

「そっでも……」

「うちはなあ、お母様がお父様に斬られた訳を知りたいんだが。後生だけ、教えてつかんせえな」

「………」

言葉に窮して黙り込んだふじに、ふきは言葉を続けた。市左衛門は小さな蒲団《ふとん》にころりと横になると親指をしゃぶり出した。そろそろ眠気が差した様子である。ふきは市左衛門に上掛けを被《かぶ》せると、その上からとんとんと優しく叩いて眠りを促した。

「ふきさん、堪忍してつかんせえ。わたくしの口からはよう言わん」

ふじは俯《うつむ》いて低い声で言った。

「うちがこれほど頼んでもおばさんは話してくれんのか。そんなら、お父様に直接訊《たず》ねるしかないな」

「堪《こら》えてつかんせえ、ふきさん」

ふじの声が暗く沈んでいた。

九

紺碧《こんぺき》の海は白い波頭が弾《はじ》けていた。風も強い。だが、初夏らしい陽射《ひざ》しは砂浜に座っているふきと角馬に眩《まぶ》しく照りつけていた。

ふきは強い風に髪の毛を嬲《なぶ》られながら、目の前の海を眺めていた。この世で永遠に続くものは、そうして寄せては返す波だけかとふきは思う。人の命はいつか尽きるものだと知ってから、ふきは死ぬということがひどく怖くもあった。年を取ることは死に向かっていることに外ならない。そう考えると、ふきは大人になることすらいやだった。

背後に眼を向ければ黄金色の砂丘が壁のごとく立ち塞《ふさ》がっている。東西およそ四里（約十六キロメートル）にも及ぶ広漠たるそこには風紋が幾重にも描かれていた。千代川《せんだいがわ》から流れた土砂が遠浅の海によって再び波打ち際《ぎわ》に運ばれて砂丘を築いた、と人は簡単に言うけれど、砂丘の景観はそういう理屈をはるかに超えてふきを圧倒した。

「海はええなあ」

だが、角馬は砂丘には眼もくれず海ばかりを感慨深い様子で見ていた。その顔には穏やかで寛《くつろ》いだものが感じられた。

ふきは父親とここへ来て、つくづくよかったと思った。女中のお熊《くま》は一番下の息子の嫁が出産を控えていたので、その手伝いをしなければならず、一緒に来ることはできなかった。お熊も久しぶりに家族の許《もと》へ帰って、ほっとひと息つけることだろうと角馬は言った。

ふきは少し不服だった。お熊がいないので、ふきはお熊の分まで角馬の世話をしなければならない。ろくに遊ぶ暇もなかった。別荘の留守番をしている夫婦は大層年寄りで、食事の仕度や掃除はするものの、角馬の細かい用事にまで手が回らなかったからだ。

だが、朝夕、砂浜を散歩する角馬につき合うのはふきの楽しみだった。下駄《げた》を外して波打ち際の水に足を浸すふきを角馬は膝《ひざ》を抱えた恰好《かっこう》で眺める。角馬もふきも、こちらへ来てから少し陽灼《ひや》けした。

「ふき、『因幡《いなば》の白兎《しろうさぎ》』ちゅう昔話を知っとるか」

水遊びに飽きたふきが角馬の傍に戻り、足についた砂を払った時、角馬はそんなことを訊《き》いた。

「ふん、知っとるよ。因幡の白兎は鰐鮫《わにざめ》を騙《だま》して淤岐島《おきのしま》からこっちへ渡ったんだが。騙されたと気づいた鰐鮫が怒って、白兎の皮を剝《は》いだんだが？」

「そうだ。誰に教えて貰《もろ》うたんだ」

角馬は無邪気に続けた。

「誰って……」

それは、ふきには明確に答えられない。きっと『狐《きつね》の敵討《かたきう》ち』を話してくれたのと同じ人なのかも知れないとふと思ったが口にはしなかった。

白兎は鰐鮫に皮を剝ぎ取られた上、八十神《やそがみ》に身体を潮水に浸し、風に当たれば治ると嘘《うそ》を教えられてさらに苦しむこととなった。だが、白兎を哀れんだ大国主神《おおくにぬしのかみ》に水門《みなと》の真水で身体を洗い、ガマの穂にくるまれば治ると言われ、白兎はようやく苦しみから解放されたのだった。大国主神は八十神の兄弟神であるという。

ふきは神さんの中にも優しい者もいれば意地悪な者もいるのだと知った。それがおかしかった。神さんは常に神さんらしくしていて、嘘をついたり、人を騙したりはしないものだと思っていたからだ。

水門は白兎《はくと》神社の本殿の前にある。その水門の湧水《ゆうすい》は旱魃《かんばつ》でも豪雨の時でも水が増減しないことから「不増不減《ふぞうふげん》の池」と称されている。

角馬はその曰《いわ》くのある場所が、砂丘の西のはずれにあるのだとふきに教えた。四方左衛門《よもざえもん》の別荘は、鳥取砂丘の傍にある十六本松という林の中ほどに建っていた。

そこには着座《ちゃくざ》や証人上等《しょうにんあげ》、身分の高い鳥取藩士の別荘も幾つか建っている。保養のための施設というより、火災や洪水が起きた時の避難所の意味合いが強かった。

「なあ、お父様。この国にまつわる昔話やおとぎ話は、どういう訳か敵討ちだの、意趣返しだの、そういうもんばっかりだわ」

角馬は応《こた》えず、ふっふと喉《のど》の奥でこもった笑い声を洩《も》らした。

「騙す方も騙す方だが、それに仕返しする方も、ちぃと小意地が悪いような気ィもするがよ。因州の人は性根が悪いんかな」

「さあ、どうだろうかな」

「やや、騙された、と笑って赦《ゆる》せんもんだろうか」

「そんなら、お前は騙されたと知っても怒らんのか」

角馬は試すようにふきに訊いた。

「そら、時と場合によるけど」

ふきが応えると角馬は短い吐息をついて目の前の海に眼を向けた。

「雖井蛙流《せいあ》の意味は井の中の蛙《かわず》でも大海を知ることもある、ということだが？」

ふきはそんな父親に言葉を続けた。

「そうだ」

「その大海は、この海のことなんか？」

「そうだ」

目の前の気宇壮大な景観は、角馬をそのような気持ちにさせても不思議はないとふきも思う。

ならば、父はなぜ、海のように広い気持ちでふきの母親に対処しなかったのだろうか。

「うちは一つだけ、どうしてもお父様に話して貰《もら》わんならんことがあるんよ」

ふきは砂を掬《すく》い上げると握り拳《こぶし》の隙間《すきま》から砂を落としながら低い声で言った。

「何んだ」

「お父様がお母様を斬《き》った理由だが」

そう訊いた途端、角馬はすっくと立ち上がった。ふきは角馬を怒らせてしまったのかと、俄《にわ》かに恐れを覚えた。だが、角馬はいきなり着物を脱ぎ出した。

「何をするんが」

「泳ぐ」

「え？　まだ水は冷たいし、波も荒い。お父様、溺《おほ》れてしまうけ」

「心配するな。お祖父《じい》様の友人にお水師《みずし》をしていた者がおってな、わしはその人から泳ぎを伝授されたんだ。ふき、よう見ておけ。こがいな海など屁《へ》の河童《かっぱ》だ」

とうとう下帯一つになった角馬はまっすぐに海に向かった。背丈は小さいが、肩にも腿《もも》にも堅い筋肉が張りついている。角馬の姿は遠目には少年のようでもあった。角馬は掌《て》で海の水を掬い、胸の辺りを濡《ぬ》らすと、ずんずんと海の中に入って行った。その間にも打ち寄せる波は白いしぶきを上げて高く弾《はじ》けた。

ふきは、気が気ではなかった。豆粒のような角馬の頭が時々、波間に隠れた。このまま角馬が溺れ死んだら、自分はどうしたらよいのだろうと途方に暮れる思いがした。

「ほう、勇ましいのう。泳いどるが」

ふきの後ろで男の声がした。振り向くと、浜辺を歩いていた二人の修験者が立ち止まって海を見ていた。

「ええ天気だが、水はまだまだ冷たいだろうな」

もう一人の修験者もそう言った。ふきは二人に掌を合わせてから「うちのお父様だけ。危ないと止めてもよう聞かんで海に入ってしまったんだが」と、早口で言った。もしも角馬に何かあったらふきの手に余る。助けを求めたい気持ちが働いた。

「ほう、娘さんのてて親かいな。ますます勇ましいのう」

修験者はさらに感心した顔になった。

「うちのお父様は剣法の師匠だが、泳ぎとなるといささか心許《こころもと》ないんだが」

「お父上のお名は何んと言うが」

修験者の顔に僅《わず》かに緊張が走った。

「深尾角馬ですけえ」

ふきは二人の男の表情を窺《うかが》いながら低く答えた。二人は顔を見合わせた。

「娘さん、深尾殿のことなら何んも心配せんでもええ。あの男は不死身だけえ」

そう言った修験者の言葉にふきは皮肉を感じた。

「法印さん、後生だけえ、もうちぃと傍にいてつかんせえよ」

ふきは縋《すが》るような思いで言った。浜辺には他に誰もいなかった。

「気の毒だが、それはできんよ。わし等とて命は惜しい。こがいな所で死にとうないけ」

「うちのお父様は法印さんを斬ったりせん」

「さて、それはどうかの。昔のう、わし等の仲間が深尾殿に首を刎《は》ねられたっちゅうことだ」

「嘘だ！」

ふきは叫んだ。

「嘘ではないぞ、娘さん。あんたの母親と深間になった男の方にも罪はあるが、それにしても、ようもようも大の男の首を刎ねたもんだ。深尾はおとろしい男だけ」

「よせ、子供に何を喋《しゃべ》るか」

もう一人の男が制した。

「わしもこがいなことは言いとうないが。しかし、あまりに無惨《むざん》なことだったけえ、今も恨みが消えんのよ。娘さん、勘弁してつかんせえよ。このこと、お父上には言うてくれるなよ」

修験者は最後の方で哀願の口調になった。ふきはまた掌を合わせて頭を下げた。

「うち、本当のことが知りたかったけえ、法印さんに教えられて、ようやく胸のつかえが下りた気ィがする。おおきにありがとう。早《はよ》う、ここから離れた方がええよ。またお父様が癇癪《かんしゃく》を起こすかも知れんしな」

豪気にそう言いながらふきの眼が濡れた。

「堪忍《かんにん》してな」

もう一人の男も気の毒そうな顔でそう言った。

ふきは涙で曇る眼で二人の修験者の姿が小さくなるのを見ていた。

「ふき、あいつ等、何をお前に言うたんだ」

いつの間にか戻って来た角馬が荒い息をしてふきに訊いた。波に洗われて角馬の顔はつるりと光り、まるで湯上がりのようだった。

「お母様は法印さんと深間になったけえ、お父様に首を刎ねられたんだが」

「……」

涙をこぼしながらそう言うふきを角馬は呆然《ぼうぜん》とした顔で見つめた。

「あいつ等がそう言うたんか」

「お父様、それはほんとのことか？　うちは訊いとるんよ」

「……」

しかし、角馬は依然として何も答えず、黙って着物と袴をつけた。腰に大小をたばさむと、「帰るぞ」と、低く言った。

「お父様、後生だけえ、うちが何をしても、斬らんといて」

ふきの言葉に角馬はぎょっと振り向いた。

「どこの世界に娘を斬る父親がおるか！」

角馬は大音声《だいおんじょう》で怒鳴った。ふきは角馬の中に大いなる矛盾を感じていたが、自分だけは斬る訳はないと応えたことで、ひどく安心した。すると、今まで感じていた漠然とした不安までがどこかへ消えていくようだった。

ふきは袖《そで》で涙を拭《ぬぐ》うと小走りに角馬の後を追い掛けた。

「お母様のことは、もう口にするな」

角馬は前を向いたままふきにそう言った。

十

延宝八年（一六八〇）の五月。

深尾角馬はいつものように道場で弟子達の稽古《けいこ》を見た後、本日は皆の者に折り入って話があるゆえ、すぐさま帰らず、道場にて待たれよ、と言い置いて控えの間に入った。

弟子達の中には何事かと怪訝《けげん》な表情をする者もいたが、おおかたは角馬の在郷《ざいごう》入りの噂《うわさ》を聞いていたので、その後の稽古の進め方についての話であろうと内心で予想していた。

五十歳を迎えた角馬は城下でのお務めと剣法の指導を退《の》くことを決意したのだった。

人生五十年と世の中では言われている。角馬は自分が五十年を生きたことで、ようやく別の生き方をする踏ん切りができたのである。

そこには様々な藩の事情と、角馬自身の生計の現実も絡《から》んでいたが、角馬はそのことで人に多くを語らなかった。

寛文十三年（一六七三）の五月に「植付水《うえつけみず》」と呼ばれる大洪水が領内に発生した。ちょうど田圃《たんぼ》に稲の苗を植え付けた頃に起きた洪水だから植付水という名がついたのだ。これにより領内の稲が打撃を受け、米不足という事態を招いた。

その影響は藩の家臣にも及び、禄《ろく》の借り上げという政策が取られた。ただでさえ少ない禄がさらに少なくなり、この頃から在郷入りする家臣がめっきり多くなった。

藩は家中救済のために延宝四年（一六七六）、鶴屋《つるや》札《ふだ》と称する藩札の発行に踏み切った。

城下の商人、鶴屋善兵衛《ぜんべえ》が藩札の引き換えを保証するという名目で始められたので、鶴屋札と呼ばれるのだ。

二歩から十匁《もんめ》までの十二種類の小札と百目から五貫目までの七種類の大札である。しかし、これ等の藩札は領内だけの流通であるので、他国と取り引きしていた商人には甚《はなは》だ困った事態を招いた。また、正月等の節季の折、藩札の引き換えを求める者が鶴屋に殺到すると、滞《とどこお》りが起きる場合も少なくなかった。

こうした事態を踏まえて、角馬は城下での暮らしに見切りをつけたものと思われる。

ただし、角馬にも他の藩士にも在郷入りに対して、さほどの悲愴《ひそうかん》感はなかった。在郷入りする藩士は他の藩でも格別珍しいことではなかったからだ。

雄藩である薩摩《さつま》鹿児島藩では士族階級に属する者が全人口の二割五分を占め、城下での居住がままならず、領内各地に分散して住まわせていた。膨大な家臣団は城下に住む城下士《じょうかし》と地方に住む外城衆中《とじょうしゅうじゅう》に分けられている。

そして大半の家臣は外城衆中で占められていた。

とはいえ、重要な役職に就《つ》いている家臣は城下士に限られ、外城衆中の家臣は半士半農の立場を余儀なくされた。同じ家臣でありながら城下士からは「日して兵児《へこ》（一日おきの武士）」と蔑《さげす》まれてもいる。

鳥取藩の藩士達には、そこまであからさまな蔑みはなかった。馬廻《うままわり》の平士分の角馬が在郷入りしたところで、藩士達には何んのこだわりもなかったのだ。

こだわりはむしろ、雖井蛙《せいあ》流平法の修行をする剣士達にあったはずだ。最も強く最も信頼できる師匠がいなくなるのだから。

やがて紋付羽織に威儀を正した角馬が道場へ現れると、私語を交わしていた弟子達は一斉に口を閉じ、床の間の掛け軸を背にして座った角馬を見つめた。

「本日、大蔵殿より在郷入りのお許しが叶《かな》い、八東郡隼郡家《はっとうぐんはやぶさこおげ》に引き込むことと相《あい》なった」

角馬の言葉に事情を知らなかった弟子達からざわざわと驚きの声が上がった。

「雖井蛙流平法の稽古に精進致していたおのおの方に対し、師匠である拙者が在郷入りをすることは伝授を放棄するということでもあり、まことに申し訳なく思う次第であります。拙者は雖井蛙流平法のみならず、剣法そのものさえ捨てなければならない状況ゆえ、思い切って後の者にわが流儀を託すことに致し、城下での暮らしもこれ切りと覚悟を決めた次第にござる。まことに残念無念のことであります」

角馬の口から剣法を捨てるという言葉が出て、弟子達は息を呑《の》んだ。

「先生、そがいなことはおっしゃらないで下さい。在郷入りしても時々は城下に出かけられて、わし等の稽古を見てつかんせえよ」

若い弟子の一人が縋《すが》るように言った。先生、お願いします、この通りですけえ、他の弟子達も口々に言った。

「いや、そのような中途半端《ちゅうとはんぱ》なことはできん。在郷入りしたあかつきには城下を訪れることも滅多にできんだろう。雖井蛙流平法、未《いま》だ完成の域に達しておるとは言い難いが、こういうことになっては致し方ござらん。だけ、この際、力を尽くした者に残らず免許状を与えることにした」

角馬はきっぱりと言った。

「先生、目録の方は、どがいになっとりますかな」

また別の弟子から質問が上がった。雖井蛙流の奥書きを記した文書のことだ。

「目録は石河四方左衛門《いしこよもざえもん》の手を煩《わずら》わしたが、清書は小泉七左衛門《こいずみしちざえもん》に頼んだ。必要とあらば、小泉に頼んで写させて貰《もら》うがええ」

角馬の言葉に石河四方左衛門は僅《わず》かに眉間《みけん》に皺《しわ》を寄せた。小泉の所へ、我も我もと弟子達が殺到することを危惧《きぐ》したのだ。目録は、しかるべき修行を積み、免許状を与えられた弟子が一人か二人、持っていればいいことだ。気軽に書き写して悦に入ったところで仕方がない。四方左衛門は、他の弟子達から目録を借用したいと申し入れがあっても断固断わるつもりであった。

伝書を編んでいた頃、四方左衛門は写しを取っていた。それはあくまでも自分の覚えで、他の者にひけらかすつもりはなかった。

角馬は四方左衛門の思惑など微塵《みじん》も感じることなく免許を与える十三人の弟子の名を読み上げた。四方左衛門と白井源太夫《げんだゆう》もその中にもちろん入っている。しかし、免許状を与えられる弟子の中にはどう考えても首を傾《かし》げたくなるような者もいた。角馬はいったい、どういう基準で免許状を与えることにしたのだろうか。その疑問をぶつけたくとも、角馬は早くも引っ越しの準備に余念がなく、所持していた甲冑《かっちゅう》や刀剣の類《たぐい》を四方左衛門の所に預ける話だの、これからの弟子達の稽古の進め方を話すばかりで、一向に埒《らち》は明かなかった。

そうこうする内に在郷入り願いが受理されて、免許状授与式へと慌《あわ》ただしく進んでしまったのだ。

「石上八兵衛《いしがみはちべえ》」

角馬は自筆の免許状を渡す弟子の名を呼んだ。

「はッ」

石上は畏《かしこ》まって角馬の前に進み出るとうやうやしく受け取った。だが、石上は奉書紙の上書きを見つめて怪訝《けげん》な表情になった。そこには雖井蛙流ではなく丹石《たんせき》流の銘が入っていたからだ。

石河四方左衛門は最後に免許状を受けた。

すべての免許状の授与が終わるのを待って、石上は「先生！」と甲高い声を上げた。

「何んだ」

「これには丹石流と書かれとります。先生は拙者に雖井蛙流の免許状をごされたのではないですか？」

無筆とは言わないまでも、角馬はさほど書に堪能《たんのう》ではなかった。石上は角馬がうっかり書き間違えたものと思ったようだ。

「石上、それでええんだ」

角馬は意に介するふうもなく応えた。

「わしは雖井蛙流を興《おこ》したが、父上から伝授された丹石の技を忘れた訳ではない。以前に口酸っぱくおぬし等に言うたろうが。丹石は雖井蛙の本《もと》、雖井蛙は丹石の末《すえ》だとな。忘れてしもうたんか」

角馬はその時だけ厳しい口調で言った。それから他の弟子達を見渡すような眼になった。

「ただ今、免許状を授けた者に申す。免許状を授けられたからと言って、これにて雖井蛙流平法を成就《じょうじゅ》したものと考えるのは甚だ了簡《りょうけん》違いである。これを励みにますます習練専一にせらるることが拙者の本意である。そこのところ、よっく肝に銘ずべし。短い月日のことゆえ、至らぬ師匠であったことを深くお詫《わ》び致します。身体に気をつけ、雖井蛙流平法の発展、加えて鳥取藩剣法の発展に尽力するよう、拙者、心よりお祈り申し上げます」

角馬はそう言って弟子達に向かい、深々と頭を下げた。啜《すす》り泣きの声が道場のあちこちから洩《も》れた。

これで本当にお仕舞いなのか。石河四方左衛門も込み上げるものを堪《こら》えながら胸で呟《つぶや》いた。在郷入りするにあたり、一人娘のふきが大層反対していたと角馬は四方左衛門に洩らした。

角馬と似ても似つかぬふきは、城下ではお転婆《てんば》、我儘者《わがままもの》、悪戯娘《いたずらむすめ》と悪評が高い。歯に衣《きぬ》を着せぬ物言いと、天真爛漫《らんまん》な行動をするふきを人々はそのような目で見ているらしい。

城下にいる内は自分も妻女のふじもふきの行動に目配りができた。しかし、城下から離れた在所ではそれが適《かな》わぬ。友人もいない、親戚《しんせき》もいない在所で、ふきがつまらなそうに田圃《たんぼ》の畦道《あぜみち》を歩く姿が四方左衛門には容易に想像できた。

いっそ、自分の家に引き取ろうかとも考えたが、それでは角馬の身の回りのことに不足が出る。在所では女中もおいそれとは見つからないだろう。たとい、その申し出をしたとしても角馬が承知しないだろうことは、四方左衛門にはわかっていた。赤ん坊の頃から、ふきの成長を見守ってきた四方左衛門は娘がいないせいもあって、なおさら寂しさを感じた。

それにしても、お庭の牡丹《ぼたん》はどうするのかと、ふと四方左衛門は思った。深尾紅《くれない》と呼ばれる艶《あで》やかな花は角馬が愛してやまないものだ。あれを在所に運ぶとなったら大層人手が要る。四方左衛門は余計なことばかりつい考える。四方左衛門も角馬が師匠を返上する衝撃で少なからず平常心を欠いていたのだった。

十一

「お嬢様、向こうへ行ったら、旦那《だんな》様の言うことを聞いて、おとなしく暮らしんさいよ」

すっかり腰の曲がったお熊《くま》はふきに何度も喋《しゃべ》った言葉を繰り返した。

「わかっとるが。同じことを何べん喋るだ」

ふきは行李《こうり》に荷物を詰めながら癇《かん》を立てた。

「うらはお嬢様のことだけが心配なんよ。本当は郡家《こおげ》について行って、お嬢様が輿入《こしい》れするんを見届けたいんだが……」

「そんなら、そうしてつかんせえ。うちもお熊が傍におる方が心強いけ」

二十歳になったふきは驕慢《きょうまん》な言動こそ変わっていなかったが、年とともに娘らしい風《ふ》情《ぜい》を身につけるようになった。子供の頃の野卑な言葉遣いは若干、鳴りをひそめていた。同じ年頃の娘達はとっくに嫁入りしたというのに、ふきは未《いま》だ縁談の話もなかった。

「年寄りに無理なことを言いんさるが。うらはもう身体《からだ》が言うことを利《き》かんけ」

「八十吉《やそきち》の嫁さんとうまくやって行けるんか」

ふきはその時だけお熊を心配するように言った。八十吉はお熊の末っ子である。お熊が一番可愛《かわい》がった息子なので、これから身を寄せるのも八十吉の所になった。

「ふん、年寄りがああだこうだと言っても、世の中は変わってきただけ、これからは嫁の言うことも息子の言うこともおとなしゅう聞くつもりだがよ」

「ほう、ようやく観念したんか」

「お嬢様、こがいな時に意地悪せんといてくれんかな」

「意地悪じゃないが。お熊と別れるんが心底寂しいと思うだけだが。お熊はうちの母親代わりだったけ。お熊、今まで世話を掛けたな」

「お嬢様……」

お熊はたまらず前垂れで眼を拭《ぬぐ》った。ふきも込み上げるものがあったが、ぐっと堪《こら》え、唇を嚙《か》み締めて行李に荷物を詰め続けた。

城下を離れるのはいやだった。しかし、父親の意見に逆らうことはできない。在郷入りしたところで、暮らし向きはさほどよくならないだろうとふきは思っている。せいぜいが米の飯に事欠かない程度にしか過ぎない。

せめて、空き家になるこの家を他人に貸し、家賃が取れるのなら話は別だった。在郷入りする者は、大抵がそうしていた。四方左衛門《よもざえもん》も角馬に家を貸したらどうかと助言した。しかし、角馬は眼を吊《つ》り上げて四方左衛門を怒鳴った。

「侍が己れの家屋敷を他人に貸して銭儲《もう》けを企《たくら》むなど、そのような汚い真似《まね》はできん！」

「先生、誰もそがいなことを汚いなどとは思いません。生きるためですが。これから、お嬢さんの輿入れの仕度やら、幾らでも銭の掛かることはありますけえ。少しは蓄えておかなければ、後々、心細いことになりますけ」

四方左衛門は慌《あわ》てて言った。

「そん時はそん時だ。他人がどうであれ、わしは、家を貸すことには承服できん」

頑《かたくな》な角馬に四方左衛門はそれ以上、何も言わなかった。

庭の牡丹《ぼたん》をすべて運ぶことは無理だった。

角馬は枝振りのよいひと株の鉢を、かろうじて家財道具の隅に加えた。後のことは弟子の岩坪勘太夫《かんだゆう》に任せるようだが、岩坪も高齢なので、どこまで続くかわからないと、ふきは内心で思っている。

新しい住まいとなる郡家の家は造作が始まっているようだ。ふきがお熊に手伝って貰《もら》いながら荷造りしている間も、角馬は郡家に出かけて、大工にあれこれ指図していた。それはいいが、角馬が忙しいことを承知していながら、弟子達が入れ替わり立ち替わり訪れるのには閉口した。

「父は郡家に行っとります。後のことは石河《いしこ》さんか小泉さんにお訊《たず》ねしてつかんせえ」

ふきがそう言っても弟子達はなかなか引き下がらなかった。何んでも、小泉七左衛門《しちざえもん》に先を争って我も我もと目録を写させて貰った結果、どの目録にも少々の写し誤りが生じたらしい。それを苦労して訂正したので、間違いのないことを角馬に確認して貰い、なおかつ口伝を承りたいという。

そんな暇があるだろうかと、ふきは思ったが「明後日《あさって》辺りなら家におるかもしれませんなあ」と、お茶を濁してようやく弟子達に帰って貰った。しかし、角馬が在宅の時に弟子達が訪れても、やれ、家財道具を運ぶことになっとるので、人足を待たせる訳にはゆかぬとか、本日は屋根屋が来るからその暇はないなどと言った。落ち着いたら七左衛門に相談すべし、を繰り返すばかりだった。

結局、角馬本人から直接口伝を聞いた弟子は何人もおらず、その口伝もほんのさわり程度のものでしかなかった。

後年、雖井蛙《せいあ》流平法の目録に甚だ不明瞭《ふめいりよう》な点が指摘されるのは、このような事情があったためである。

ふた月余りの準備期間を経て、角馬とふきがいよいよ八東郡隼郡家《はつとうぐんはやぶさこおげ》へ向かう時、早や、季節は初秋の気配を漂わせていた。

慣れ親しんだ家を離れるのは、さすがのふきにもこたえた。何気なく見ていた柱の瑕《きず》さえ愛《いと》おしかった。

近所の人々に別れを告げると、ふきは角馬と一緒に家を後にした。お熊はいいと言うのに息子の八十吉を従えて城下の外れまで見送ってくれた。

お熊のそそけた白髪頭は、振り返っても振り返っても、ふきの視界の中にあった。豆粒のようになっても。ふきは切なくて何度も洟《はな》を啜《すす》った。

「向こうで、七右衛門《しちえもん》という下男を雇うことにした」

角馬はふきの感傷など意に介するふうもなく、独り言のように言った。

「畑仕事はお父様の手に余るけえ、それはええことだが。そっでも……」

ふきはお熊が拵《こしら》えてくれた赤い手甲《てっこう》を見つめて言葉を濁した。

「何んだ？」

角馬は振り返って娘の次の言葉を急《せ》かした。

「短気を起こしんさって、下男を斬《き》らんといてくれんかな」

ふきがそう言うと、角馬は一瞬、驚いたような顔になった。それから、「あほっ！何言うか」と吐き捨てた。

郡家は鳥取城下から、ほんのひと歩きの所だと角馬は言ったが、道程《みちのり》はふきにとって遠かった。途中休憩した茶店を最後に家並はとだえ、緑の田圃《たんぼ》と薄青い山々ばかりの景色が続いた。さらに歩くと、人もいないような廃寺が眼についた。

「ふき、わし等の家はあすこだが」

角馬はようやく茅葺《かやぶ》き屋根が固まって見える辺りを指差した。

何んという寂しい場所だろう。家々は背後の低い山の麓《ふもと》に寄り添うように建っている。その手前は広い田圃で、田圃と田圃の間の細い道が家々のある所まで、かろうじて繋《つな》がっている。

「何んもない所だが。これでは買い物にも不自由するなあ」

ふきは思わずため息をついて言った。

「何んの買い物があるか。米も野菜もわしが拵《こしら》えるけ、これからは何もいらん」

「……」

ふきは意気消沈した。喰い扶持《ぶち》を賄《まかな》えればよしとする父親がつくづく恨めしかった。角馬はそれでいいかも知れないが、自分はまだ若い娘である。季節の変わり目には着物の一枚、帯の一本も新調したい。頭に飾る簪《かんざし》や櫛《くし》も、たまには目先の変わったものを身につけたい。それなのに、角馬はふきの胸の内を微塵《みじん》も考えようとはしない。

「ここにも藩のお仕事はあるんかな」

ふきは鄙《ひな》びた村の様子を眺めながら訊《き》いた。

「おお、何んぼでもあるわ。ふき、心配せんでもええ」

角馬はふきを安心させるように言った。ふきは親戚《しんせき》の四方左衛門から、これからの暮らしのことを少し詳しく聞いていた。

八東郡隼郡家は角馬の知行地だった。知行というのも禄《ろく》の一つである。一般の藩士は米で禄を貰っているが、高級藩士は米の穫《と》れる知行地を所有しているそうだ。角馬は馬廻の平士分であったが、父親の理右衛門《りえもん》の頃より、鳥取藩の剣法の発展に尽力してきた。それで、ある時から知行地も与えられていたらしい。知行地では小作が田圃で米を作り、それを上作人に届け、上作人の手から藩士に渡されるという仕組みだった。

七右衛門は角馬の知行地の小作をしていた縁で、これから角馬とふきの家の下男も務めるのだ。三十代の男盛り、働き盛りなので頼りになることだろう。

鳥取藩の地方支配は承応《しょうおう》の頃（一六五二～一六五五）から在御用場《ざいごようば》がこれに当たり、郡代《こおりだい》が配置されている。その下には寄合、在郷吟味役《ざいごうぎんみやく》等の諸奉行、平士役人、組付役人、御徒《おかち》、御弓徒《おゆみかち》、苗字付《みょうじつき》、無苗之者《むみょうのもの》があった。

角馬は平士役人に組み入れられたが、実際の仕事は年貢《ねんぐ》の徴収の時に立ち会うぐらいで、他は時々村を廻って治安の維持に努める程度の閑職だった。

十二

郡家《こおげ》は鳥取城下から南へ二里半（約十キロ）の場所にある村だった。大昔は寺院が栄えた土地らしく、少し歩けば廃寺がそここに見られた。相当の権力と財力のあった豪族が住んでいたに違いない、と角馬はふきに滔々《とうとう》と語ったけれど、だからどうしたと、ふきは胸で思っていた。ふきにとって、郡家は城下の袋町より退屈な所であるのは変わりがない。

新しい住まいは百姓家を手直ししたものだった。茶の間も奥の間も以前の住まいより広々としているが、武家の家という風情《ふぜい》はなかった。台所の土間には筵《むしろ》が敷かれ、大根や葱《ねぎ》が無造作に積み重ねられている。近隣の者が持ち寄って来たものだ。毎日、誰かしら角馬の家にそうした野菜を運んでくる。なるほど在郷入りすれば、生計の掛かりは少なくなるはずだとふきは合点《がてん》した。

庭も百坪ばかりあったが、そこにはふきの眼を楽しませる季節の花々は少なく、食べられる紫蘇《しそ》や青菜が巾《はば》を利《き》かせていた。

角馬は持参した牡丹《ぼたん》をさっそく植えた。袋町の家の庭とは比べものにならないほど貧相な感じがした。いっそ、牡丹などなければいいのにと、ふきは思った。

植えた牡丹は土が変わったせいか、翌年には花を付けなかった。

魚は滅多に口に入らない。たまに行商の者が訪れると買い求めるが、大抵は塩をきつく振って日保《ひも》ちできるような物ばかりだった。

ふきは新鮮な岩牡蠣《いわがき》が焦《こ》がれるほどに食べたかった。

村の者はなぜか郡家と言わず隼《はやぶさ》と言った。

隼郡家では長たらしいので土地の者は隼と呼び、他の者は郡家と呼ぶらしい。

ふきは隼という言葉になじめず、郡家と呼んでいた。郡家は鳥取藩の重臣である乾《いぬい》氏の知行地も点在していた。

日中の角馬は稲の状況を見廻るため外に出ていることが多い。ふきもざっと家の中の事をこなすと近所を散歩した。家を留守にしても、こそ泥などの心配をしなくてもいいのが村の利点である。もっとも、盗《と》られる物など何もなかったが。

ある日、散歩の途中、農家の庭に見事な柿《かき》の樹《き》があって、ふきは思わず見惚《みと》れた。すると、その家の女房らしいのが「少し持って行きんさい」と、声を掛けた。

「ええですけ。柿が見事になっとったけ、ちいと見物しただけだが」

ふきは慌《あわ》てて応《こた》える。

「遠慮せんでもええ。あんた、ご城下から来《き》んさったお侍さんのお嬢さんだろうが？」

手拭《てぬぐ》いで頭を覆《おお》った農家の女房は気軽に訊《き》いた。野良着《のらぎ》の恰好《かっこう》なので年齢の見当はつかなかったが、ふきが思っているよりは若い気がした。

「町の暮らしが思うようにいかんようになったけえ、お父様は村に引っ込むことに決めただが」

ふきは女房に郡家に来た理由を言った。

「お父様の言うことは聞かにゃならんけ、それは仕方がないわな。そっでも、住めば都っちゅう言葉もあるけ、辛抱しとりゃその内、ええこともあるだろう」

女房はふきの気持ちを察したように言う。

ふきは素直に肯《うなず》いた。

「お嬢さん、お年は幾つになりんさるか」

女房は人なつっこい眼で訊いた。

「もう二十歳になるがよ」

「ひゃあ、もうそがいになりんさるか。そんなら、早く嫁に行かなならんなあ」

女房が驚いたのは、ふきをずっと年下に見ていたせいかも知れない。ふきは角馬に似て小柄だった。けれど、ふきは父親より一寸ほど背が高かった。

「うちのようなもん、だあれも嫁になど貰《もら》うもんかいな。うちは行儀も悪いし、無駄口ばかり叩《たた》くおなごだけえ」

「そがいなことはない。お嬢さんは可愛《かわい》らしい顔をしとるけ、幾らでも嫁入り先はある。本当にいけんのは、うらのとこの妹じゃけ」

女房は声を低めて言うと溜《た》め息《いき》をついた。

「おばさんの妹さん？」

「いいや、亭主の妹なんよ。箸《はし》にも棒にも引っ掛からんおなごでのう、縁談があっても断わられっぱなしじゃったんだが。ようやく嫁に来てほしいという所があったけ、仕度を調《とと》のえて嫁に出すとな、これが一年も経《た》たん内に出戻って来ただが。亭主がくちゃくちゃ音を立ててものを喰うのがいやだったとよ」

ふきは声を上げて笑った。自分と同じような娘が郡家にもいたのかと思うと愉快だった。

「義姉《あね》さん、誰のことを言っとるだ？」

庭の植え込みの陰から背負い籠《かご》の女が現れ、話に夢中になっていた女房に咎《とが》めるような言葉を掛けた。

「あれ、あやさん、えろう早い戻りだのう」

女房は取り繕うように言った。

「早《はよ》う戻ってすまんのう。田圃《たんぼ》の蛙《かわず》がギャアギャア鳴くけ、こりゃ、ひと雨来そうだわいと、草取りも早目に仕舞いにしたんだが。兄さんも、おっつけ戻って来るけ、さっさと晩飯の仕度をした方がええ」

女は義姉に半ば命令調で言った。

「そ、そうか。そいじゃ、仕度しよか」

女房はふきに「また来《き》んさいね」と言って、母屋《おもや》の中に入って行った。

「あやさんという名前か？」

背負い籠を疲れた様子で下ろした女にふきは言葉を掛けた。

「そうや。あんた、うらの家に何んぞ用があったんかいな」

女はふきに警戒するような眼で訊く。

「いいや、用などないが。お庭の柿が見事になっとるけ、見惚れておったんよ。そしたら、あやさんの義姉さんが、よかったら持って行きんさいって言ってくれただが」

そう言うと、あやは、ふんと苦笑した。

「これは渋柿だけえ、喰ってもうまくないで」

「……」

「義姉さんは人によう思われとうて、益《えき》もねえお愛想を言うがよ。あんまりまともに取らんといて」

あやは皮肉混じりに言った。野良仕事で陽灼《ひや》けしているが、きれいな肌をしている。少し大きい口許《くちもと》から丈夫そうな歯が覗いている。

ふきは何んだか嬉《うれ》しくなった。自分と気が合いそうだと感じると、汚れた手足を洗うために井戸へ向かったあやの後ろを勝手について行った。

あやはふきに怪訝《けげん》な眼を向けていたが、何も言わず、井戸の釣瓶《つるべ》を落とした。

「ここは土地が高い所にあるけえ、井戸も相当掘らんと水が出んのよ。気をつけないけんよ。落ちたら助からんで」

あやは皮肉な笑みを浮かべて言った。

「うん……」

あやは野良仕事をさせておくにはもったいないほど細く長い指をしていた。草鞋《わらじ》を突っ掛けた足の形もよかった。それに、女のふきが見惚れてしまうほど仕種《しぐさ》が美しい。亭主だった男の行儀の悪さに嫌気《いやけ》が差したというのも納得できるというものだ。

「あやさんは何んぼになりんさるか」

ふきは桶《おけ》に水を満たして顔を洗い出したあやに訊いた。あやは顔を洗うことに夢中なふりをして、しばらく返事はしなかった。ようやく頭の手拭いを毟《むし》り取って顔の水気を拭うと「何んだって？」と訊き返した。照れていたのかも知れない。

「だから、年は何んぼかと訊いとるだが」

洗い上げたあやの素肌は、さらにきれいだった。一度輿入《こしい》れしたと聞いたせいだろうか、何やら色っぽいものも感じられる。

「うらは二十二だが」

あやは、ぶっきらぼうに応えた。

「そうか……うちより二つ上か」

「年は二つしか違わんが、そっでも、うらとお嬢さんとはえらい違いだがよ」

あやは皮肉な口調のまま言った。

「うらは出戻りの百姓女、お嬢さんはお侍の家の出で、まだ生娘《きむすめ》だがよ」

あやはそう続けて、ふっと笑った。ふきは生娘と言われて、訳もなく恥ずかしかった。

「お嬢さん、ここにはお嬢さんが輿入れしてもええような男はおらんよ。どうせなら、町の男にしんさいな」

「うちは輿入れすることなど、まだ考えとらんけ……」

ふきはあやに気圧《けお》されて低い声で応えた。

「そっでも、もう二十歳なら、早うせんといけん」

「あやさんはもう嫁入りせんの？」

「はん？」

あやは呆気《あつけ》に取られたような顔になり、ついで顎《あご》をのけ反らせて笑った。ふきはあやの白い喉《のど》を相変わらず色っぽいと感じた。

「だけ、ここにはええ男はおらんと言ったろうが……いや、二人おった。忘れとった。聞きたいかえ」

あやは悪戯《いたずら》っぽい眼になってふきを見つめた。

「べ、別に……」

「遠慮せんでもええ。教えてやるけえ。隼でいっ、いっちええ男はな、奥《おく》の家《や》の息子達だが。長男は治右衛門《じえもん》いうて二十八、次男は長右衛門《ちょうえもん》で二十五や」

奥の家とは村で一番の豪農の清兵衛《せいべえ》を指していた。年貢《ねんぐ》の米も清兵衛の所に集められる。

確か角馬の知行地も清兵衛の管理下にあったはずだ。

「あやさん、せっかくええこと教えて貰ったのにすまんことだが、うちが輿入れする先は、多分、侍の家になると思うがよ」

「……」

ふきの言葉に、あやはばつの悪い顔になった。

「ご親切、おおきにありがとう。また寄せて貰うけ。あやさんもうちの家に遊びに来てつかんせえ」

ふきは頭を下げて言った。

「明日、茄子《なす》をもいで届けるけえ」

踵《きびす》を返したふきにあやは慌てて覆《おお》い被《かぶ》せた。

あやは縋《すが》るような眼をしていた。あやには友達がいないのだろうとふきは思った。城下にいた時のふきのように。

「そうか？　楽しみにしとるよ。うちのお父様は茄子がごっつい好きだけ」

「きっと、お嬢さんのお父《と》っ様は秋茄子は嫁に喰わすなと諺《ことわざ》を言うがよ」

「そうじゃね。あやさん、お嬢さんはやめてつかんせえ。うちの名前はふきだけえ」

「ふき……」

あやはふきの名を確認するようにゆっくりと繰り返した。

「ええ名だが」

あやはふきを持ち上げるように言う。

「そうか？　あやさんの名もええよ」

あやはふきの褒《ほ》め言葉に無邪気に笑った。

その表情から皮肉なものは消えていた。

十三

奥《おく》の家《や》と呼ばれている清兵衛《せいべえ》の家は民家が固まっている一隅より、ひと際《きわ》高い所にあった。村を睥睨《へいげい》する場所に家を構えていることは、そのまま清兵衛の気位の高さをも示していた。

奥の家の近くに稲荷《いなり》の神社があって、普段は無人であるのだが、村祭りの時だけ神主がやって来て、村の五穀豊穣《ごこくほうじょう》と無病息災の祈りをささげる。神社の扉が開けられ、祭壇を設《しつら》えた座敷は存外に広く、宵宮《あまご》・本祭りには服装を調えた村人達が三々五々訪れる。

神主は祭りと正月以外は、雨乞いをする時にも訪れるそうだが、村はここ何十年も雨乞いはしたことがないという。それよりも洪水の心配の方が多かった。

稲荷のお堂までは長い石段を登らなければならないので、よそから来た物売り達は山門の所で葦簀《よしず》張《ば》りの見世を開く。越後獅子《えちごじし》の一行もその近くで芸を披露して祝儀《しゅうぎ》をねだっていた。

ふきとあやは葦簀張りの見世をひやかすと石段を登った。最初の三十段ぐらいは平気だったが、それを過ぎると息があがった。

「あやさん、この石段は何段あるんか」

ふきは達者な足取りで前を行くあやに訊《き》いた。

「まだ半分も来とらんよ。全部で百八十八段あるけ」

「誰がこがいな所にお社《やしろ》を拵《こしら》えたんかな」

ふきは腹立ちまぎれに悪態をつく。あやは愉快そうに笑った。あやの結い上げた髪には花簪《はなかんざし》が飾られている。四方左衛門《よもざえもん》が江戸詰めの折にふきに買って来てくれた土産だった。

本当は惜しいのだが、あやがあまりに羨《うらや》ましそうにしたものだから、思い切って進呈したのだ。あやは一張羅《いっちょうら》の晴れ着を纏《まと》い、花簪を挿《さ》し、嬉々《きき》としてふきを誘いに来た。村祭りにしゃれる必要もなかろうと、ふきの方は普段着の恰好《かっこう》のまま出かけた。

神社の下まで来て、ふきはせめて帯ぐらい違う物を締めて来るんだったと後悔した。村の若者はもちろん、中年の男も年寄りも「あや、ええおなごだのう」と、口々に言うのだ。傍《そば》にいるふきには誰も目をくれない。

「あやさん、凄《すご》い人気だねえ」

ふきは自棄《やけ》のように言った。あやはまんざらでもない顔で艶然《えんぜん》と笑う。

「なあに。村の男どもは、あわよくば、うらをものにしようと躍起になっとるがよ。女房持ちの男まで色目を使うんだけ、呆《あき》れるわ」

「あやさんはええおなごだからな」

　ふきはふて腐れた顔で言う。

「そうか？　ふきさん、うらはええおなごかいなあ」

「ああ。腹いっぱいになるほどええよ」

「それを言うなら胸いっぱいだが」

「わかっとるが。わざと言ったんだが」

「人の悪い」

「だけど、ごっついしんどい。口から心ノ臓が飛び出そうだわ」

「情けないのう。ほら、手を貸すけえ」

　あやは笑いながら手を差し伸べた。

　石段の両端も社の周りも杉の木立ちが鬱蒼《うっそう》と繁《しげ》っている。等間隔に置かれている雪洞《ぼんぼり》に灯りがともると、ようやく祭りの華やぎが伝わってきた。内心では、郡家《こおげ》の祭りなど大したことはないと、ふきは高をくくっていた。

　境内に着いた途端、ふきは息苦しさで目まいを覚えたが、あやは少し息を荒くしただけで平気な表情だった。

「ふきさん、よう見んさいな。ほら、あすこで御神酒《おみき》を配っているのが長右衛門《ちょうえもん》で、隣りの御札を渡しているのが治右衛門《じえもん》だで」

あやはすぐさま、口を開いた。あやはふきの目から昂《たかぶ》っているように見えた。単衣《ひとえ》の上に世話役の男達とお揃《そろ》いの祭り半纏《ばんてん》を羽織っている二人の若者をあやは指差す。のっぺりした顔の兄弟だった。あやが言うほど美男子には思えなかったが、田圃《たんぼ》の畦道《あぜみち》ですれ違う男達よりはましだった。

あやは賽銭箱《さいせんばこ》に小銭を放り込んで鈴を盛大に鳴らした。ひと呼吸置いて、ふきも同じようにした。兄弟の目が同時にこちらを向いた。

ふきは何んだか顔がほてった。

「御神酒、飲んでいきなんせえ」

鼻に掛かったような長右衛門の声が聞こえた。

「あや、御札も持っていきんさい」

治右衛門も続けて言う。

「御札は兄さんが貰《もろ》うて来たけえ、いらんわ」

あやは驕慢《きょうまん》な物言いで応《こた》えた。

「そいじゃ、そっちの娘さんはどうだ？」

治右衛門はふきに水を向けた。

「そっちの娘さんとは何んだいな。治右衛門さんは深尾様の娘さんの顔を知らんのかいな。こりゃ、たまげたわ。ごっつい世話になっとるのに」

あやは小馬鹿《こばか》にしたように治右衛門に言った。

「え？　深尾様の？」

治右衛門の眼が大きく見開かれた。慌《あわ》てて頭を下げる。ふきはどうしてよいかわからず、返礼した後は俯《うつむ》き、あやの後ろに隠れるように身を寄せた。

長右衛門はそんなふきに御神酒の盃《さかずき》を差し出した。

「うちはお酒は飲めんですけ」

「そっでも、祭りですけえ、形だけ口をつけてつかんせえ」

長右衛門の声がふきの胸をくすぐる。その声に誘われるように盃を手にしていた。白い徳利から濁り酒が注がれると、長右衛門はふきの顔を凝視した。ふきはその視線を避けるかのように盃の中身を飲み干した。

初めて飲んだ酒はふきの胃ノ腑《ふ》を熱く焼いた。

「ええ飲みっぷりですが」

長右衛門は微笑を浮かべて言った。

「おなごのくせにお酒を飲んで、お父様に叱《しか》られるかも知れん」

ふきは唇を拭《ぬぐ》いながら言った。

「御神酒は別ですが。お父様も大目に見て下さいますけ」

「あれ、あやさん……あやさんがおらん」

さっきまで傍にいたあやの姿がなかった。

「心配することはないですが。境内で待っとったら、おっつけ戻って来ますけ」

長右衛門はそう言って、境内の中に設えてあった床几《しょうぎ》にふきを促した。床几には赤い毛氈《もうせん》が掛けられていた。床几の後ろは白と紺の幕が張り巡らされている。ふきはそこに座って境内を行き来する人々をぼんやり眺めた。

皆、顔を合わせては近況報告めいた話をして、おおらかに笑う。そこには武士の姿はなかった。

武士達は陣屋の方で祭りの酒宴を張っているのだ。気がつけば武家の娘もふき一人だった。城下にいた頃も武家の娘達とは親しくしていなかったので、いつもなら気にならないのに、見知った顔があまりないことから、ふきは心細かった。長右衛門の視線が時々、ふきに送られてきた。ふきはそれをさり気なく躱《かわ》した。長右衛門の隣りにいたはずの治右衛門の姿もない。ふきはしばらくして、あやは治右衛門と一緒なのだと、突然、思い当たった。

すると、石段を登った時とは別の息苦しさを覚えた。裏切られたような気分にもなった。

ふきは床几から立ち上がると、石段を足早に下り始めた。その頃になってやって来た村人達と、ふきは危うくぶつかりそうになった。

「お嬢さん、待ちんさい！　一人で帰るんかな」

後ろから長右衛門が慌てて追って来た。

「あやさんに会《お》うたら、言ってつかんせえ。うちは先に帰ったとな」

「何を怒っとるんですか。すぐに戻って来ますけえ」

長右衛門は参詣《さんけい》の人々の邪魔にならないように、ふきを雪洞の傍に優しく押しやって言った。

「あんたはあやさんがどこにおるか知っとるだろうが」

雪洞の灯りに照らされた長右衛門の顔が陰影を帯びていた。さっきは気がつかなかったが、笑うと八重歯が覗《のぞ》く。

「さあ、手水《ちょうず》にでも行っとるんでしょう」

「長い手水だの。あやさんは腹でも下しんさったかのう。長右衛門さん、うちをごまかしても駄目だで。あやさんはあんたのお兄さんと一緒にいるんだろ？」

そう訊くと長右衛門はやり切れないような吐息をついた。

「お嬢さんには敵《かな》いませんなあ。その通りですが」

「そっでも、治右衛門さんは嫁さんも子供もおるのに」

「あの二人は昔から惚《ほ》れ合っておったんですわ。うちの親父《おやじ》が反対するけ、所帯を持つことはできんかったんです。あやは一度は諦《あきら》めてよそに嫁入りしたが、やっぱりうまくゆかず戻って来たですが」

「ほう、それから長右衛門さんは見て見ぬ振りをしんさっとるのか。兄弟思いだが。だけ、うちはそういうのは好かんがよ。うちはあやさんのだしに使われたんか? 自分のお人好《ひとよ》しにつくづく嫌気が差すわ」

「お嬢さん、堪《こら》えてつかんせえ」

「それは誰の代わりに謝っておるが? お兄さんか、それともあやさんか? あんた、ついでにあやさんに情けを貰うとるんじゃなかろうね」

毒のある言葉を吐いたふきに長右衛門は驚いて眼を剝《む》いた。

「それが郡家の仕来たりだったら、うちはえらいとこに来てしまったと思うがよ。お邪魔しましたな。早《はよ》うお仕事に戻ってつかんせえ。うちの家はすぐそこだけ、見送りは結構ですがよ」

ふきはそう言って踵《きびす》を返した。そのまま後ろも見ずに石段を駆け下りた。

下男の七右衛門《しちえもん》が山門の所で待っていた。

「お嬢様……」

七右衛門はほっと安心したように笑った。

「旦那様《だんな》のご機嫌が悪いですけ、わしはお迎えに出て来たんですが」

「そうか、世話を掛けるの。七右衛門に来て貰《もら》って助かったわ。一人で帰らなならんところだった」

「あやと一緒じゃなかったんですかのう」

「うちもご城下では悪戯娘《いたずらむすめ》と陰口を叩《たた》かれたもんだが、郡家のおなごはその上を行く。七右衛門、世の中は広いな」

溜《た》め息《いき》混じりに呟《つぶや》いたふきに七右衛門は情けない顔で笑った。

十四

深尾角馬は、ほぼ二年ぶりに鳥取城下の自宅へ戻った。前年の九月に袋川が増水し、付近一帯が床上浸水の憂《う》き目《め》を見た。角馬の家もそれによって被害を受けた。

雖井蛙《せいあ》流平法の弟子であり、親戚《しんせき》にも当たる石河四方左衛門《いしこよもざえもん》から、袋町の家が浸水して畳がすべて駄目になったと、様子を知らせる手紙が来ていた。しかし、角馬は八東郡《はっとうぐん》隼郡家《はやぶさこおげ》に引っ込んでから、なかなか城下に戻る機会がなかった。四方左衛門はその他にも、野分《のわ》きで屋根の瓦《かわら》が飛んだの、勝手口の戸が壊れたのと、こと細かく手紙にしたためていた。

たまたま、在御《ざいご》用場《ようば》の詰め所に書状を届ける御用ができたために、ようやく帰宅が適《かな》ったのである。

在御用場は鳥取城の南御門外に、御勘定場と並んでいる。在御用場には郡代《こおりだい》が置かれ、在普請《ざいぶしん》を司《つかさど》る普請部屋と新田部屋も付属しているが、主な仕事は年貢《ねんぐ》の徴収と管理にあった。角馬が携《たずさ》えた書状も今年の稲の生育状況と、そこから期待できるおおよその収益がしたためられたものだった。

角馬は郡代に書状を差し出し、隼郡家の様子を四半刻《しはんとき》（三十分）ほど話してから在御用場を退出した。

角馬はそれから袋町の自宅へ向かった。

遠目には何んら変化は見られないように感じたものだが、玄関前に立つと、屋根は風に煽《あお》られてめくれ上がり、閉《た》てた雨戸は敷居から外れて傾《かし》いでいる。縁の下の地柱《じばしら》は浸水した後が緑色した苔《こけ》で覆《おお》われ、所々腐れが目立った。

軒先に吊《つる》した鹿《しか》の角だけが以前と同じ表情で角馬を迎えた。猪《いのしし》には及ばずとも鹿には負けじ、と己れを奮い立たせる意味で飾ったものである。思えばその頃の角馬は若かった。

いや、この家を普請した時の木の目の新しさもありありと覚えている。父親の河田理《かわだり》右衛門《えもん》が城下の腕のいい大工職人を集め、三ヵ月を掛けて建てさせたのだ。当時としては贅《ぜい》を凝《こ》らした家だった。周囲には、まだそれほど家は建っておらず、一町先からでも角馬の家が見えた。あの頃は父親の弟子でもあり、若党を務めていた青垣文太夫《あおがきぶんだゆう》という男が一緒に住んでいた。眼の底に暗い光を湛《たた》えているような男だった。年は理右衛門とさほど差はなかったはずだ。角馬にとって、家の中に父親が二人いるような気がしていた。

十八歳で廻国修行に出た時、その文太夫が伴をした。

「行って参ります」

角馬は父に挨拶《あいさつ》してこの家を出たのだ。あの時の緊張した気持ちを今も忘れてはいない。

修行帖《ちょう》を携え、その土地、その土地の剣法の道場を訪ねて他流試合を申し出る旅だった。

勝負の如何《いかん》に拘《かか》わらず、試合が終われば道場主は次の道場への紹介状とともに、何がしかの心付けを添えてくれた。また、一夜の宿を提供してくれるのも慣例であった。

もちろん、その当時の角馬の剣法は雖井蛙流ではなく、甲冑《かっちゅう》を着用する丹石《たんせき》流だった。背丈の足りない角馬が甲冑をぎしぎし鳴らしながら、手荒き技を披露すれば、老剣士達は決まって懐《なつ》かしそうに眼を細めた。

戦国の世を駆け抜けた彼等にとって、丹石流は時代を象徴する剣法だったのかも知れない。そうして、一年余りの旅を終えて城下に戻った時、胸の潰《つぶ》れそうなほどの懐かしさを感じた、その家だ。

廻国修行で角馬は柳生新陰流《やぎゆうしんかげ》を始め、様々な剣法の流儀と出会った。道場の師匠の中には、丹石流は時代にそぐわないと助言する者もいたが、角馬はその言葉に聞く耳を持たなかった。戦が再び起こらないとは、どうして言えよう。理右衛門はそのための備えとして弟子達に敢《あ》えて甲冑を着けさせた丹石流を指南していたのだ。

父が間違っていたとは思いたくない。しかし、戦は父の死後も、角馬が齢《よわい》五十二を数えるまでになっても起こらなかった。

文太夫は理右衛門が亡《な》くなって、一年後に亡くなっている。主《あるじ》に忠誠を誓い、生涯を独り身で通した男だった。

角馬が素肌の剣法に移行したのは自らの意志ではない。弟子達からの要望のゆえだ。その要望に応《こた》えての雖井蛙流であったが、それも角馬の手を離れた。

後は――。

角馬は座敷に上がり、かつて寝起きしていた家の様子を眺めた。畳はすべて剝《は》がされ、床板に薄縁《うすべり》が敷かれている。浸水した畳をそのままにして置くことはできないので、四方左衛門が人を使って運び出したという。

——まことのあばら家であるな。

角馬は胸で呟《つぶや》いた。家の荒廃がそのまま角馬自身の老いの証《あか》しでもあった。角馬はしばらく、茶の間に座っていたが、やがて雨戸を開け、庭に出た。

ほうっと、初めて角馬の口許《くちもと》から安堵《あんど》の溜《た》め息が洩《も》れた。牡丹《ぼたん》の花園が今を盛りと咲き誇っていた。花の数は角馬が隼郡家へ引っ込む前より、むしろ増えたような気がする。

家老荒尾志摩守《しまのかみ》が焦《こ》がれてやまない牡丹。その名も深尾紅《ふかおくれない》。弟子の岩坪勘太夫《かんだゆう》が曲がった腰に難渋しながらも世話をしてくれたお蔭《かげ》である。主がいなくても、角馬の牡丹はこうして大輪《たいりん》の花を咲かせているのだ。

それは角馬にとって感動的ですらあった。

昨夜降った雨が、まだ花弁や葉をしっとりと湿らせていた。だからなおさら艶《あで》やかさは、いやました。

牡丹の葉先に露《つゆ》が玉となっていた。角馬はじっとそれを見た。微《かす》かに揺れる露の玉は、今しも落下寸前であった。角馬の眼を射るように陽《ひ》の光がきらめいた瞬間、露の玉は落ちた。

それは雖井蛙流平法、落露《らくろ》の妙術《みょうじゅつ》の奥義《おうぎ》であった。その間合を体得することが、すなわち、雖井蛙流を体得することに外ならない。

しかし、その時の角馬は別のことを考えていた。

人生五十年といえども、日本という国が創成されてから今日までのことを考えると、人の一生など、煎《せん》じ詰めれば草の露の落ちる間に過ぎない。

角馬は突然にそれに気づいた。つかの間の生に何を迷い、何を恐れることがあろうか。

角馬は眼を見開き、飽かず牡丹を眺め続けた。

「先生」

背中で低い声がした。振り向くと石河四方左衛門がお務めの紋付羽織の恰好《かっこう》で後ろに立っていた。

「お戻りになっておられるのを在御用場の役人から聞きました。道場で待っとりましたが、いつまでもお見えにならんので、こちらに来てみたんですが」

「二年も留守にしとったけ、やはり気になってな」

「畳はすべて水を被《かぶ》ったけ、蜜柑《みかん》畑の肥やしにしたんですわ。そのままでは虫が湧《わ》きますけえな」

「雑作《ぞうさ》を掛けた」

「人の住まん家は荒れ方が早いもんですがよ」

「……」

「だけど、牡丹の花だけはよう咲きますなあ」

四方左衛門は話題を換えるように朗らかな声になって言った。年齢を重ね、四方左衛門には風格のようなものが備わってきたと思う。

それに比べ、今の自分は尾羽《おは》うち枯《か》らした田舎侍になり果てている。

「郡家《こおげ》に持って行った株は次の年は駄目だったが、今年は幾つか花をつけた。そっでも、ここの牡丹とは雲泥《うんでい》の差だ」

「土が変われば花もそれを感じるんでしょうか」

「ようわからん」

「お嬢さんは元気にしとられますか」

「ふきか……あやつはどこにおっても、どもならんおなごじゃ。もはや、わしの手に余る」

「まだ、輿入《こしい》れなさらんのですか」

「あがいな者、誰が嫁にするもんか」

角馬は苦々しい顔で吐き捨てた。

「そっでも……」

離れて住んでいるので、四方左衛門には今のふきの様子がわからない。それが角馬にとっては好都合だった。郡家での噂《うわさ》を耳にしたら、四方左衛門は嘆息するだろう。

「親の思い通りに子は育たんものだ」

角馬が言葉尻《じり》を濁して言ったことで、四方左衛門は今のふきのありさまを、おおよそ悟ったようだ。それ以上、なにも訊《き》かなかった。

「先生。皆が道場で待っとります。ちいと覗《のぞ》いてやって貰《もら》えんかな」

四方左衛門は阿《おもね》るように角馬に言った。角馬は肯《うなず》いたが、まだ牡丹を眺めていたいという表情だった。

十五

「あやさんは治右衛門《じえもん》さんが忘れられんで、嫁入り先から戻って来たそうだが、うちは思い切ったことをしんさる人だと思うが」

ふきは長右衛門《ちょうえもん》の胸に頬を当てながら言う。

目の前に長右衛門の喉仏《のどぼとけ》が突き出ている。

長右衛門が何か喋《しゃべ》る度に、その喉仏も上下した。見槻川《みづきがわ》の水面《みなも》に照りつける陽射《ひざ》しに反射して、長右衛門の喉仏が光るように見える瞬間があった。

隼郡家《はやぶさこおげ》は見槻川の谷口に発達した集落である。八東川の支流に属する見槻川は村内を縫うように流れていた。

田圃《たんぼ》を潤《うるお》す水は、この見槻川から引いている。一面の田圃の緑がふきを息苦しくさせる。

長右衛門がいなかったら、ふきは退屈のあまり、気が狂いそうになったかも知れない。たとい、富裕な家の息子であろうとも、百姓は百姓。武家の娘のふきが相手にするべき男ではなかった。だが、長右衛門のふきを見つめる眼には抗し切れなかった。

二年前の村祭りからほどなく、ふきは「あんたが好き」と、自分から思いを告げてしまった。女からそんなことを言うのは恥知らずであるのは百も承知だった。ふきは恋の手管《てくだ》など知る由《よし》もない。男にそれを言わせるまで、じっと待つことが苦痛だった。それなら、ひと思いに自分の口から言った方がよかった。

郡家に来てから親しくなったあやは「ええ度胸しとるが。さすがふきさんだが」と、半ば感心したように、半ば呆《あき》れたように言ったものだ。

あやは長右衛門の兄の治右衛門と人目を忍ぶ仲だった。

「あやが出戻って来たんは、兄貴のことだけではないだろ。まあ、色々と難しいことがあったんだが」

「何があったんか？」

問い返すと、長右衛門は短い吐息をついて、ふきの着物の身八口《みやつくち》から手を差し入れた。

ふきは身を捩《よじ》ってその手を避けた。

「亭主っちゅう男は閨《ねや》のことができん男だったそうだが」

「まさか」

「世の中には様々なのがおるけ、別に珍しいことでもないが」

「……」

「わしの遠縁にも出戻って来たおなごがおるがよ。そのおなごはの、並外れた力持ちだった。親はそれを隠して嫁に出したんだが」

長右衛門は苦笑混じりに言って、ふきを抱き寄せた。村人は野良《のら》仕事に出ていて、辺りに人の姿はない。緑の田圃のずっと向こうに、時々、菅笠《すげがさ》が揺れるのが見えたが、そこから川岸にいる二人のことまではわからないはずだ。

「妙な話だが。何んでおなごが力持ちならいけんの」

ふきは無邪気に訊《き》く。

「だから並外れた、と言うただろうが」

長右衛門は少しいらいらして声を荒らげた。

「どがいな力持ちだったんだ？」

「そのおなごが嫁に行ってから、様々の不思議なことが起こってな。たとえば、庭に置いとった大きな石が邪魔になりよると舅《しゅうと》が言うとの、翌日にはその石が他の場所に移されておったそうだ」

「その嫁さんがやったんか？」

「まあ、聞きな。米櫃《こめびつ》の置き場所が変わったり、戸棚がいつの間にか一尺も横にずれたりしたそうだ。そっでも、家の者が使いやすいようになったで、おかしい、おかしいと思いながらも、悪いことではないけ、ええだろと言っとったそうだ。だけ、ついに力持ちがばれる時がやって来ただが」

長右衛門はふきの首筋に唇を這《は》わせる。ふきは厭《いと》わしさと快感がないまぜになった複雑な心地がした。

「やめんさい。人に見られるが」

ふきは制したが、長右衛門はこもった声で「だあれもおらんがよ」と言う。

「力持ちの嫁さんはどうしたんかな」

ふきは話の続きを急《せ》かした。

「おう、そうじゃった。夏のある日のことだった。その日はごっつい暑かったんで、亭主は畑から帰るとの、庭に盥《たらい》を出させて行水したんだが。するとな、途中で夕立が降り出した。さあ、嫁さん、台所から飛び出してな、亭主を盥ごと縁《えん》まで運び込んだそうだだが。それでな、こがいな怪力のおなごはおとろしいと、離縁されてしまったんだが」

「……」

「それから、村の者は、そのおなごを盥持ちと渾名《あだな》で呼びよる」

一度は噴き出して笑ったが、時間が経《た》つ内、ふきはもの悲しい気分になった。長右衛門の遠縁の女は好きで力持ちになった訳ではない。生まれつき、身に備わったものだ。世間体が悪いので、親はその事実を隠していたようだが、いつまでも隠し通せるものではない。

ふきもそうだ。武家の生まれであるから、それらしくしていなければならないというものの、天真爛漫《らんまん》な行動は自分でも止めようがない。

せめて、生涯の連れ合いとなる男は、ふきの気性を呑《の》み込んだ男であってほしい。長右衛門はその点、捌《さば》けた男である。ふきの物言いや行動をおもしろがってくれる。

ふきは長右衛門が自分の連れ合いになるのなら、どんなにいいだろうと思っている。

だが、父親は決して喜ばないだろうし、婚姻も許しはしないだろう。

「今日は、深尾のお父《と》っ様はご城下へ泊まりんさるだな」

長右衛門は薄笑いを堪《こら》えるような顔で訊《き》いた。

「だから、どうしたと言いんさるだ」

ふきは小意地悪く訊き返す。

「夜中に行くけ、雨戸開けておきんさい」

「……」

「鬼のいぬ間に命の洗濯だが。普段は人目を気にしてせわしないけ、ゆっくりしようかいと思ってな」

「ふうん、なら、うちが長右衛門さんの家に行くがよ。長右衛門さんの家には行ったことがないけ」

「やめとけ！　そがいなことできる訳がない。第一、わしは親父《おやじ》に何んと言ったらいいかわからん」

長右衛門は困り果てた顔になった。

「その年になっても、親父様が怖いんか」

「当たり前じゃ。お前かて、そうだろうが」

「お前って、呼び捨てはいけんがよ。ふとした拍子にぽろっと出るけ、気ィつけないけん」

「……………」

「長右衛門さんのことがお父様に知れたらな、うちは手討ちにされるかも知れんがよ」

「まさか」

長右衛門は半信半疑の表情でふきを見た。

「本当だけ。うちのお母様はお父様の留守中に法印さんと深間《ふかま》になりんさったんだと。

そって、お母様は、その法印さんともども、お父様に首を刎《は》ねられたっちゅうことだけ」

長右衛門の顔が、それとわかるほど蒼《あお》くなった。

「だけ、夜ばいするんは控えた方がええ」

ふきは長右衛門を牽制《けんせい》するように言った。

「わしは……そん時、深尾様に申し上げる」

「何を？」

「嫁にするだけ、ええですやろってな」

ふきはその瞬間、眼の眩《くら》むような幸福を覚えた。

「本当？　本当か、長右衛門さん」

ふきは長右衛門の首にかじりついた。

「ああ、はっきり言ってやる。うちの親父は隣り村から嫁を貰《もら》う算段しとるが、わしは百姓娘は好かん。わしは、ふきがええんだ……」

長右衛門はそう言うと、大胆にもふきの胸許《むなもと》を掻《か》き分け、骨ばった指で乳房を揉《も》んだ。

ふきは抗《あらが》うこともせず、じっと長右衛門のするがままになっていた。

十六

――じりじりぺっしり、それ、ぺっしり。参った、ぺっしり……。

城下から戻って来た角馬の頭の中に白井源太夫《げんだゆう》の気合の言葉が甦《よみがえ》る。いや、それは源太夫だけに限らない。他の弟子達も似たような気合を入れていた。人によっては、じりじりほっくり、しりしりほっくり、とする者もいた。

相手を威嚇《いかく》するには、甚《はなは》だ呑気《のんき》に聞こえる。だが、それは、角馬が弟子達に指南していた時に、知らずに口許《くちもと》から洩《も》れていたものだった。

間合を取り、隙《すき》を見つけたことを、わざわざ弟子に教えているのに、それでもまだ弟子達は角馬に打ち込むことができなかった。

――じりじりぺっしり、ぺっしり。参った、それ、ぺっしり。

角馬は自分の口癖を律義《りちぎ》に守っている弟子達に内心で苦笑していた。

だが、道場には熱気がこもっていた。

白井源太夫の頼もしさ。四方左衛門《よもざえもん》の威厳。

もはや、自分の存在は、必要ではないとも感じた。これからは弟子達が創意工夫して技を発展させればよい。たとい、角馬が教えたことと、若干の相違があったとしても、それは目くじらを立てるべきものではない。

弟子達がそう取ったのなら、雖井蛙《せいあ》流平法とは、そういう流儀の剣法なのであろう。だから、稽古《けいこ》が終わり、弟子達が角馬に忌憚《きたん》のない感想をと言った時も、「まあ、えぇだろう。これからも気ィ抜かんと精進することだが」と、控えめに応《こた》えただけだ。

弟子達は少し、不満そうな表情をしていた。

その夜は四方左衛門の家に泊めて貰《もら》い、亡《な》くなった甚左衛門の思い出話に花を咲かせた。

甚左衛門は四方左衛門の父親だった。

白井源太夫の父親である白井有右衛門《ありえもん》はまだ存命だが、もはや、床から離れられない身体《からだ》であった。有右衛門が亡くなれば、父の理右衛門《りえもん》の時代からの弟子は、すべていなくなる。生ある者はいずれ死ぬ。角馬はその思いを再び強くした。

「七右衛門《しちえもん》、ふきはどがいしとる」

角馬は晩飯の時刻だというのに戻って来ない娘を案じて、下男の七右衛門に訊《き》いた。

「さあ、お散歩でもしとるんでしょうかな」

「まさか、また清兵衛の倅《せがれ》と一緒ではないだろうな」

そう言うと、七右衛門は言葉に窮した様子で黙った。もはや、村では、ふきと長右衛《ちょうえ》門《もん》の噂《うわさ》は誰一人、知らぬ者はいない。

「旦那《だんな》様、おらが申し上げるんも余計なことですが、お嬢様はもう、輿入《こしい》れされてもええ年ですけ、何んとかせんことには……」

「こがいに噂が拡《ひろ》まったら、当たり前の縁談などあるもんか」

角馬は苦々しい顔で吐き捨てた。

「そんなら、旦那様、ここは了簡《りょうけん》されて、奥《おく》の家《や》に話を持ち込んだらどがいですかな」

七右衛門は恐る恐る言う。清兵衛の家は、村では奥の家と呼ばれていた。村で収穫される米は、皆、一旦《いったん》、清兵衛の所へ集められる。

清兵衛は村の中心人物であった。

「侍の娘を百姓の嫁にさせろとお前は言うんか」

たとい、富裕な家の息子であろうとも百姓は百姓、角馬はあくまでも、そこにこだわる。

身分制度が確立した時代において、角馬の考えもまた、おおかたの武士の考えと同じだった。士農工商、武士は常にこの社会の上に位置する者だ。

「それはできない相談でしょうかな」

七右衛門は自信のない声で続けた。

「奥の家に輿入れしんさったら、少なくとも、お嬢様は、喰う心配だけはいらんですが」

角馬が喰い詰めて郡家《こおげ》に来たことを七右衛門は暗に仄《ほの》めかしている。かっと頭に血を昇らせ、ぎらりと睨《にら》んだ角馬に、七右衛門の頬も紅潮した。だが、七右衛門は声を励ました。

「旦那様、落ち着いてつかんせェ。ここはお嬢様のことを一番に考えてやることですけ。旦那様にもしものことがあったら、お嬢様は誰に頼ったらええんかな。奥様もおらん、兄弟もおらん、旦那様、どうしたらええですかいな」

七右衛門は角馬に試すように訊く。ふきは、とっくに七右衛門を味方につけていると思った。

「ふきの倖《しあわ》せを考えて、清兵衛に頭を下げろとお前は言うんか……」

角馬の声音は弱くなった。及び腰だった七右衛門は反対に背筋を伸ばした。

「たった一度だけですが。それで何も彼《か》もがうまく収まりゃ、後のことは心配いらんですが」

「一度だけだな？」

角馬は七右衛門に念を押した。七右衛門は大きく肯《うなず》いた。

「ただ今」

ふきがその時、青物の入った笊《ざる》を抱えて帰って来た。

「あやさんの所でな、青菜を貰ったんだが。七右衛門、これはお浸しにした方がええか？」

ふきは無邪気に訊く。

「へえ、それから汁の実《み》にもなりますけ」

「そうか。そんなら、うちが拵《こしら》えるけ。七右衛門、竈《かまど》の火はまだ落としておらんか？」

「へえ……」

「何んだ、七右衛門、眼が赤い。あくびでもしたんか。なまくらだな」

ふきはからかうように言って、かいがいしく台所に立った。

高台にある清兵衛の家は村を睥睨《へいげい》するような形で建っている。

「ええ眺めだが」

角馬は縁側に腰掛けて、そこから見える景色に感歎《かんたん》の声を上げた。郡家の田圃《たんぼ》が扇状に拡がっていた。

「ここから眺めとりますと、稲のできが一目瞭然《いちもくりようぜん》でしてな。田圃の青が微妙に違いますけ」

清兵衛は角馬に茶菓《さか》を振る舞いながら、如才なく応えた。

角馬が清兵衛に訪《おと》ないを告げると、清兵衛は慌《あわ》てて単衣《ひとえ》の上に絽《ろ》の紋付を羽織って迎えに出た。客間に通そうとするのを柔らかく制して、角馬は庭に廻った。

清兵衛の所でも牡丹《ぼたん》を植えていた。それも白の牡丹であるという。花時を過ぎて花は見られなかったが、丹精の様子が察せられる。

清兵衛は角馬の訪問の理由を訝《いぶか》しむような顔をしていた。

「もう少し早《はよ》う来るんだった。さすれば、お前の所の白牡丹が見物できたものを」

「手前の所の牡丹など、色が白いだけで何んの取り柄もございませんが。ご城下の深尾様のお屋敷の牡丹は、それはそれは見事だと噂がここまで聞こえとりますがよ」

「……」

あばら家と化した家を、お屋敷と持ち上げる清兵衛の言葉が面映《おもはゆ》い。角馬は皮肉な笑みを洩らした。

「深尾　紅《くれない》っちゅう名で呼ばれておるそうで」

「なに、人が勝手に呼ぶんだが。正式の名称は天光《てんこう》と言う。他に玉光《ぎょっこう》と名をつけたもんもある。紅の色が微妙に違うけ」

「ご家老様がご所望されても差し上げなかったそうで。荒尾様のご家来衆が苦笑しとりました」

「そがいなことまで知っとるのか、こりゃ、たまらんのう」

角馬はその時だけ、おどけた表情で応えた。

清兵衛は時々、角馬の恰好《かっこう》へさり気ない視線をくれた。ここ何年も着物を新調したことのない角馬である。村廻りの時のぶっさき羽織は色が褪《さ》め、所々、ほころびもある。たっつけ袴《ばかま》は父から譲られたのを縫い直して穿《は》いているが、尻《しり》と膝《ひざ》の部分は生地が薄くなっていた。反対に清兵衛は身を構うことに熱心であった。

村長《むらおさ》の立場の清兵衛は仕事柄、鳥取藩の役人とも面識があり、たまさか、酒肴《しゅこう》の接待もする。あまり見苦しい恰好はできないと考えている。しかし、立場上、清兵衛にとって角馬は昔の言葉で言えば地頭に当たる人間だった。礼は尽くさなければならない。

「ところで、本日はちいと折り入って話があって来たんだが……」

角馬は埒《らち》もない世間話の後で改まった顔になった。

「はてさて、どがいなお話でござりましょう」

清兵衛も居ずまいを正した。内心では知行場所から穫《と》れる米を、幾らか水増しせよと言われるのかと思ったのかも知れない。あるいは賄賂《まいない》のことかと。

だが角馬はそのどちらでもないことを喋《しゃべ》った。

「お前の所に倅がおったな。たしか長右衛門とかいう……」

「は、はい。長右衛門は手前の次男にござります」

「その息子にの……」

角馬はそこで言葉を切り、渋茶をぐびっと啜《すす》った。清兵衛は大慌《おおあわ》てで這《は》いつくばった。

「申し訳ねェことです。平にご容赦のほどを」

清兵衛の耳にも、ふきと長右衛門の噂が聞こえないはずはない。清兵衛は俄《にわ》かに畏《おそ》れ入った様子である。

「手を上げよ。わしはお前を責めに来たのではないが」

角馬は穏やかに言った。

「それではさっそく、倅にお嬢様へ近づくことならんと釘《くぎ》を刺しますけ、どうぞ深尾様、この度のことはお許しなさってつかんせえ」

「そっでも、こう村中の噂になったら、どうもこうもないが。お前の倅は男だけえ、まだええが、わしのとこの娘は一応、女だけ、色々と差し障《さわ》りがあるがよ」

「深尾様、どがいしたらお気が済みますかな。倅に詫《わ》びに伺わせたらええですかな」

「それには及ばぬ。ものは相談じゃが、一つ、わしの娘を嫁にしてくれんかな」

そう言った途端、角馬の腋《わき》の下に大量の汗が湧《わ》いた。清兵衛はしばらく返事をしなかった。角馬はその表情に不満の色を見た。

十七

茜色《あかねいろ》の夕陽が眩《まぶ》しい。夕陽は清兵衛《せいべえ》の家の後ろに垂直に落ちるような気がした。

つと振り返ると、清兵衛がそしらぬ顔で障子を閉めるところだった。角馬は清兵衛が二つ返事でふきのことを承知するものと思っていた。痩《や》せても枯れても、武家の娘を嫁に迎えるのは家の誉《ほま》れ。よもや拒否するとは微塵《みじん》も考えなかった。だが、清兵衛は拒否した。身分の違いを逆手《さかて》に取って。

「滅相もございませんが。深尾様のお嬢様はお武家、手前どもの倅《せがれ》は末《すえ》の百姓ですけ。たとい、深尾様が構わぬとおっしゃいましても畏《おそ》れ多くて、お受けする訳にはいけんですけ」

「………」

「倅とお嬢様のことが噂《うわさ》になっとるのは手前も知っとります。だけ、噂はあくまでも噂だが。倅が戻ったら、じっくり話を訊《き》いて、もうお嬢様に近づいたらいけんと、きつう言うて聞かせますけえ」

清兵衛は、あくまでも下手《したて》に出て話をしていたが、実は、この縁談は不承知であると、はっきりその顔に書いてあった。暮らしが立ちゆかずに在郷《ざいごう》入りした貧乏侍の娘など、わが家の嫁に迎えることはできん。しかも、身持ちが堅い娘ならいざ知らず、陽の目のある内から、男といちゃついてる娘など、先は知れたものだと。角馬には清兵衛の言外の言葉が聞こえていた。

角馬はもう何も喋《しゃべ》らなかった。黙って腰を上げた。清兵衛が安堵《あんど》の表情をしたのがわかった。

勾配《こうばい》のきつい道を下りながら角馬が考えたことは、不義をした娘を手討ちにすることだった。その上で長右衛門《ちょうえもん》を手討ちにするならば、武士の面目は立つ。清兵衛に対する怒りは熱い塊《かたまり》となって角馬の胸を焦《こ》がした。

だが、畦道《あぜみち》に下りた時、角馬は不意にふきの声を聞《き》いたと思った。

――お父様、後生だけえ、うちを斬らんといて。

まるで、後ろにふきが立って叫んだように角馬の耳に生々しく響いた。

わしは……わしの刀は血を分けた娘を手討ちにするためにあるものか。そう考えると、俄《にわ》かに理不尽な思いに駆り立てられた。

角馬は家路を辿《たど》りながら、先刻までの考えを振り払った。武士の娘たる者、百姓と通じて親の手に掛かったと世間に言われては、ふきはもとより、角馬が屍《かばね》になっても消えない恥辱《ちじょく》であろう。

清兵衛は恐らく、角馬がふきの縁談を持ち込んだ話は他人に口外しないだろう。口外すれば、どうしてふきを嫁にしないのかと詰《なじ》られるのが関の山だ。長右衛門の親として責任を取らなかったことは清兵衛の面目にも関わる。清兵衛は決して口外しない。角馬は確信した。

さすれば、ふきと長右衛門のことは、しばらく知らぬ振りをしておき、しかるべき機会に長右衛門を討ち捨てる。そう角馬は決心した。角馬の知行場所の百姓なれば、清兵衛の言によれば末の百姓なれば、娘との不義の理由ではなく、慮外者《りょがいもの》として成敗するのだ。

それが、この一件で角馬が下した結論だった。

「旦那《だんな》様、奥《おく》の家《や》は何んと言っとりましたか」

家に戻ると、七右衛門《しちえもん》が待ち兼ねていたように訊いた。

「ふむ」

角馬は寄りつきの板の間に腰を掛け、草鞋《わらじ》を外しながら、何事もない顔で応《こた》えた。

「噂は噂に過ぎんということだった」

「旦那様はそれで納得されたんかな」

「向こうにそう言われては返す言葉もないがよ」

「そらそうですが、奥の家は、あまりにあっさりと言いますなあ。倅のことを棚に上げて、お嬢様のことは知らん振りする魂胆でしょうかな」

七右衛門は怒りに声を震わせた。

「七右衛門、もう言うな。ただし、清兵衛の倅がやって来ても敷居をまたがせたらいけんぞ」

「そりゃもう。旦那様に言われるまでもなく、おらが承知しませんて」

「それから、ふきを家から出すな」

「……」

七右衛門が黙ったのは、それが難しいことだと思ったせいだろう。犬のようにふきの首を括《くく》りつけて置く訳にもいかない。

「ふきはどこにおるが」

角馬は突然、ふきの所在が気になった。

「あやの所だと思いますけど」

七右衛門は低い声で応えた。

「あのおなごも感心せん！」

角馬は声を荒らげた。それまで堪《こら》えていたものが家に戻って弾《はじ》けたという感じだった。

「だけ、旦那様、村には、お嬢様の友達は他におらんですけ。あやともつき合うなと言うのは酷ですがよ」

七右衛門は精一杯、ふきの肩を持つ。その姿は袋町の家に奉公していた女中のお熊《くま》と重なった。そうだった。城下に戻った時、お熊の所へ顔を出し、ふきのこれからのことを相談するべきだった。角馬は今更詮《せん》のないことを悔やんだ。

その時、下峰寺《しもみねでら》の鐘が暮六つを知らせた。

十八

「ふきさんのお父《と》っ様は長右衛門《ちようえもん》さんのこと、どがいに言うとったが？」

縁側で煎《い》り豆を噛《か》みながら、あやが訊《き》いた。

夕方近く、草取りをしているあやの所へ迎えに行き、一緒にあやの家に戻って来た。手足を洗い、着物の裾《すそ》を下ろしたあやは、ふきを縁側に促し、戸棚から煎り豆を出してふきに勧めた。晩飯までの空《す》きっ腹を、それで抑えようというつもりなのだ。

「何んも言うとらん」

ふきは味もそっけもない煎り豆を口に放り込み、つまらなそうに応《こた》えた。

「一つもか？」

「会ってはいけんと言うただけだが」

「長右衛門さんも親父様《おやじ》にふきさんと会うなと釘《くぎ》を刺されたんだが」

その話は治右衛門《じえもん》から聞いたのだろうと、ふきは思った。

「うらはな、ちぃと、おとろしいことを考えとっただがよ」

あやは僅《わず》かに声を低めて言った。

「どがいなことよ」

「ふきさんのお父っ様はやっとうの師匠だけ、もしかして、長右衛門さんを斬《き》るんじゃなかろうかってな」

「……」

「な、そう考えても不思議はないだろ？」

「長右衛門さんより、うちが先にお父様に斬られてしまうけえ……」

ふきは独り言のように言った。あやは気の毒そうな顔で、そんなふきを見つめた。

「幾ら怖いてて親がおっても、惚《ほ》れる気持ちは止められんが」

あやは開き直って言う。

相槌《あいづち》を打ったふきだったが、胸には不安な気持ちが拡《ひろ》がっていた。角馬の怒りを恐れて長右衛門はふきの前に姿を見せなくなった。

角馬が長右衛門に対し苦言を呈した様子でもある。長右衛門もしばらくは身を慎しむつもりなのだろう。だが、これで二人の仲が終わってしまうのかと思えば、ふきの胸はきりきりと痛んだ。

あやはふきの胸中を知ってか知らずか、無心に煎り豆を頬張る。

「豆が好きじゃねえ」

ふきは薄く笑って言った。あやはそう言われて照れたような顔になった。

「郡家《こおげ》にはな、嫁に来る時は渋紙と箒《ほうき》を持って来い、ちゅう言い伝えがあったんよ」

「どういう訳で？」

ふきは怪訝《けげん》な顔であやに訊く。

「ここは今でこそ川から水を引いて田圃《たんぼ》を作っとるが、昔は水が乏しくてな、米の代わりに粟《あわ》や稗《ひえ》や豆を拵《こしら》えておったただが。そって、飯も粟が普通だった。粟の飯はぽろぽろこぼれるけ、渋紙と箒が要るんよ」

「冗談みたいな話だが」

「冗談ではないけ。うらの子供の頃までそうだった。うらは粟飯がごっつい嫌いでの、そって、煎り豆ばかり喰っとった。子供の頃の癖はなかなか直らん。喰っても大してうまくないが、腹が空くことを考えたら心配で、よう手放せんわ」

「治右衛門さんは煎り豆みたいなもんか?」

ふきは悪戯《いたずら》っぽい眼になって訊いた。

「何言うだ」

あやは笑い飛ばしたが、すぐに真顔になった。

「ふきさんは長右衛門さんのことで悩んどるが、うらにも、ちぃと気掛かりがあるんよ」

「何?」

ふきは、くっと首を伸ばした。

「治右衛門さんの女房が悋気《りんき》（嫉妬《しっと》）するんは平気だが、親父様がごちゃごちゃ言いよるんが閉口する」

「治右衛門さんとつき合うなって?」

そう訊くと、あやは力なく首を振った。

「親父様は五年前に女房を亡《な》くしてやもめでいるんよ。そっで……」

俯《うつむ》いたあやを見て、ふきは首筋の辺りに悪寒《おかん》を覚えた。あやの言いたいことはわかった。

清兵衛《せいべえ》は女房持ちの治右衛門より、自分を相手にしろと、あやに迫っているらしい。

「まあ、男は幾つになっても男だと思うが、それにしても息子とええ仲だったおなごを何んとかしようという了簡《りょうけん》はどうかと思うがよ。うらはそこまで捌《さば》けたおなごではないが」

　あやは苦々しい顔で言う。

「そうだねえ」

　ふきの声も低くなった。

「治右衛門さんには惚れちょるが、親父様は好かんがよ。あちら立てれば、こちらが立たん。うまくいかんもんじゃ。だけ、うらは治右衛門さんと所帯を持つ気ィはないけ、うっちゃっとっても構わんが、ふきさんはそうもいかんなあ」

「うちもご同様じゃけ。奥《おく》の家《や》の親父様は長右衛門さんに、うちと会うのはいけんと言ったろうが。うちが奥の家に輿入《こしい》れすることには反対ちゅうことだが」

「ふきさんのお父っ様は奥の家に比べてええよ。やっぱり、やっとうの師匠だな。どとのう品がある。いやらしいところはちょっとも見せん」

　あやは大袈裟《おおげさ》なほど角馬を持ち上げた。

　褒められてふきはこそばゆい気持ちになったが、同時に疑問も湧《わ》いた。これまでの角馬であの角馬が長右衛門と自分に対し、あまりに冷静であることだった。これまでの角馬だったら、頭に血を昇らせて短い刀に手をやっただろう。もちろん、それは止める人間がいてこその話である。以前は女中のお熊《くま》がその役だった。今はさしずめ、七右衛門《しちえもん》だ

えていただけに拍子抜けした。

だが、角馬は長右衛門との逢瀬《おうせ》を禁じただけで、後は何も言わなかった。ふきは身構えていただけに拍子抜けした。

するると、角馬の沈黙が不気味に思えてくる。

瓜茄子《うりなす》のごとく人を斬ると言われた角馬ならば、長右衛門はとっくに成敗されてしかるべきである。

何んだろう、何があるのだろう。ふきは不安が募った。

「治右衛門さんを通して長右衛門さんに繋《つな》ぎをつけよか？」

あやは気《き》を利かせて言う。

「構わんといて。なるようにしかならん」

ふきは突き放すような言い方をした。あやは首を竦《すく》め、煎り豆を勢いよく口に放り込んだ。

夏を迎えた郡家は田圃の温気《うんき》が首筋に汗をもたらす。稲はもうすぐ黄金色に実る。周りの山々も紅《くれない》に染まる。燃えるような紅葉の様を想像した時、なぜかふきの脳裏には牡丹《ぼたん》の紅が甦《よみがえ》っていた。深尾紅が——。

深尾紅の紅は血の色に似ていた。それも角馬に斬られた者の身体《からだ》からほとばしる鮮血に感じられてならない。

　ふと、清兵衛の首が飛び、そこから大量の血が流れる図が浮かんだのは、ふきの願望だったのだろうか。

　ふきは、あやの家を出ると、様々な思いに捉《とら》えられながら、自分の家に足を向けていた。

　ふきの家の裏手から、夕餉《ゆうげ》の仕度をするための白い煙が上がっていた。七右衛門が魚でも焼いているのだろう。口もひん曲がりそうな塩鯖《さば》だろうか。それともあご（飛び魚）か。

　少し手伝いをせねばと急ぎ足になった瞬間、ふきの腕が強い力で摑《つか》まれ、そのまま納《な》屋《や》の陰に引っ張られた。

　声を上げる間もなく、ふきの唇が塞《ふさ》がれた。

「煎り豆、喰うたんか」

　くぐもった長右衛門の声が聞こえた。こんなことをしても仕方ないが、と思いつつ、ふきは身じろぎもせず、長右衛門に口を吸われ続けていた。

十九

若桜《わかさ》街道は鳥取城の江崎《えざき》の惣門《そうもん》から袋川に架《か》かる若桜橋を渡り、吉方《よしかた》へ続いている街道である。別名、播州《ばんしゅう》街道とも呼ばれるのは、城下から吉方、三本松坂《さんぼんまつざか》、安井宿《やすいしゅく》、若桜、戸倉《とくら》峠を経て播磨《はりま》に通じているからだ。

若桜街道は主に上方への脇《わき》街道として利用されていて、播磨の国境まで僅《わず》か十里三十三町十三間（約四十三キロ）であった。

八東郡隼郡家《はっとうぐんはやぶさこおげ》はこの若桜街道の沿道にある集落だが、村の者がたまさか城下を訪れる時、若桜橋を渡ることは稀《まれ》だった。いや、おおかたの旅人も郡家の村人と同じで若桜橋を渡って城下に入ることは少なかっただろう。大抵の人々は吉方に来ると、若桜橋のずっと西にある一本橋をわたり、大工《だいく》町筋《まちすじ》から城下に入った。帰りも一本橋を渡る。

だから城下と在郷の分岐点は一本橋と言っても過言ではない。

寛文《かんぶん》十年（一六七〇）頃までは木を渡しただけの本当の一本橋だったが、以後、土橋となった。

一本橋の手前の吉方は城下に一番近い所なので、茶屋や商家に混じり、武家屋敷もかなり目につく。在所には珍しく賑《にぎ》やかさも感じられた。吉方を過ぎると、景色は一変して田圃《たんぼ》ばかりである。街道も田圃の中を通っている。

雲山《くもやま》から街道の幅が狭まり、大路《おおろ》、紙子谷《かごだに》、香取《かとり》を経て三本松坂に至る。三本松坂は文字通り三本の松が植えられている坂である。

郡境の目印でもあった。八町（約八百七十メートル）ほどの坂の上には茶店があった。隼郡家はそこからさらに南にある集落だった。

城下と、たかだか二里半（十キロ）しか離れていないので、その気になれば日帰りも可能な所である。

郡家に住まいを移した深尾角馬が滅多に城下へ戻らなかったのは、務め柄というより、己れを律する規矩《きく》の性格のゆえであろう。

一旦《いったん》、城下から退出したなら未練たらしく、ちょくちょく戻るべきではない。角馬はそのように考えていた。

郡家は水の乏しい土地であったので、以前は畑作中心であった。粟飯《あわめし》村と陰口を叩《たた》かれていたのは、米よりも粟が常食であったからだ。この頃は見槻《みづき》川から筧《かけい》を渡して田圃に水を引いているので米も作れるようになった。

稲刈りが終われば、角馬の知行場所から収穫した米が村長《むらおさ》の清兵衛《せいべえ》を介して届く。

家で家族が食べる分を除き、後は金に換える。それは角馬の禄となった。今年の稲はまずまずの実入りで、郡家の人々の間にも安堵《あんど》の表情があった。

のどかなこの村を震撼《しんかん》させる事件は天和《てんな》二年（一六八二）のこの年に起こった。それは後年、鳥取藩史にも記されることになったものである。

二十

ふきは角馬が以前のように頻繁に小言を言わなくなったことを怪訝《けげん》に思っていた。長右衛門《ちょうえもん》も父親の清兵衛《せいべえ》からふきと会うなと釘《くぎ》を刺されているようだが、それでも父親の眼を盗んではふきに会いに来た。

ふきは角馬を恐れながらも逢瀬《おうせ》をやめることはできなかった。

この頃の長右衛門は大胆になり、角馬が在宅の時でも、こっそりとふきの部屋に忍んで来る。がらりと障子を開けて、そこにふきと長右衛門のあられもない姿を目にしたら、角馬は間違いなくふきを手討ちにしただろう。

だが、角馬は知ってか知らずか黙ったままだった。ふきは、角馬の沈黙の理由を訝《いぶか》りながらも、相変わらず長右衛門との逢瀬に胸を躍らせていた。

だが、ある日、角馬はとうとう長右衛門のことで口を開いた。

差し向かいで晩飯を摂《と》っている時のことだった。下男の七右衛門《しちえもん》は台所の板の間で食事をする。食事が済むと納屋《なや》の隣りに設《しつら》えてある自分の塒《ねぐら》に戻る。夜は角馬とふきの二人だけだった。

「奥《おく》の家《や》の次男坊は吉方《よしかた》から嫁が来るそうだが」

独り言のように言った角馬に、ふきの箸《はし》が止まった。その話は初耳だった。昨夜も長右衛門はふきの耳許《みみもと》に甘い言葉を囁《ささや》いていたから、角馬の話は俄《にわ》かに信じられなかった。

「世間体が悪いことだけ、もう会《お》うてはならん」

角馬は静かな声で続けた。

「胸倉摑《つか》んで、どうしてくれるいう修羅場を見せたらいけんぞ」

角馬はふきの胸の内を察しているかのように言う。

「その話は本当のことなんか、お父様」

ふきは涙を堪《こら》えて訊《き》いた。

「ああ、本当だ。もはや、村中で知らん者はおらん」

その拍子に、ふきの眼から涙がはらりと落ちた。

「長右衛門さんは、そがいなこと、一つも言うとらんかったが」

「そら、お前に面と向かっては、よう言えん。親父《おやじ》を説得するほどの器量もない男だけ……」

角馬は苦々しい口調で言った。ふきは突然知らされた事実に動揺を隠し切れなかった。

「だが、もう仕舞いだが。嫁の決まった男を追いかけてもしゃあないことだけえ、ここは辛《つら》くても了簡《りようけん》せにゃならん。これ以上、恥の上塗りはするな」

「はい……」

ふきは応《こた》えるのが精一杯だった。これからどうしたらいいのか、途方に暮れる思いがした。

「奴《やつ》の祝言《しゆうげん》は、恐らく稲刈りの後になるだろう。お前がそれを指くわえて眺めておるのは、さぞかし切ないことだろうが。そっで、しばらく四方左衛門《よもざえもん》の所に行くいうのはどがいかな」

思わぬ角馬の提案に、ふきは驚いて顔を上げた。

——わしは心底、ふきに惚《ほ》れとるけ。

鼻に掛かったような長右衛門の声が不意に甦《よみがえ》った。甘い言葉を囁いた男が自分ではない別の女を嫁に迎えるという。信じたくなかった。会って真実を確かめたい。だが、その後で自分が冷静を保っていられるかどうかは自信がなかった。長右衛門を問い詰める醜態《しゆうたい》だけは晒《さら》すなと、角馬は念を押したではないか。

「ええんですか」

　ふきは胸の痛みを堪えて訊き返した。

「稲の刈り入れが終わったら、少しは懐《ふところ》に余裕もできるで、それぐらいしてもええと思うとるが。たまにご城下の風に吹かれて来いや」

　角馬は朗らかに言った。そうだ、自分は郡家《こおげ》から離れる必要があると、ふきも思う。長右衛門と距離を置くことで、失恋の痛手を癒《いや》すのだ。今の自分にはそれしか方法がない。

「袋町の家に泊まりたいんだが。お熊《くま》の家にも近いし」

　ふきは、わざと張り切った声を上げた。

「あそこにはもう、よう泊まれん。あばら家になっとるけ。それにお前一人では物騒だが」

　だが、角馬は沈んだ声で応えた。だから、無人にせず、人に貸したらよかったのに、ふきは胸の中で呟《つぶや》いた。

「そっでも、あの家はうちが生まれた所だけ。牡丹《ぼたん》もあるし」

たとい、あばら家でも、ふきにとっては懐《なつ》かしい家だ。城下に戻ったら、行かずにはいられないと思う。

「牡丹か……」

角馬はその時だけ夢見るような眼になった。

「今年もきれいに咲いたことでしょうな。お父様は春にご城下に行きんさった時、見て来たでしょうが？」

「ああ」

「やはり、深尾紅《くれない》が一番かな」

「そうだ……前より株が増えた気がした。四方左衛門も牡丹だけは、よう咲くと感心しておったが。畳もすべて駄目になって、家の中はまるで落とし穴だらけのようだが」

角馬は苦笑混じりに言った。

「まだ、ご家老様には牡丹の株を差し上げる気ィにならんのかな」

ふきは、ふと思いついて訊いた。

家老、荒尾《あらお》志摩守《しまのかみ》は角馬の牡丹に執心していた。しかし、角馬は人に追従《ついしょう》と取られることを嫌ってその申し出を拒否していた。

「ああ、まだじゃ。わしが死んだら株を掘りなされと言うておいた」

「お父様は相変わらず意地っ張りだけ」

ふきはようやく笑顔を見せた。

「なあ、ふきよ。わしも五十を過ぎたけ、お前はいつまでもわしをあてにするな」

「………」

「わしがおらんでも、ちゃんと生きてゆけるか？」

「わからんで。そがいなこと考えたこともないけ」

「そっでも、父親は娘より先に逝《い》くもんだが」

「縁起でもないよ」

「真面目《まじめ》に聞け。わしが死んだら本浄寺《ほんじょうじ》に葬《ほうむ》ってくれ。その前にわしがあそこの住職に永代供養《くよう》を頼んでおくけえの」

そう言った角馬を、ふきはまじまじと見た。

「お父様は何か胸騒ぎでも覚えとるんか」

「そうじゃないが。お前は兄弟もおらんし、後のことは一人でせにゃいけんで、それがごっつい不憫《ふびん》だと思うがよ」

「心配いらん。そん時はそん時だが。石河《いしこ》のおじさんもおるし、他にお弟子さんもぎょうさんおるけ」

「そうか……」

言いながら角馬はしみじみとした眼でふきを見つめた。ふきは不思議な心地がした。今まで父親からそんな眼で見つめられたことはなかったからだ。

「何？」

「いいや……ふきも大人になったもんだと思うただけだが」

「いまさら何言うがよ」

ふきは照れたような顔で応えた。

「母親もおらんし、お前には、ごっつい寂しい思いをさせたで、すまん気持ちでおる」

「……」

「そっでも、ようここまで大きゅうなった」

「今日のお父様は、ちいとおかしいがよ。何んぞあったんかね」

ふきは茶の道具を引き寄せながら訊いた。

「年のせいかいな、昔のことや、これからのことが、やけに気になるんだが」

「世の中、なるようにしかならん。さっきも言うただろうが」

「そりゃそうだが……」

ふきは茶を淹《い》れた湯呑《ゆのみ》を角馬の前に差し出した。香りも大してない屑《くず》茶であるが白湯《さゆ》を飲むよりましだ。郡家に来た頃の角馬は白湯しか飲まなかった。先行きどうなるかわからないので、できるだけ切り詰められる物は切り詰めようという考えだったのだろう。大蔵殿《おおくらどの》の覚えめでたい角馬であったが、在郷入《ざいごうい》りについては、たって引き留められる様子はなかった。

それだけ藩にも余裕がないとは思ったが、ふきは内心で大蔵殿が恨めしかった。ふと、家老、荒尾志摩守に牡丹の株を進呈していたら、あるいは何ん等かの引き立てがあったのではなかろうかとも思う。しかし、それを口にすれば、侍がそのような汚い真似《まね》ができるかと、眼を吊《つ》り上げて角馬は怒るだろう。袋町の家さえ人に貸そうとしないぐらいだから、角馬の怒りは容易に察せられた。ふきはやはり、そのことは口にしなかった。

「四方左衛門に手紙を書かんならんのう」

角馬は独り言のように言う。

「おじさんの所にいつまでおったらええの？」

「そうじゃのう、長右衛門の方《かた》がつくまででええじゃろう」

「長右衛門さんの祝言は稲の刈り入れが済んだ後になると言いんさったが、そんなに長くおったらお父様が不自由するでしょうが」

「なあに、わしのことは心配いらん。それより四方左衛門の所におったら、お前は幾らかでも気が紛れるだろう」

ふきは父親の気持ちが心底ありがたかった。

「堪忍《かんにん》してつかんせえ、お父様」

ふきは涙をこぼして角馬に頭を下げた。

二十一

ふきは郡家《こおげ》を離れるにあたり、しばしの別れを告げるため、親しくしていたあやの家に向かった。

七右衛門《しちえもん》が城下の四方左衛門《よもざえもん》の家に手紙を届け、いつでもお越し下さいと、色よい返事があって間もなくのことだった。

あれから、長右衛門《ちょうえもん》はふきの前に姿を現そうとしなかった。やはり、嫁を迎えるのは本当のことなのだ。ふきは胸を錐《きり》で突かれるような未練に苦しめられていた。

郡家の村は稲の刈り入れが始まった。すでに刈り入れが終わった田圃《たんぼ》は中央に稲藁《いねわら》が小山をなしている。

あやも稲刈りで忙しくしていることだろうと、しばらく遊びに行くことは控えていたのだ。

ちょうど、あやが田圃から戻る時刻を見計らって、ふきは出かけた。

嫂《あによめ》は笑顔でふきを迎えた。

嫂に呼ばれて表に現れたあやは野良着《のらぎ》ではなく、黒八《くろはち》を襟《えり》に掛けた木綿縞《もめんじま》の着物姿だった。

「あれ、もはや着替えを済ませたんか。そんなら、もう少し早《はよ》うに来るんだった」

ふきは驚いた声で言った。

「なあに。この頃は家の手伝いをせんでええけ、呑気《のんき》にしとるだが。そっでも、うらはこれから出かけにゃならんけ、せっかく来て貰《もら》ったが、話をしとる時間がないだが」

あやはすまない顔でふきに応《こた》えた。

「気にせんでもええよ。うちはしばらく郡家を留守にするけ、それを言いに来ただけだが」

「ふきさん、どこへ行きんさるだ？」

あやは途端に心細い表情になった。

「うん、ご城下の親戚《しんせき》の所だが。お父様が行けと言いんさるけえ」

「それはあれか、長右衛門さんのせいでか？」

「あやさんは長右衛門さんが祝言《しゅうげん》するのを知っとったんだろ？」

そう訊《き》くと、あやはつかの間、黙った。

「隠さんでもええよ。うちはお父様から聞かされただが。みっともないけ、郡家におっちゃいけんって言われたんだが」

「そうか……」

あやは何か思案するようにふきの視線を避け、嫂が丹精しているという竜胆《りんどう》や桔梗《ききょう》の花に眼を向けた。濃紫《こむらさき》、薄紫の花々は深まる秋を伝えている。ふきは袋町の家の庭をふと思い出した。牡丹《ぼたん》に占領されているが、竜胆や桔梗の花も咲いていた。

死んだ母親は大輪の牡丹よりも、小さな花が好きだったと、角馬の弟子の岩坪勘太夫《いわつぼかんだゆう》が言っていた。

「ふきさんは長右衛門さんを恨んどるだろうね」

あやは短い吐息をついてから口を開いた。

「そがいなこと……」

何んでもありゃせん、というつもりが、鼻の奥がつんと痛んで後の言葉は続かなかった。

「わかっとるけ、ふきさんの気持ちは。長右衛門さんも、ふきさんには心底惚《ほ》れておったけ。だが、親父様《おやじ》の言葉にゃ逆らえん」

「……」

「ふきさんのお父《と》っ様は奥《おく》の家《や》に、ふきさんを嫁にしてくれと頭を下げに行ったんだが。そっでも親父様はお武家の娘はよう嫁にせんと断ったらしい」

ふきは驚いてあやの口許《くちもと》を見つめた。角馬はそんなことを毛筋《けすじ》も洩《も》らしはしなかった。

うそではないかと内心で思った。

「そっでも、それは親父様の方便だと、うらは思うがよ」

あやは皮肉な顔で続けた。

「うちは行儀もなっとらんし、台所仕事も縫い物もようできん。奥の家の親父様が不服を覚えるんも無理ないわ」

ふきは俯《うつむ》きがちになって言う。

「そういう理由ではないが」

あやはいらいらして、竜胆の花を一つ毟《むし》り取ると掌《て》の中で押し潰《つぶ》した。あやの掌の中の竜胆が、ふきは自分のように思えた。胸に痛みを覚えた。

「ふきさん、怒らんと聞いてくれんかな」

あやはふきを上目遣いに見ながら言う。

「怒らんよ。言うてみてみ」

「……侍は百姓より身分は上だし、ふきさんのお父っ様は奥の家から見たら知行取りの親方様だが。だけど、暮らしぶりはどがいかな。奥の家はふきさんの所より何倍も贅沢《ぜいたく》だろうが」

「あやさん、何が言いたいんか？　回りくどいこと言わんと、はっきり言うてつかんせえよ」

ふきはあやの言葉を急《せ》かした。

「だけ……ふきさんを嫁にするには、深尾様のお家が不服なんよ」

耳を疑うあやの言葉だった。あやを恨んではいけないと思いつつも、ふきの怒りに燃えた眼はあやを睨《にら》んでいた。

「奥の家の親父様が言うたんか」

「……」

「はっきりそう言うたんか」

ふきの眼に気圧《けお》されて、あやは肯《うなず》くだけが精一杯であった。

「奥の家の親父様はうちのお父様に、そんなことを匂《にお》わせたんか」

「まさか。丁重にお断りしたと言うとっただけだが」

「あやさん、後生だけえ、その話は間違ってもお父様の耳に入れんでつかあさいよ」

「わかっとるが。口が裂けてもよう言わん。そっでも、もしもお父っ様に知れたら、どがいな目に遭うんじゃろうか」

あやは僅《わず》かに青い顔になって訊く。

「大変なことになるよ。うちのお父様は人に馬鹿《ばか》にされるんが何より嫌いだけえ」

「わ、わかった。肝に銘じておくけえ」

「それじゃ、お邪魔様。あやさん、寂しゅうなるけど、元気でおってな。戻って来たら、また、話、しような」

「うん、ふきさんも道中、気ィつけてな」

「ありがとう」

ふきはあやに頭を下げて踵《きびす》を返した。

そうか、清兵衛《せいべえ》と角馬の間に、そんな話があったのかと、ふきは思った。清兵衛は丁重に断ったと言ったそうだが、角馬はその言葉をどんなふうに取ったのだろうか。

この何日かの角馬の静かな様子も気になる。

ふきに四方左衛門の所へ行けと言ったのは、世間体だけのことか。ふきは悪い予感に脅《おび》えた。

田圃の畦道《あぜみち》で、ふきは危うく人とぶつかりそうになった。はっとして顔を上げると、目の前に清兵衛が立っていた。

清兵衛は羽織姿で、どこかへ行く途中であった。

「ぼんやりしとったけえ、堪忍《かんにん》してつかんせえ」

ふきは慌《あわ》てて謝った。

「いやいや、物思いに耽《ふけ》っとったんですかな。こっちこそ、すまんことでした。お蔭様《かげさま》で、うちの長右衛門にも、ようやく嫁が来ることになりましてよ。お嬢様には色々お世話になりましたなあ。もう、ご心配はいらんですけえ」

清兵衛は、しゃらりと言ってのける。ふきは清兵衛に対して何も応えられなかった。顔さえ、まともに見られなかった。ふきはそそくさと頭を下げ、急ぎ足でその場を離れた。

清兵衛の機嫌のいい笑い声が背中から聞こえた。

（お父様にひどい目に遭うがええ）

あやに言った言葉とは裏腹に、ふきは胸で呟《つぶや》いた。少し経《た》って、ふきはそっと振り返った。清兵衛は背中を丸めた恰好《かっこう》で歩いている。

その内、清兵衛はあやの家のある小道へ、つと曲がった。

ふきは妙な心持ちがしていた。清兵衛はあやの所へ行ったのではないだろうか。あやは稲刈りをしなくていいようなことを言っていた。それは清兵衛の庇護《ひご》を受けているからではないのか。

ふきは今来た道を戻った。確かめずにはいられなかった。

ふきは、隣りの家の物陰にそっと身を忍ばせた。果たして、清兵衛が朗らかに嫂の言葉に応える声がした。嫂は清兵衛に「行って来なんせえ」と言ったのだ。ほどなく、ふきの眼に清兵衛とあやが肩を並べて歩く姿が映った。ふきの胸は激しく動悸《どうき》を打っていた。

――さっき、ふきさんが来たんですが。うらは旦那《だんな》さんと鉢合わせするかと、気が気でなかったんよ。

――わしもそこで会《お》うた。長右衛門に嫁が来るって言うたら、あの娘、驚いたような顔をして逃げて行きよった。

――驚いたんじゃないだが。ふきさんは長右衛門さんのことは、とうに知っとるだけ。お父っ様から聞いたんだと。深尾のお父っ様は、さぞ肝の焼ける思いをしんさっとるがよ。旦那さん、くれぐれも気ィつけないけんで。

――なあに。ご城下ではやっとうの師匠だったか知れんが、所詮《しょせん》は喰い詰めて田舎に逃げ込んだ貧乏侍だが。何ができるもんか。

――そっでも……。

――あや、早う行こ。わし、腹が空《す》いとるだで。

清兵衛は呑気な声であやを急かした。二人は村に一軒だけある料理茶屋へ行くのだろう。

その見世はすべて予約で、主《あるじ》は客がない時は田圃に出ている。城下で板前をしていた男だと聞いていた。村に行事がある時の仕出し料理も、その見世が引き受けていた。

二人は食事をするためだけに、そこへ行くのではないだろう。ふきはあやに裏切られたような気持ちになった。

二人はふきに見られているなど微塵《みじん》も感じている様子はなく、先を進んで行く。清兵衛の腕があやの腰に回された。あやはぴしゃりとその手を叩《たた》いたが、口許には卑《いや》しい笑みが浮かんでいた。

二十二

石河四方左衛門《いしこよもざえもん》の所には七右衛門《しちえもん》が同行することになったが、角馬は一本橋まで見送ると、ふきに言った。どうせなら、四方左衛門の家まで一緒に行こうと勧めたが、そこまでの時間はないという。

もっとも、二、三日中に米が届くことになっているので、家を無人にしておくこともできない。七右衛門もふきを送り届けたら、すぐに郡家《こおげ》に戻るらしい。

七右衛門は四方左衛門の家に届ける土産の青物を担いでいるので、ひどく重そうだった。

ふきは出立《しゅったつ》の前夜、角馬から少し纏《まと》まった金を渡された。今まで持ったこともない額にふきは驚きを隠せなかった。

城下では何があるかわからんので、持っとれということだった。向こうに着いたら、四方左衛門の妻のふじに預けるようにと言った。

のぼせて無駄遣いせぬようにと言い添えることは忘れなかった。

「お父様は洗いざらいうちに寄こしたんじゃないんかな」

ふきは恐る恐る訊《き》くと、なあに、と角馬は言葉を濁した。

「わし一人なら、さほどに金はいらんがな。それより、向こうでいざという時に金がないのは心細いと思うての」

「本当にええんですか」

「ええんだ。ただし、無事にこっちに戻った時は返して貰《もら》うでな」

角馬は悪戯《いたずら》っぽい顔で笑った。

三人が街道筋を歩き出すと、道で出会った村人達は怪訝《けげん》そうに「どちらに行きんさるかな」と口々に言葉を掛けた。

「ご城下の親戚《しんせき》の家に娘を遊びに行かせるんですが」

角馬は如才なく応《こた》えた。

「そうですかいな。そら、ご苦労様なこって。お気をつけて行きんさい」

表向き、ねぎらいの言葉を言うが、通り過ぎると何やらふきの噂《うわさ》話をしている様子があった。ふきは身の置き所もない気持ちだった。

しかし、若桜《わかさ》街道を城下へ向かう内、ふきの気持ちは自然に弾《はず》んでいた。二年余りも郡家の鄙《ひな》びた景色ばかりを見てきたので、城下の華やぎは何よりの慰めだった。

吉方《よしかた》に入ると、往来の人の数もとみに多くなった。牛を引いている者もいれば、天秤《てんびん》棒《ぼう》を担いでいる物売りもいる。城下からどこぞへ旅をするのか、旅仕度の女が小女を伴って息杖《いきづえ》を突きながら道を急いでいる。擦れ違った瞬間、ふわりといい香りがした。ふきは城下の匂いを嗅《か》いだと思った。

藁葺《わらぶ》き屋根が四、五軒も固まって見えるようになり、道をゆるやかに曲がった時、土橋があった。下を流れる川は懐《なつ》かしい袋川だった。その流れに沿って東へ向かえば為登《いと》場《ば》があり、ふきの家もあるのだ。

「さあて、わしはここで郡家に戻るけえな」

角馬は一本橋の袂《たもと》でふきに言った。

「本当に、ちいとおじさんに顔を見せたらええのに」

ふきは角馬を引き留めて言う。

「顔を出したら、また話に花が咲いて遅うなるが。ふき、四方左衛門によろしゅう言うてくれ」

「はい……」

「その内、またゆっくり話をする機会もあるだろうってな」

「……」

「そんなら、わし、行くで」

角馬はあっさり言って、ふきに背を向けた。

「お父様！」

ふきは思わず、甲高い声を上げた。振り向いた角馬はふきに微笑《ほほえ》んだ。

「おとなしゅうするんだぞ。行儀悪うしたらいけんぞ」

半ば癇《かん》を立てて言ういつもの声と全く違っていた。ふきはその時、初めて角馬に父親の情を感じたと思った。

「なるべく早《はよ》う戻るけ、奥《おく》の家《や》のことが済んだら、手紙を送ってつかあさいよ」

ふきは叫ぶように言った。角馬はそれに応えるように右手を挙げた。それからすぐに踵《きびす》を返して、今来た道をまっしぐらに戻って行ったのだった。

二十三

土間に真新しい米俵が積み上げられている。

角馬の知行地から収穫した米を奥《おく》の家《や》の奉公人が牛に担《かつ》がせて届けたものだ。今年は野分《のわ》きにも遭わず、洪水の被害もなく、豊年だと村人の機嫌は特によかった。その後すぐに行なわれた長右衛門《ちょうえもん》の祝言《しゅうげん》は、ほとんど村人総出という態《てい》で、秋祭りよりも賑《にぎ》やかなものになった。

角馬は積み上げられた米俵の傍で、ひそかに手《て》の内木刀《うちぼくとう》を持って素振りした。それから腰に大小をたばさみ、片膝《かたひざ》を突いて刀を抜き、真横に払った。雖井蛙《せいあ》流平法、折敷胴《おりしきどう》。左胴を斬《き》る時は左膝を突き、右膝を立て、姿勢を低くしたまま斬り、右胴を斬る時はその逆で右膝を突き、左膝を立てて斬る。足を踏み換えると左右の連続技も可能だった。ただし、左胴を斬る時、脇差《わきざし》が邪魔になる嫌いがあった。左胴を斬る時、相手が無刀であることが条件ともなる。

角馬は左右の折敷胴の稽古《けいこ》を黙々と続けた。

角馬にとっては脇差の有無など、何ら問題ではなかった。

およそ半刻《はんとき》（一時間）ほどの稽古が済むと、角馬は庭に設えてある井戸へ向かい、汗を拭《ぬぐ》った。襦袢《じゅばん》、下帯《したおび》も新しい物に取り替え、衣服を調《ととの》えると、座敷に上がり、正座した。

角馬はそれから身じろぎもせず、戸口を凝視した。そこから現れるはずの客人を角馬は静かに待つ姿勢となった。

やがて、低く私語を交わす男達の声が聞こえたかと思うと、腰高障子に二つの影が映った。

「ごめんなさんせ。手前、治右衛門《じえもん》でございます。深尾様、おられますかな」

奥の家の長男の訪《おとな》う声がした。

「うむ。入れ」

角馬が応《こた》えると、遠慮がちに戸が開き、治右衛門は小腰を屈《かが》めて土間口に足を踏み入れた。後ろから長右衛門が風呂敷《ふろしき》包みを抱えて続く。二人は赤筋《あかすじ》入りの半纏《はんてん》を袷《あわせ》の上に羽織っていた。祭りや祝い事のある時、奥の家の家族と奉公人はその恰好《かっこう》となる。

「お蔭様《かげさま》で本年も無事に年貢《ねんぐ》米を納めることができましたんですわ。まことにありがたいことで御礼申し上げる次第にございます。本日は亥《い》の子《こ》祝いの日でございますけ、手前どもの所で拵《こしら》えました亥の子餅《もち》をお届けに参じました。ほんのお口汚しですまんことですが、ちいと召し上がってつかんせえ」

治右衛門はそう言って後ろの長右衛門を振り返った。長右衛門は角馬の視線が注がれると、少し気後れした表情になったが、手にしていた風呂敷包みを解き、中から黒い重箱を取り出して角馬の膝の前に差し出した。

二人はそれから土間に片膝を突いて低い姿勢を取った。それは表向き、武士に対する礼儀でもある。座敷の角馬は二人を見下ろす形になった。

陰暦十月の初めの亥の日は亥の子の祝いと言って、農村では広く行なわれる刈り上げ祝いの行事である。その日は亥の多産にあやかり、また万病を払うまじないとして小豆《あずき》を使った亥《いのしし》の子餅を食べるならわしだった。江戸でも亥の子餅を食べる習慣はあるが、おおかたの人々は、この日を火燵《こたつ》を出す日と覚えている。

郡家《こおげ》の亥の子餅はその年に穫《と》れた新米で拵えることになっていた。

角馬は重箱にしばらく視線を向けていたが、「お気遣いいただいて恐縮なことだが、時にこの亥の子餅は今年穫れた米で拵えたんかな」と、訊《き》いた。

「さようでございます」

治右衛門は半ば得意そうに応えた。郡家に居住する武家の家々に亥の子餅を配るのも相当な掛かりである。それだけでも奥の家の裕福さが偲《しの》ばれるというものだ。恐らく、奥の家は朝から奉公人総出で忙《いそが》しくしていたことだろう。

だが角馬は、二人が予想もつかなかったことを喋《しゃべ》った。

「ようもあのような悪米で亥の子餅を拵えることができたもんだ」

二人は絶句して顔を見合わせた。

「お納めした米にご不満がありましたようで」

治右衛門は恐る恐る言ったが、言葉つきに怒気が感じられた。

「さよう。あのような悪米を年貢米とするとは呆《あき》れたもんだが」

角馬は平然と続けた。長右衛門の顔はすでに蒼白《そうはく》となっている。それは言い掛かりだと治右衛門も長右衛門も承知していたが、角馬の前では、あからさまに反論することはできない。何んとなれば、角馬は知行場所の地頭であり、奥の家はその配下にある百姓だったからだ。

泣く子と地頭には勝てず、という諺《ことわざ》を果たして治右衛門は知っていたのだろうか。唇を歪《ゆが》め、必死で怒りを堪《こら》える治右衛門の声が震えて聞こえた。

「この米を悪米と仰せられては仕方がございませんなあ」

治右衛門は土間に積み上げられていた米俵に眼をやり、大きく息をついた。

「お納めした米は引き取らせていただきますけ。ただし、この悪米の他に納める米はありませんけえ、それでもええんですかな」

治右衛門は試すように訊いた。それではお前の所で食べる米はないぞ、それでもいいのか、ということである。言外に黙って与えられた米を受け取れ、と脅《おど》しが感じられる。

その瞬間、角馬の眼がぎらりと光った。

「ものの言いようを知らぬ百姓め。悪米を払い付けておきながら、それを悪米と呼び、他に納める米はないとは、語るに落ちたというもの。慮外千万《りよがいせんばん》なり！」

言い様《ざま》、腰の刀を抜き、右膝を立てて治右衛門の首を真横に払った。血しぶきが飛び、米俵に点々と赤いしみがついた。間髪を容《い》れず、角馬は膝を踏み換え、今度は逆に、腰を抜かして震えている長右衛門の首を刎《は》ねた。本来は胴を斬るためのものであるが、角馬が座して事を起こすには刀の位置がちょうど首になった。角馬はそれを綿密に計算していたことは言うまでもない。

角馬はすぐに袴《はかま》の股立《ももだ》ちを取り、襷掛《たすきが》けして家を飛び出した。刈り入れの終わった白茶けた田圃《たんぼ》の畦道《あぜみち》を角馬はまっしぐらに奥の家めざして走りに走った。

きつい勾配《こうばい》をものともせず、角馬は奥の家への道を駆け登る。鬼神《きじん》のごとき形相《ぎょうそう》の角馬に気づいた清兵衛《せいべえ》は俄《にわ》かに恐怖を覚え、慌《あわ》てふためいて隠れ場所を探した。庭で餅搗《つ》きをしていた奉公人達や近所の村人達も蜘蛛《くも》の子を散らすように四方八方に逃げる。

「清兵衛、出てこい！　慮外者め、成敗してくれるわ」

大音声で吠えながら角馬は清兵衛の姿を探す。鞘《さや》を払った刀を携《たずさ》え座敷に押し入ると、下女達は一斉に悲鳴を上げた。襖《ふすま》、障子を次々と開けても、清兵衛の姿はない。表にとって返し、庭を睨《にら》めば、清兵衛、裸足《はだし》で納屋《なや》へ向かう後ろ姿が見えた。

「待てい！」

すかさず後を追う角馬に誰しも色を失い、手出しができなかった。

清兵衛は納屋の前まで来たが、もはや、そこから先は逃げ場所がない。納屋の後ろは高い塀を巡らしていて、清兵衛がその塀を乗り越えるには年を取り過ぎている。

切羽詰まった清兵衛は納屋の中に入った。

三十坪ほどの納屋の中は刈り入れした稲の藁《わら》ぐまが、うずたかく積み上げられていた。農閑期には、この稲藁で草鞋《わらじ》を編んだり、正月の注連縄《しめなわ》を拵えるのだ。

清兵衛は奥の藁ぐまの陰にそっと身を忍ばせた。

むろん、そのような子供騙《だま》しで角馬から逃れられるはずもない。角馬は躊躇《ちゅうちょ》することなく清兵衛の傍に行き、水もたまらず、その首を刎ねた。清兵衛の断末魔の悲鳴は藁ぐまに吸い込まれ、外までは聞こえなかった。

二十四

石河四方左衛門《いしこよもざえもん》はその夜の内に角馬の所業を知った。七右衛門《しちえもん》が事の次第を知ると、すぐさま城下へ走ったからだ。

ろくに休みもせず急いでやって来た七右衛門が石河家の裏口に辿《たど》り着いた時、もはや、深更に及ぶ時刻となっていた。

四方左衛門はすでに床に就いていたが、妻女のふじは起きていたので、すぐさま寝間に伝えた。寝間着のまま、慌《あわ》てて出て行くと、汗なのか涙なのか、七右衛門は濡《ぬ》れた顔で事の仔細《しさい》を告げた。

四方左衛門は低く唸《うな》った。

武士と百姓の間のことなれば、慮外者として斬《き》り捨てられても百姓は、文句は言えない。

しかし、相手が村長《むらおさ》と言うべき立場の人間で、しかも一人だけではなく、当主も総領息子も次男さえも斬ったとあらば、とてもこのままでは済むまいとも思った。

七右衛門の口から、ふきと長右衛門《ちょうえもん》のことを聞くと、四方左衛門はようやく合点《がてん》がいった。角馬は清兵衛《せいべえ》父子に意趣を抱え、そのために事に及んだのだ。

四方左衛門は七右衛門に今夜は遅いので泊まるように勧めた。七右衛門は礼を言ったが、翌朝、四方左衛門が起きた時、七右衛門の姿はなかった。

城へ出仕すると、すでに角馬の事は城内でも噂《うわさ》になっていた。奥《おく》の家《や》の残された家族から訴えがあったようだ。検使数名がただちに郡家《こおげ》に向かい、詮議《せんぎ》のため角馬の身柄は城下に移される旨《むね》も四方左衛門は知った。

「石河殿、先生はどがいされたんですかな」

城内が角馬の噂で持ち切りとなっていた時、白井源太夫《げんだゆう》がそっと四方左衛門に訊《き》いた。

「わしもようわからん」

四方左衛門は吐き捨てるように応《こた》えた。

「お嬢さんは斬られた息子の一人と密通しとったと皆が噂しとります。それは本当のことなんかな」

「……」

「それがほんまのことやったら、先生はお嬢さんに迷うて、理不尽にも相手方を斬ったということになりますが、しかし……」

源太夫も、あの角馬がそのような卑怯《ひきょう》なことをするのだろうかと怪訝《けげん》な思いを抱いているようだ。

「先生が何を考えておられたのか、もはやわしでもようわからん」

四方左衛門は溜《た》め息混《いき》じりに言った。

「お嬢さんは石河殿の所におられるんですな」

「ああ」

「それは、先生が決心を固めていたけ、お嬢さんを石河殿の所に行かせたということになるんですかな」

「……」

「先生はどうされるんかな」

「白井殿、わしは色々考えなならんことがあるけ、本日の稽古《けいこ》はおぬしに任せてもええかな」

四方左衛門は俄《にわ》かにこれからのことを思い出して、そう言った。

「ええですよ」

源太夫は快く承知した。だが、「そっでも……」と独り言のように呟《つぶや》いた。

「何んだ？」

「もしも……もしもの話だが、先生が切腹の沙汰《さた》となった時、介錯《かいしゃく》は誰になるんかと思って……」

源太夫は不吉なことを喋《しゃべ》った。四方左衛門の胸がつんと痛んだ。

「わしにはようできん」

源太夫は低い声で続けた。

「当たり前だが。わしとて同じだが。何を考えるだ、縁起でもない」

四方左衛門は癇《かん》を立てた物言いで応えた。

「先生は大蔵殿の覚えもめでたい人だから、何んとか取りなしがあろうとは思うが……」

源太夫は取り繕《つくろ》うように言う。

「そうだのう」

大蔵殿はこの年、江戸出府で国許《くにもと》にはいなかった。まだしも猶予《ゆうよ》があった。飛脚が江戸と因幡国《いなばのくに》を往復する日にち、およそ十四、五日。大蔵殿の慈悲を四方左衛門は祈るのみであった。

元大工町の自宅に戻ると、ふきが切羽詰まった表情で四方左衛門を迎えた。その眼は泣き腫《は》らしたあとがあった。

「おじさん、お父様はご城下に戻ったそうですが。袋町の家におるということだけ、うちは行ってきてもええかな」

角馬を案じるふきの気持ちは四方左衛門に充分に伝わっていたが、ふきの顔を見たために角馬がまた、あらぬ行動を起こすことを四方左衛門は恐れた。

「それはいけん」

「何んでかな」

「先生はこれから、お目付役のお取り調べがあるけ、お嬢さんがうろちょろしたら邪魔になるがな」

四方左衛門はふきを諭《さと》すように言った。

「何んのお取り調べだか。お父様はうちの仇《あだ》を討ったんだけ。お父様は奥の家にうちを輿入《こしい》れさせてくれと頭下げて断られたんだが。そっで、お父様は恥をかかされたと思ったんよ。痩《や》せても枯れてもお父様は武士だけ」

ふきは興奮した声になった。四方左衛門の頭に血が昇った。

「先生に恥をかかすような真似《まね》をお前はしたんだろうが」

「うちは、うちは……」

ふきは言葉に窮した。何をしても穏やかに話してくれる普段の四方左衛門とは違っていた。ふきはそんな四方左衛門に傷ついた。

「おじさん、とにかく行かせてつかんせえ、この通りですけ」

ふきは頭を下げて懇願した。だが、四方左衛門は許すとは言わなかった。

「わかった。もうおじさんには頼まんけえ、勝手に行きますけ」

ふきはきッと顔を上げると四方左衛門の脇《わき》を擦り抜けようとした。その拍子に四方左衛門の長い腕はふきの肩に伸びた。ふきは邪険にそれを払った。

「わしの言うことが聞けんのか！ こがいな時に、まだお前は勝手をするんか！」

四方左衛門はふきに平手打ちを喰らわせた。

ふきは悲鳴を上げた。四方左衛門の怒りは収まらなかった。ふきの頬を二度、三度と打つ。台所からふじが慌ててやって来て、ふきを庇《かば》った。

「旦那《だんな》様、堪《こら》えてつかんせえ。ふきさんが可哀想《かわいそう》ですけ」

四方左衛門は庇ったふじに、さらに怒りを募らせた。ふじの腰に蹴《け》りを入れた。

「やめて、やめておじさん、了簡《りようけん》しますけえ、おばさんに乱暴せんといて！」

四方左衛門はようやく手を止めた。荒い息をしながら、抱き合っている二人を見下ろした。

「おばさん、堪忍《かんにん》してつかんせえよ。うちのために」

ふきは新しく噴き出た涙にくれながらふじに謝った。ふじは蹴られた痛みで息も満足につけないらしく肯《うなず》くのが精一杯だった。

「お前がわしの娘だったら、もはや命はないわ」

四方左衛門はふきを睨《にら》みながら言った。

（おじさんの娘だったら、郡家に行くこともなかったのに）

そう口を返すつもりだったが、ふきは黙った。四方左衛門の頰を涙が伝っていたからだ。

四方左衛門は泣き声を立てず、涙ばかりを激しく流し続けていた。

二十五

深尾角馬は八東郡隼郡家《はっとうぐんはやぶさこおげ》の奥《おく》の家《や》と呼ばれる農家の父子三名を斬《き》り捨てた翌日、鳥取藩の検使役に伴われて城下に戻った。

何分にも噂《うわさ》ばかりが先行して、事の次第が今一つわからぬとあっては、角馬から詳しい話を訊《き》く必要があり、検使役は、ひとまず角馬を袋町の自宅に待機させた。それから、角馬の詮議《せんぎ》をどのように進めるか、家老を交えての会議が慌《あわ》ただしく取り行なわれた。

他人の推量にては、角馬がその娘に迷い、娘を手討ちにするのが忍びなく、理不尽なることを言い掛けて相手方を殺したる、というのがもっぱらだった。

しかしながら、これまでの角馬の務めぶり、人柄、雖井蛙《せいあ》流平法を興《おこ》した剣法の師匠としてのあり方を見れば、とてもそのような卑怯、邪《よこしま》なる行動をするとは思い難く、清《せい》兵衛《べえ》父子に対して深い遺恨があったものと、会議に出席した者達は同様の意見を持った。

取り急ぎ、事の次第を江戸の大蔵殿に伝える一方、角馬を城下の会所《かいしょ》に呼んで詳細を訊《たず》ねようということになった。

角馬が清兵衛父子を斬った理由に大蔵殿が納得すれば、角馬の処分はそれほど難しいものにはならないだろうと、この時点では考えられていた。

さっそく、家老衆より袋町の角馬の所へ、明日は会所へ罷《まか》り出よ、との仰《おお》せを伝えると、角馬は眼を剝《む》き、拙者、曲がりなりにも武士でござるゆえ、百姓、町人が入り込む会所にて口を開く気は毛頭ござらん、とにべもなくはねつけた。

「お訊ねの事があらば、組頭《くみがしら》宅にてお話し申し上げる」

家老配下の使いの者は言葉に窮し、また城へ戻り、角馬の言葉を伝えた。

平生、何事によらず、一度言い出した事は頑《がん》として翻《ひるがえ》さない角馬のこと、家老衆は頭を抱えた。使者の顔ぶれを変えて宥《なだ》めすかせども、角馬の答えは同じだった。

城下でお務めしている者ならいざ知らず、今は在郷入りしている家臣ともなれば、かつての職務である馬廻《うままわり》役の組からも外れている。

組頭宅においての詮議は適切とは思われず、やはり会所しか、その場所はなかった。

この上は家臣の人数を揃《そろ》え、角馬を無理やりにでも会所へ引き出すかと、強硬手段に訴える案も出される始末だった。

二度、三度の会議の果て、角馬の親戚《しんせき》に当たる者が呼ばれ、四方左衛門《よもざえもん》もその席にいた。

四方左衛門は、とにかく宥めすかして会所に出るよう勧めるべきと、繰り返し主張した。もしも、強硬手段に訴えれば、五人や十人の犠牲者が出るだろうと言うと、それで は他に、どのような手段があるのかと反論された。座に重苦しい空気が漂っ
「あいや、しばらく」

それまで眼を瞑《つぶ》って思案していた乾十郎衛門《いぬいじゅうろうえもん》が、突然、眼を開けて口を利《き》いた。乾十郎衛門は四方左衛門の妻の兄に当たり、角馬の父親と親戚に当たる人物であった。もちろん、十郎衛門の妹を妻に迎えている四方左衛門も角馬の親戚と言える間柄だ。

「深尾殿は会所が百姓、町人に使われる場所であるため不服を覚えておるのでござろう。郡家における事の顛末《てんまつ》も、武士たる者の面目《めんぼく》を潰《つぶ》されたことに端を発していると拙者は推測するものでござる。これ以上、深尾殿の神経を逆撫《さかな》でしてはなりませぬ。ここで一つ、会所というものの本来の意味をおのおの方と一緒に考えるべきでありまする」

乾十郎衛門は滔々《とうとう》と語った。いつもは義兄の能書きの長さにうんざりする四方左衛門であったが、その時は真剣な顔で義兄の口許《くちもと》を見つめた。角馬のような規矩《きく》の人間には義兄の理屈もまんざら捨てたものではないような気がした。

「そもそも会所というものはご公儀の伝奏《てんそう》屋敷と同等のものでありまして、上下の区別なく、ご吟味《ぎんみ》のことあらば、ご家老様、諸役人も列座する評定所《ひょうじょうしょ》でもありまする。しかるに、ただ今は百姓、町人が入り込むこと多ければ、深尾殿がその専用の場所と思われるのも無理はござらん。会所の役割をよっく申し上げれば納得されることであろう。深

尾殿はれきとした武士でござる。そのことに我等も異を唱えるものではござらん。たとい、在郷入りしたとはいえ武士は武士。深尾殿は因州鳥取藩の家臣でござる」

十郎衛門の言葉に四方左衛門は思わず掌《て》を打ちたい気持ちだった。

「乾殿のご意見、全くもってごもっとも。しからば、この際、ご面倒でも、その旨《むね》を深尾に伝え、何卒《なにとぞ》、殊勝に会所に罷り出よと説得して下さらぬか」

家老の一人の言葉に十郎衛門はぐっと詰まったようだが、しばらくして「あい、わかり申した」と応《こた》えた。その声音《こわね》は先刻と比べ、ずい分弱かった。

二十六

城内でそのような会議が行われていた時、角馬は庭に出て牡丹《ぼたん》の植え込みをじっと眺めていた。落葉低木の牡丹はすっかり葉を落とし、薄茶色の枝ばかりとなっていた。地面には枯葉が散りこぼれていた。竹箒《たけぼうき》を使ってそれ等を掻《か》き集め、そっと火を点《つ》けた。白い煙とともに独特の香ばしい匂《にお》いも立ち込める。

角馬は丁寧に掃除を続けた。掻き集めては燃やし、燃やしては次に掻き集める。その単純な作業がその時の角馬にとっては慰めだった。

ふと、振り向いた拍子に立ち腐れた庭の木戸口の辺りに紅《べに》の色を見たと思った。

角馬はゆっくりと箒を使いながら「ふきか？」と、静かに訊《き》いた。返事はない。

「遠慮せんでもええ。入って来いや」

もう一度言うと、ふきは木戸を抜けて入って来た。その眼は涙を溜《た》めていた。

「おじさんにお父様の所に行ってはいけんと言われとったが。だけど、うちはどうしてもお父様の顔を見たかったんで」

「よう来てくれたな。わし、もしかして、お前とは、もう会えんと思うとったけ」

ふきが洟《はな》を啜《すす》った。

「わしは恐らく切腹の沙汰《さた》となるだろう」

「……………」

「だが、お前は取り乱してはいけん。最後だけ深尾角馬の娘だという気概を皆に見せてやれ。それが親孝行だが」

「そんなことでええの？　うちが取り乱さんと、落ち着いておるだけで」

「結構、難しいぞ」

「何んでもありゃせんが。うちはもう、お父様のことでさんざん、泣いたけ」

「そうか……泣かせてすまんのう」

「ううん、うちのためにお父様は奥《おく》の家《や》を斬《き》ったんだが。お父様はうちの仇《あだ》を討ったんだけ、うちは嬉《うれ》しいと思っとるだで」

角馬はまた箒を持った手を動かす。

「後のことはちゃんとできるか？」

角馬はふきの顔を避けて訊く。

「何んも心配いらん。うちのことは、もう考えんでもええよ。自分のことだけ考えてつかんせえ。さすが雖井蛙《せいあ》流の深尾角馬だと後々までも語り種《ぐさ》になるように」

「そうだのう」

角馬は素直に肯《うなず》いた。もはや角馬もふきも覚悟を決めていた。二人の心が初めて通じたことに角馬は安らぎを覚えた。

「この牡丹……」

ふきは牡丹の植え込みに眼を向けた。

「お父様がおらんようになったら、ご家老の荒尾様は株を掘りに来られるだろうな」

そう言われて角馬は手を留めた。ふきは死という言葉を避けて言っていた。

筆頭家老の荒尾志摩守《しまのかみ》に所望されても頑として株分けしなかった角馬である。拙者が死んでから株を掘りなされ、と言ったのは婉曲《えんきょく》に断る方便だった。しかし、方便が方便ではなくなりつつあった。荒尾志摩守は角馬の遺言だとして大威張りで牡丹の株を掘り

は追従になる。角馬はそれに気づいた。

の死後に志摩守が株を手にしたとしても、追従の意味が変わる訳ではない。依然、それ

に来るだろう。

他人に追従《ついしょう》と取られることを嫌って志摩守の申し出に応じなかった角馬である。角馬の死後に志摩守が株を手にしたとしても、追従の意味が変わる訳ではない。依然、それは追従になる。角馬はそれに気づいた。

「ご家老様は、これが名高き深尾紅《くれない》だがと人に自慢しんさる。我も我もと株分けを求められてご家老様は上機嫌で株分けされるがよ。だけ、うちはどこの庭に咲いとっても深尾紅はわかる。あっちでもこっちでも深尾紅を目にするんは、いっそ、気色《きしょく》悪いことだが。深尾紅はここでしか咲いてはいけん花だで」

気を弛《ゆる》めたら涙になるから意地を張っていたい。その意地を張るものが、ふきにとっては深尾紅だった。

「ふき、わしはどがいしたらええんかな」

角馬は縋《すが》るような眼で娘に訊いた。

「死んだお母様は深尾紅が、ごっつい嫌いだったそうだが。お母様は深尾紅に悋気《りんき》しとっただで。うちはそう思う。お父様、そうではないことを示したらええが」

「……」

黙った角馬にふきは焚《た》きつけるように口を開いた。

「それとも、ほんまにお母様より牡丹の方が好きやったんかいな」

「まさか、何を喋《しゃべ》るだ」

角馬は癇《かん》を立てた。

「所詮《しょせん》はただの花だが。ほれ、わしはこがいなこともできるで」

角馬は試しに植え込みのひと塊《かたまり》を引き抜いた。陽《ひ》に晒《さら》されることのなかった白い根が露《あらわ》になった。ふきは薄く笑みを浮かべた。

「まだ、足りんがよ」

ふきの言葉に挑発されるように角馬は次々と牡丹の根を引き抜いた。途中からふきも一緒になって引き抜いた。挙句、再び使い物にならぬように角馬は足で踏みにじった。

およそ半刻《はんとき》（一時間）後、牡丹の植え込みはすべて引き抜かれていた。

「これで思い残すこともものうなった。ふき、礼を言うぞ」

角馬は額に汗を浮かべて言った。

「お母様もようやく成仏《じょうぶつ》できるというもんだが。お父様は牡丹より、ずっとお母様が大事だったとな」

「………」

角馬は無惨《むざん》な牡丹にしばし眼を落としていたが、その表情はふきの眼から本当に晴れ晴れとして感じられた。

「お父様、うちはそろそろ行くで。あんまり長いとおじさんに叱《しか》られるけえ」

「そうか……わしも、お城から使いの者がまた来《き》よるかも知れんからのう」

「お城のお役人を困らせたらいけんよ。もはや了簡《りようけん》して、おとなしゅうすることだが」

「わかっとるが。父親に向かって偉そうに小言を喋るな」

「大きな声だが。耳がきんきんしよる」

ふきは冗談混じりに言って角馬の顔をしみじみ見た。

「お父様……うちな、うち……」

「何んじゃ」

角馬は怒ったようにふきの言葉を急《せ》かした。

「お父様が、ごっつい好きだが……」

ふきはそう言って後も見ずにその場を離れた。

別れの言葉はとうとう言えなかった。小走りに道を進みながら、ふきの眼から涙がとめどなくこぼれた。

周りの山々は全山紅葉して、燃えるような紅の色が眩《まぶ》しい。それでも、その紅の色は深尾紅に遠く及ばないと、ふきは胸で思うのだった。

二十七

乾十郎衛門《いぬいじゅうろえもん》は、やはり角馬の遠縁に当たる寺嶋四郎左衛門《てらじましろうざえもん》を伴い角馬の家を訪れ、懇々《こんこん》と会所の意味を説いた。角馬は十郎衛門の言葉に納得して、ようやく会所に赴《おもむ》くことを承知した。十郎衛門と四郎左衛門は角馬と気心が知れており、角馬の所へ行くことに、さほど臆《おく》する気持ちはなかった。ただし、二人の意見にも角馬が聞く耳を持たないとすれば、大勢の家臣が取り囲み、押し伏せ、縄を掛けても連れ出すべし、という取り決めがなされていた。

十郎衛門と四郎左衛門の後から、数十名の徒目付《かちめつけ》、徒、足軽《あしがる》等がひそかに続いた。合図によって一斉に角馬の家に踏み込む手はずだった。後列の家臣達は、音に聞こえし角馬なれば、無事に帰ることができるかと生きた心地もなかったという。幸い、その心配も杞憂《きゆう》に終わり、角馬は十郎衛門の言葉で、殊勝に会所に向かった。

会所に到着すると、また家臣達に緊張が走った。会所の玄関では腰の大小を預ける規定となっていたからだ。武士の魂である刀を、つかの間でも角馬が他人に預けるだろうかと心配したのだ。しかし、角馬はそれにも素直に従った。

会所の座敷で、大目付から郡家《こおげ》での一件を訊《たず》ねられると、角馬はいささかの誇張もなく、ありのままを語った。その表情には、少しも悪びれた様子はなかった。角馬の潔《いさぎよ》い態度に大目付、喜多村八兵衛《きたむらはちべえ》は、会所が伝奏屋敷と同じ意味を持つ所とはいえ、長らく藩の剣法の指導に貢献して来た者を、ここで詮議《せんぎ》するに忍びない、と言い出す始末。最初に喜多村の指示を仰げば無駄な時間を潰《つぶ》すこともなかったろうし、余計な心配もしなくてよかったのにと、後で四方左衛門《よもざえもん》は義兄の十郎衛門と話し合った。

急遽《きゅうきょ》、馬廻組頭、神戸縫殿《かんべぬい》の屋敷へ駕籠《かご》に乗せて角馬を移すこととなった。

「役人のすることとゆえ」

十郎衛門は珍しく長い能書きもなく、短く嘆息しただけだった。

神戸の屋敷にお預けの形となった角馬の処遇は大蔵殿の意見に委《ゆだ》ねられることとなった。

御聞き届け相《あい》済みの書状が城に届くまで、角馬は神戸の屋敷に留め置かれた。とはいえ、お預けの角馬に異変があってはならじと、家臣より選ばれた剛の者、数十名が交代で角馬の番をした。

角馬は番をする家臣達を慮《おもんばか》り、千代川《せんだいがわ》河川敷で相撲《すもう》見物をした時の話を、おもしろおかしく語って聞かせた。

神戸の屋敷から朗らかな笑い声が響くことは度々あったという。

天和二年（一六八二）壬戌《みずのえいぬ》十月二十七日。

大目付、喜多村八兵衛は神戸縫殿の屋敷を訪れ、大蔵殿の書状を飛脚が運んで来た旨《むね》を伝えた。

縫殿はさっそく角馬を呼び出し、大蔵殿の書状を読み上げた。

「今度の仕方、不届《ふとど》きに付き、今日、切腹の旨、申し渡す」

まことに簡素な文面の仰《おお》せであった。

角馬は侍の大法に則《のっと》った仰せに深く感謝の意を述べた。しからばお仕度を、と縫殿が言うと、

「今少しお暇《ひま》を下され」

角馬は縫殿に頭を下げた。

「何ゆえ暇がほしいとな」

縫殿は怪訝《けげん》な面持ちで角馬に訊《き》いた。

「拙者の番をする者に相撲の話をしている途中でござったので、お仕置きはその話が済んでからお願い致しまする」

角馬の言葉に縫殿も喜多村八兵衛も啞然《あぜん》とした。お預けの部屋に戻り、顔色も変わる

ことなく、角馬は相撲話の続きを語った。

番人達はすでに切腹のお達しがあったことを悟っていて、先刻と少しも変わらぬ角馬に瞠目《どうもく》した。

相撲話が終わると、角馬は番人達に礼を述べ、腰を上げた。再び縫殿の前に姿を現した角馬は「拙者の介錯《かいしゃく》は弟子の鈴置四郎兵衛《すずおきしろべえ》にお頼み申す」と告げた。

家老を通して鈴置四郎兵衛が縫殿の屋敷にやって来たが、その顔は紙のように白かった。

なぜ、よりによって自分が介錯人に選ばれたのかを大いに訝《いぶか》る表情でもあった。角馬の弟子の中で、鈴置は気の弱いところがあった。角馬は常々、それを案じていた。この機会に身を以《もっ》て最後の指導をしようということだったのだろう。

「鈴置、緊張するな。ええか、わしの言う通りにやったらええんだ」

角馬は道場で稽古《けいこ》をつける時の口調で鈴置に言った。

「はい……」

それでも鈴置は心許《こころもと》ない表情のままだった。

「おお、忘れるところだったが」

角馬は懐《ふところ》から走り書きした紙片を取り出して鈴置に渡した。そこには守義院清勇信士《しゅぎいんせいゆうしんじ》と、角馬が自らつけた法名が記されていた。

「これを本浄寺《ほんじょうじ》の住職に持って行ってつかんせえ。後のことは頼むとな」

本浄寺は、むろん、深尾家の菩提寺《ぼだいじ》である。

「わかりました」

「そんなら、行こか」

角馬は切腹の場所に鈴置を促《うなが》した。

その場所は神戸の屋敷の門を入った書院前の庭であった。鳥取城のある久松山《きゅうしょうざん》が手を伸ばせば届きそうな距離にある。陽は厚い雲を透《す》かして、ぼんやりと弱い光を地上に注いでいた。周りは白い幕を巡《めぐ》らし、その幕をたくし上げて中に入って行くと、神戸縫殿、喜多村八兵衛、検使役の数名が傍に控えていた。

二間四方の薄縁《うすべり》が敷かれた中央に三方《さんぼう》にのせた小脇差《こわきざし》があった。

「ええか、介錯するもんは、あまり大事に考え過ぎたら、結局はしそこなうもんじゃ。臍《へそ》に気合を入れてな、わしが、さあ、と合図したら首を打つんだぞ。あんまり勢いがええと首がぽろっと落ちてみっともないけ、喉《のど》の皮、一枚は残さんといけんぞ」

今、切腹するというのに、作法を懇々と説く角馬に鈴置は言葉もなく、ただ肯《うなず》くばかりだった。見守る神戸縫殿と喜多村八兵衛は驚きで眼をみはったままだった。

「まあ、今まで切腹の作法をおぬし等に指南して来たが、実際に見ることは希《まれ》だが。ええ機会だけ、よっく見とけ。そって、今後の手本とするがええ」

言い様《ざま》、両手を後ろに回した。めきめきっと、薪《まき》をへし折るような音が聞こえた。角馬は自分の足の親指をへし折ったのだ。

八兵衛は思わず固唾《かたず》を飲んだ。鈴置四郎兵衛は「ひッ」と、声にならない声を上げた。

「足の親指を折るとな、身体《からだ》が仰向けにならんだけ。ええか？」

「は、はい」

鈴置は答えるのが精一杯というふうだった。

幕が風よけの役目をして、中は汗ばむほどの温気《うんき》が感じられる。鈴置は袴《はかま》の股立《ももだ》ちを取り、袖《そで》を白襷《しろだすき》で括《くく》り、額にはやはり白い鉢巻きを締めていた。鉢巻きには汗が滲《にじ》んでいる。穏やかに話す角馬の額にも玉のような汗、汗。

角馬は三方の小脇差を取り上げ、奉書紙で包むと、おしいただくような仕種《しぐさ》をした。

鈴置も刀の柄《つか》を持つ手に力を込めたが、その手は小刻みに震えていた。

神戸縫殿は心配そうに眉間《みけん》に皺《しわ》を寄せ、八兵衛は、つかの間、眼を閉じた。

角馬が「うむ」と気合を入れて小脇差を、やおら左腹に突き込むと「さあ」と、鈴置に声を掛けた。

鈴置は慌《あわ》てて首を打ったつもりが、目標を誤り、角馬の肩骨に入ってしまった。検使役から「ああッ」と悲鳴にも似た声が洩《も》れた。死にかねて呻《うめ》く角馬を見て、八兵衛たま

らず、

「深尾を苦しませるな！」

と、声を上げた。居合わせた検使役の一人が、すかさず蒲団《ふとん》を掛けて、その上から刀を突き通した。

「存外……楽なもんだぞ……」

中からこもった声が聞こえた。それから、ばったりと前に倒れていった。

鈴置四郎兵衛は膝《ひざ》を突き、「先生、堪忍《かんにん》してつかんせえ、しくじりをしてしまいました。堪忍してつかんせえ」と、地面に顔を俯《うつぶ》して子供のように号泣した。

二十八

ふきはそれから、めっきり変わった。

父親をああいう形で亡《な》くしているのだから無理もないと、近所の人々はふきの姿を見ると一様に気の毒そうな眼をした。

本浄寺で行なわれた角馬の葬儀では、弔問客の悔やみの言葉に、ふきは涙を見せず、はきはきと応《こた》えた。さすが深尾の娘だと、その時のふきの評判は高かった。人に陰口を叩《たた》かれることの多かったふきであるが、せめて一度ぐらい人を感心させるところを示したい。ふきの唯一《ゆいいつ》の意地だった。

葬儀の時、角馬の弟子達の泣き声がやかましく、僧侶《そうりょ》の読経《どきょう》の声がろくに聞こえなかったのも、今では語り種《ぐさ》となっている。弟子達は偉大な師匠を失い、皆、深い悲しみと途方に暮れる思いをしていた。

——先生がおらんようになって、わし等はどがいしたらええんですか！

詮《せん》のない愚痴が、そこここで聞かれた。

在郷入りする時、角馬は主な弟子に免許状を渡している。本来なら、まだその時期ではない弟子にも渡された。

角馬は、これで流儀を習得したと思わず、なお一層稽古《けいこ》に励めと叱咤《しった》激励したが、数ある弟子の中には、角馬の目がないことを幸いに稽古がなおざりになった者もいた。

そういう輩《やから》は得意気に免許状を人に見せびらかし、「ここには雖井蛙《せいあ》流ではのうて、丹石《たんせき》流と表書きしとるだろ？　これはの、丹石は雖井蛙の本《もと》、雖井蛙は丹石の末《すえ》という考えからなんだが」と、能書きを垂れることだけは忘れなかった。

しかし、鈴置四郎兵衛《すずおきしろべえ》から聞かされた角馬の最期《さいご》は、そんな弟子達の襟《えり》を正す最も効果的なでき事となった。

以後、誰に言われなくても、率先して稽古に精進《しょうじん》する弟子が多くなったので、さぞ、草葉の蔭《かげ》で角馬が喜んでいることだろうと、四方左衛門《よもざえもん》はふきに語ったものだ。

ふきはしばらくの間、四方左衛門の家に厄介《やっかい》になり、毎月の月命日には本浄寺に詣《もう》でて角馬の菩提《ぼだい》を弔っていた。

だが、四方左衛門が息子の又左衛門《またざえもん》に家督を譲ると、ふきは石河《いしこ》の家を出て、袋川の為登《いとば》場近くに小さな家を見つけ、死ぬまでそこで暮らした。ふきは終生、人の妻になることはなかったが、存外に長生きであった。

時々、角馬の声望を慕《した》って、雖井蛙流の若い弟子達が訪れ、ありし日の角馬の人となりを訊《たず》ねることもあった。

ふきは覚えている限りの角馬の話を彼等に語って聞かせた。

「先生は背丈が足りん人だったと聞いとります。どがいしたら、背丈が足りんでも剣法が強うなれるんでしょうかな」

角馬と同じと言わないまでも、同じ年頃の若者と比べたら、ずい分背丈の低い弟子の一人が興味深そうにふきに訊《き》いた。

「そら、背丈が足りんから、それを補おうと人より稽古に励んだからでしょうな」

ふきは笑って応える。

「それだけですかな」

若い弟子は不満そうだった。

「その他に何んの理由があるもんかね。人のやることなど、高《たか》が知れとるけえ」

「意地はどがいです？　先生は意地の強いお人でしたかいな」

「はあ、それはもう、筋金《すじがね》入りの意地っ張りだったが。そっでも、あんたも負けずに意地っ張りに見えるがよ」

ふきは、からかうように言って、また笑う。

「わしも寸足らず、寸足らずと、さんざん、馬鹿《ばか》にされとるけ、今に見てろ、と思っとりますが」

「それでええんだが。あんたは本師の気概を立派に引き継いでおるけえ、何も心配することはありゃせんが。うちは剣法のことは一つもわからんが、お父様を見ていてな、これは腕じゃのうて、気ィの持ち様《よう》だと思ったもんだがよ」

「ありがとうございます。それを聞いて、わし、大いに安堵《あんど》しましたけえ」

「そっでも、あまり意地になるんも考えものだけ。命は粗末にしたらいけんよ。何んぼ、最期が勇ましゅうても、死んだら終わりだがね。臆病者《おくびょうもの》と言われても、生きとる方が勝ちだが。うちはそう思うがよ」

それはふきの本心でもあった。生きていてくれたら、せめてあと十年、いや五年でも。独り身の寂しさを託《かこ》つふきにとって、父親の早過ぎる死が今更ながら恨めしかった。

石河四方左衛門と白井源太夫《げんだゆう》が角馬から引き継いだ居合の流儀は、櫛《くし》の歯が欠けるように弟子が離れ、その内に廃《すた》れた。

雖井蛙流だけが連綿と今日まで伝えられているのは、やはり角馬の生き様が希有《けう》のものであり、人を惹《ひ》きつけてやまない魅力を備えていたからだろう。

しかし、雖井蛙流平法の不識剣《ふしきけん》・落露《らくろ》の妙術《みようじゆつ》は角馬の死によって、封印された観がある。

石河四方左衛門の遣《つか》うそれと、白井源太夫のそれは、弟子達の目から見ても、明らかに違うものだった。どちらが正しいのか今では誰もわからない。ただ一つの剣と角馬は言ったが、そのただ一つが弟子達には無数の変化に富んでいるように思え、結局、習得が適《かな》わない幻の技と化してしまった。

それと同時に、あの日、ふきが角馬と一緒に引き抜いた深尾紅《くれない》も絶えた。荒尾志摩守《しまのかみ》の嘆きは尋常ではなかったという。紅の牡丹はこの世に様々あれど、深尾紅は唯一無比の名花だった。将軍に献上したことはあっても、江戸の土と江戸の水に馴染《なじ》ませられた牡丹は、その内に姿を変えた。深尾紅は鳥取城下の袋町で、角馬の丹精なくしては咲けない花でもあった。これまた雖井蛙流の極意の技と同様に幻と化した。それ等が残された者にとって何を意味するのか、誰も説明はできない。

恐らく、角馬一人がそれを知っていたのだろう。雖井蛙流の極意を角馬に授けたのは、案外、摩利支天の神ではなく、深尾紅の花の精であったのかも知れないと思うばかりである。

天和三年（一六八三）三月。

大蔵殿は江戸在府の期間を満たし、鳥取城へ戻った。側室匂《にお》の方《かた》との仲は相変わらず睦《むつ》まじく、二人の間には二男を挙げている。

大蔵殿の三男に当たる隆律《たかのり》は寛文九年（一六六九）に摂津三田藩、二代藩主九鬼《くき》隆昌《たかまさ》の末期《まつご》養子となり、四男清定《きよさだ》は長男綱清《つなきよ》から一万五千石を与えられ、後に因幡《いなば》若桜《わかさ》藩の藩主となる。

財政の維持には相変わらず苦慮していた大蔵殿であったが、帰藩して、公務にひと息ついた夜半、ひそかに喜多《きた》村八兵衛《むらはちべえ》を居間に迎えた。

八兵衛、字《あざな》を杢《もく》と言うので、大蔵殿は公《おおやけ》の席以外、杢、杢と気軽に呼ぶ。日中から、それとなく大蔵殿より今夜のお召しを囁《ささや》かれていたので、八兵衛はその夜、宿直《とのい》の覚悟で待っていた。

さては難題でも持ち上がったものかと、八兵衛は緊張した面持ちでもあった。

やがて、お召しの声が掛かると八兵衛は畏《かしこ》まって居間に入った。

大蔵殿は人払いをすると、八兵衛を自身の近くに寄せ、冷や酒など振る舞い、「旧冬、深尾角馬切腹の際、そちは当番にて、死場を見届けたる由《よし》。余に委細を話して聞かせよ」と、静かに言った。

八兵衛は、何分にも凄《すさ》まじき最期ゆえ、大蔵殿のお耳を汚《けが》すことになろうかと言葉を濁《にご》した。

「聞き届けの書状を読む限り、事の始末、世間の取り沙汰《ざた》、すべてつまらぬ仕形《しぎよう》なれば、切腹もやむを得ずと相なった次第。さりながら、深尾の最期、江戸までもあっぱれなるかなと聞こえたり。余、お国許《くにもと》に帰った暁《あかつき》には是非とも、その委細を聞くべきやと思うていた」

たってと所望されたら、八兵衛も拒否することはできず、知っている限りのすべてを大蔵殿に話した。

「さても、さても……」

大蔵殿は幾度も眼をみはった。色白でふっくらした顔立ちの大蔵殿は、いかにも安国院《あんこく》様（徳川家康《いえやす》の法名）の血筋を引き継ぐ上品で凜々《りり》しいものを人に感じさせる。

お年のせいで、僅《わず》かに眼の下には皮膚のたるみがあった。大蔵殿は角馬より、一歳年上でいられる。

その夜は、大蔵殿の眼のたるみも一度に引き伸ばされたかと思えるほど、眉《まゆ》を持ち上げ、眼をみはることが続いた。

切腹の沙汰のあった後に、顔色も変えず、番人達に相撲話を語った件《くだり》。

弟子の鈴置四郎兵衛を介錯人《かいしゃくにん》に指名し、角馬自ら、介錯の段取り、呼吸を教えた件。

仰向けに倒れることを見苦しいとして、足の親指を折った件。

鈴置、臆《おく》する気持ちで振り下ろした刀が首から逸《そ》れ、肩骨に当たり、低く呻《うめ》き声を上げた件。

「それから深尾は、いかに？」

大蔵殿は、つっと膝《ひざ》を進め、八兵衛の言葉を急《せ》かした。

「拙者、深尾ほどの剛の者に苦しみを与えて殺すべきではないと考え、咄嗟《とっさ》に深尾を苦しませるな、と声を上げました」

「うむ」

応えた大蔵殿の言葉に力《りき》みが感じられた。

「傍に控えておりました検使役が用意しておりました蒲団《ふとん》を深尾の背後から被《かぶ》せ、その上から刀で突き申した」

「……………」

「深尾、存外に楽なもんだと、末期の言葉を洩《も》らしたとか……検使役が申しておりました」

気がつけば、大蔵殿、俯《うつむ》いて涙をこぼしていた。八兵衛も大蔵殿の御前でありながら、思わず貰《もら》い泣きした。

「さてもさても、惜しき侍を殺したるものかな……」

水洟《みずばな》を啜《すす》り上げ、大蔵殿は嘆息した。

家臣に向ける大蔵殿の温情は今に始まったことではないが、これほどまでに家臣の死を惜しむ大蔵殿を八兵衛も目にしたことはなかった。

畏《おそ》れながら、と懐《ふところ》の鼻紙を差し出せば、大蔵殿、憚《はばか》る様子もなくそれを受け取り、チンとかんだ。

「かほどに殿がお嘆きあったとあらば、深尾も草葉の蔭《かげ》にて、さぞや嬉《うれ》し涙にくれておることと存じまする」

「うむ」

応えながら、大蔵殿はまた涙に咽《むせ》んだ。

その後も日を置いて大蔵殿は八兵衛を呼び、角馬の最期の話を所望した。

同じ話ながら、大蔵殿はまたしても落涙《らくるい》され「さてもさても惜しき侍を殺したるかな」と嘆息されるのも変わらなかった。

何分にも話し出せば長時間に及び、回が重なれば、その内に言葉も飾ることになろうかと八兵衛は危惧《きぐ》し、前回に比べて飾りがないのはもちろんのこと、つけ忘れてはさらにならじと、大蔵殿のお召しの度に全身に冷や汗をかいて申しあげることとなった。
八兵衛が大蔵殿から角馬の話を所望されたのは二度や三度のことではなかった。
幾度も幾度も、それは繰り返された。
幾度も幾度も……。

文庫版のためのあとがき

小説の主人公を設定する場合、生い立ち、容貌《ようぼう》、性格、家族構成、友人、知人、住んでいる場所などを細かく描写する必要があると思います。さらに時代小説ならば、主人公が置かれている時代背景も重要なポイントとなります。時の将軍、政治を牛耳《ぎゅうじ》っていた家老、その当時の政策、巷《ちまた》に流行していた事項なども小道具としては見過ごせません。

主人公が武士ならば、たとえ小説に書かなくても、たばさんでいる刀の銘《めい》、剣法の流儀なども考えておくべきでしょう。

刀や剣法の流儀は専門の資料に当たりますが、資料を読むのは割合好きなので、苦痛を覚えることはありません。古文書解読を自分の仕事の選択肢の中に入れていなかったことを、今になって悔やんでいるほどです。研究室でコツコツと調べ物をし、誰も知らなかった歴史の一端に触れ、一人で快哉《かいさい》を叫ぶなどとは、何とステキなことでしょう。時々、埒《らち》もない空想をしておりますが、現実は浮いた浮いたの小説を書き流す渡世の身であります。

深尾角馬の雖井蛙《せいあ》流という剣法の流儀も、そうした資料読みの途中で偶然に知ったことでした。私が当たった資料に角馬のことは、そう多くは記述されていませんでした。極めて短軀《たんく》、反骨精神に富む男、牡丹《ぼたん》造りが趣味で、彼の丹精した牡丹は深尾紅《くれない》と呼ばれたこと。娘の縁談がこじれたことを恨みに思い、相手方の父子を斬り捨て、藩から切腹の沙汰《さた》を受けたこと。切腹の際には両足の親指を折り、身体が仰向けにならないようにしたこと。

たった数行の記述ながら、ひどくドラマチックなものを感じました。このような男なら、きっと他の時代小説家の興味を引くことだろうと思いました。事実、司馬遼太郎《りょうたろう》さんや戸部新十郎さんは角馬を主人公にした短編をものされております。しかし、この二つの短編は生意気を承知で言えば、私にはもの足りないものがありました。

もっと角馬を知りたい、角馬の心を覗《のぞ》きたいという思いは膨《ふく》らんで行くばかりでした。その思いを叶《かな》えるためには自分で書くしかないのですが、どうも剣豪小説に及び腰になってしまうのは、私が女であるせいでしょうか。女の私が力瘤《ちからこぶ》を作って勇ましく剣豪小説をものするなど、ぞっとしません。

多分、誰かが角馬を真正面に据《す》えた長編小説を書いて下さったのなら、私が無理をして書く必要はなかったのです。

十年、私は待ちました。角馬の長編が世に現れることを。津本陽さんあたりでも筆を執《と》って下さらないかと内心で考えておりましたが、どうもその様子はありませんでした。やはり、私が書かなければならないのかと、気が重くなりました。すでに私は、角馬を書くことが心の負担になることを予測していたのかも知れません。実際、その通りでしたが。

新潮社から『春風ぞ吹く』を出した後に、担当者は次の作品の打診をしてきました。何もアイディアのない私は力なく首を振りました。すると、担当者は角馬の話を持ち出したのです。私は、角馬のことは雑談にまぎらわせて、あれこれと喋《しゃべ》っていたのです。二の足を踏む私に「小説新潮」の当時の編集長、校條剛《めんじょうつよし》氏は「とり敢《あ》えず、鳥取へ取材に行きましょう」と、勧めて下さいました。

角馬の牡丹が見たい。深尾紅は絶滅したというけれど、それに近いものはあるはず。そう思うと矢も盾もたまらず、私は飛行機を乗り継いで鳥取市に向かったのです。

驚いたことに雖井蛙流という剣法は健在で、編集者ともども、道場を訪れ、師匠から詳しい話を聞かせていただきました。その折、方言指導も引き受けて下さるとのありがたい言葉もいただきました。

道場を出てから牡丹探しに繰り出しましたが、鳥取市の牡丹は中国から持ち込まれたものが多く、そのせいで日本的な感じがしませんでした。角馬の牡丹どころか、それに近いものさえ絶滅したのかと意気消沈していましたが、ふと立ち寄った玄忠寺《げんちゅうじ》（荒木又右衛門の菩提《ぼだい》寺）で、見事な大輪の牡丹に出会ったのです。私は、あのような大輪の牡丹は見たことがありませんでした。牡丹に出会えたことは角馬の加護だったのでしょうか。前日に私達は墓参りをしておりました。偶然ですが、その日は角馬の月命日でもありました。

何枚も撮った牡丹の写真は執筆が終わるまで、私の机に飾っておりました。

執筆は、順調に進んだ訳ではありません。方言指導を約束して下さった道場の師匠は間もなく急逝され、次に方言指導を担当して下さった郷土史家の方は、角馬が郷土の誇りとは必ずしも言えないなどと、私が、がっかりするようなことをおっしゃいました。

事実、鳥取市の読者からは何の反応もありませんでした。なぜ、どうして。それでは角馬の立つ瀬《せ》も浮かぶ瀬もないではありませんか。

不器用にしか生きられなかった角馬、こよなく牡丹を愛した角馬に愛《いと》しさと哀れみを覚えたのは、執筆も後半になってからでした。

今回、文庫に入れていただくために『深尾くれない』を再読し、小説はまずいけれど、私が書いたことは、無駄ではなかったと思えたのが幸いでした。

『深尾くれない』は、私の作品の中では異例中の異例ですが、どうぞ、一人でも多くの読者の方に、角馬の侍《さむらい》ぶりに触れていただきたく、伏《ふ》してお願い申し上げます。角馬こそ、真の侍です。

平成十七年八月十五日。函館の自宅にて。

宇江佐真理

主要参考文献

『鳥取藩剣道史』山根幸恵著（渓水社）
『井蛙語海』上野忠親原著・山根幸恵著（財団法人尚徳会）
『鳥取藩史　第一巻　世家・藩士列伝』（鳥取県立鳥取図書館）
『藩史大事典　第六巻　中国・四国編』（雄山閣出版）
『鳥府志図録』（鳥取県立公文書館）
「雖井蛙流平法」山本太一（『剣道時代』二〇〇一年一月号、体育とスポーツ出版社）

解説

清原康正

本篇の主人公・深尾角馬は、江戸時代の初期に実在した因幡《いなば》・伯耆国《ほうきのくに》鳥取藩の藩士である。その無骨で激烈な生涯を描き出したこの長編は、「小説新潮」に二〇〇二年二月号から十一月号にかけて連載され、二〇〇三年四月に新潮社より刊行された。

雖井蛙《せいあ》流平法の始祖であり、大輪の牡丹《ぼたん》作りでも知られた剣客であった深尾角馬の壮絶な生涯を、宇江佐真理は「星斬《せいざん》の章」「落露の章」の二部構成でとらえている。もちろん、深尾角馬自身の心情に直接的に迫った箇所もあるのだが、彼の妻と娘の目からという間接的な描写を主とすることで、深尾角馬という男の生きざまをくっきりと浮き彫りにすることに成功している。こうした考え抜かれた手法と構成の妙、それがまず読者にインパクトを与えるものとなっている。

第一部にあたる「星斬の章」は、因幡・伯耆国鳥取藩がそれまでの備前国から移封《いほう》(国替)されたいきさつから書き起こされている。寛永《かんえい》九年(一六三二)のことで、家臣達が「大蔵殿」と敬って呼ぶ藩主・池田光仲は、わずか三歳であった。

この移封により、深尾角馬の父・河田理右衛門も因幡・伯耆国へ赴いたが、この時、息子・角馬は二歳だった。月足らずで生まれ、同じ年頃の子供達よりひと回りも小さかった。この短軀《たんく》という肉体的特色が角馬の反骨心のもととなっている。

さまざまな剣の流儀を学んで剣法をよくした父に育てられた角馬は、ごく自然のなりゆきで剣術の修行をするようになり、藩士としては二百石の馬廻の平士ながらも、藩の剣法指南役をつとめ、大蔵殿の覚えもめでたく、藩士達からも重く見られていた。だが、戦国の荒々しい気風がまだ色濃かった父の時代とは違って、「鎖国令が確立した日本は戦よりも飢饉《ききん》に喘《あえ》ぐ世の中となっていた」と、時代状況の変貌《へんぼう》ぶりがとらえられている。その上で、「しかし、角馬にとって幸か不幸か、仕える大蔵殿は武を重んじる藩主であった」と、作者は記してもいる。

物語の冒頭部で、作者があえて「幸か不幸か」と書き留めていることに注目していただきたい。前述した短軀ゆえの反骨心のありようとともに、深尾角馬の激烈な生涯を暗示する重要なポイントとなっているからである。こうした見落としがちな記述からも、物語の構成に関する用意周到な伏線の張りようと緻密《ちみつ》な計算が浮かび上がってくるのである。

そして、さらに、最初の妻を離縁していた角馬がかのを後妻に迎えるいきさつを通して、角馬の牡丹栽培の見事さが描き出されていく。角馬が丹精する大輪の深紅の牡丹を、世間は〝深尾紅《くれない》〟と賞賛していた。題名の所以《ゆえん》である。

　だが、家老に切望されるほど評価の高いこの深紅の牡丹も、後妻かのにしてみれば、また違った印象となる。かのは牡丹の見事さに目を奪われつつも、剣法の達人と牡丹作りの結びつきにそぐわなさを感じる。と同時に、「深紅の牡丹は二重三重の花びらで黄色の花芯《かしん》を覆《おお》い隠すように咲いていた。かのにはふと、花芯が女の隠しどころのようにも思えた。花びらは、さしずめ紅絹《もみ》の小袖《こそで》でもあろうか」と奇妙な感覚をも抱く。

　こうした描写がこの後の展開、かのと角馬の運命を決する要因といったものと、いかに抜かりなく関わっていくかを、読者はやがて思い知らされることとなるのである。この箇所に至るまで、物語の冒頭部からほんの数ページでしかない。つまり、作者は物語が始まって早々に、重要な手札をすでに読者の前に晒《さら》して見せているのである。用意周到な伏線と緻密な計算があってのことと言わざるをえない。

　かのは嫁いで来てからの夫婦生活の中で、角馬の反骨精神に触れていく。元来が無口な角馬も、かのの明るい性格に影響されてか、その重い口を開くようになっていく。自らの雅号に因んで、雖井蛙流の一流を興そうとしているといった剣法のことにからんで、伊賀上野・鍵屋《かぎや》の辻《つじ》の敵討《あだう》ちで有名な荒木又右衛門の話も出てくる。

　自分の興した雖井蛙流平法を引き継ぐ男子だけを欲しがる角馬は、やがて生まれてくる子が女子なら、台所の鍋釜《なべかま》と同じようなものだから、名前も鍋でよいと、にべもなかった。その時から、かのは角馬に言い知れない憎しみを覚えるようになり、角馬が丹精する牡丹にも愛情が持てなくなってしまう。かのが出産したのは、皮肉なことに女子であった。かのは娘の名をふきとした。

こうした夫婦関係の亀裂《きれつ》が、やがて、かのの不貞と角馬による成敗という悲劇につながっていくこととなる。独自の剣の流派を興そうと伝書の執筆に苦心する角馬、不貞の妻を斬《き》る角馬の剣技の描写もさることながら、こうした夫婦の、男女の愛情の行き違いに関する細やかな描写は、市井《しせい》ものでデビューした作家だけに、安定した力量のほどを感じさせる。

伝書のことで言えば、二つの章名は伝書の中の剣技と関わりがある。と同時に、角馬をめぐる人間関係をも象徴したものとなっている。こんなところにも、作者の緻密な計算のさまをうかがい知ることができる。こうした描写には、函館の短大時代に通ってい た少林寺拳法《けんぽう》が役に立っているようだ。「乱取りになると、男子学生相手に本気になってしまい、目の周りに青アザをつくったり…。得意技は上段回し蹴り。一応、初段まで取りました」と「青春熱中時代」というコラム（「小説新潮」二〇〇一年四月号）の中で明かしている。

第二部にあたる「落露の章」は、「この世に生まれて最初に見た景色は、女中のお熊《くま》に背負われて眺めた細く長い城下の道だったとふきは思う」という書き出しで始まっている。角馬とかのの間に生まれた娘・ふきの視点から、角馬の後半生が描き出されていくこととなる。

　ふきは父の反骨精神を日常生活の中で見るにつけ、何やらもの悲しい気分になってしまう。父は本当は寂しい人なのではないか、とさえ思うのだった。娘のこの直感が当たっているかどうかを、物語の展開に沿って読者が検証していくという面白さがある。やがて、ふきは母の死の真相を知ることとなる。五十歳を迎えた角馬は、城下でのお勤めと剣法の指導を退くこととなる。父と娘のこうした変化の中で、後半のクライマックスを迎えることとなる。ふきの結婚話に関して、天和《てんな》二年（一六八二）に角馬が知行地の百姓の父子三人を斬り捨てた。後年、鳥取藩史にも記されている事件である。

　この章では、父と娘の愛情模様が大きなポイントを占める。前章で、かのは角馬に斬られる寸前に、「旦那様は大切な牡丹を斬り捨てるより、わたくしを斬り捨てる方が易《やす》いことだけ」と言う。この章では、「お父様、後生だけえ、うちが何をしても、斬らんといて」と言うふきに、「どこの世界に娘を斬る父親がおるか！」と角馬は大音声《だいおんじょう》で怒鳴る。夫婦、親子、男女とあらゆる人間関係の狭間《はざま》に存在する嫉妬《しっと》、屈折、愛情といったものが、こうしたセリフの裏側に確実に埋め込まれている。その巧妙な埋め込み方にも舌を巻かされてしまうのである。

　ところで、後に『髪結い伊三次捕物余話』シリーズの第一作となる「幻の声」で一九九五年にオール讀物新人賞を受賞してデビューした宇江佐真理にとって、この『深尾くれない』は格別の思いがあるメモリアルな長編となった。連載開始に当たって執筆されたエッセイ「小説のことども」（「小説新潮」二〇〇二年二月号）の中で、この長編にかける意気込みを次のように記していた。

「さて、浮いた浮いたの市井物《しせいもの》を書くことの多い私だが、一年に一本ぐらいは実在した人物と真摯《しんし》に向き合いたいと思う。その人物とは、あまり世に知られていないけれど、懸命に時代を生きた人達である。

この度《たび》、連載を始めることになった雖井蛙流平法の鼻祖、深尾角馬も、その一人であった。

江戸時代の武士は何かしら剣法の心得があった。八丁堀の同心なども道場で修行を積んでいる。私は剣法の流儀を資料に探った」

「資料の中に雖井蛙流という特異な名称が目に付いた。井の中の蛙《かわず》と雖《いえど》も大海を知るべけんや、というご大層な意味のある流儀だった。

深尾角馬は格別に短軀《たんく》の男であり、牡丹造りの趣味があったという。娘の縁談がこじれたことが原因で相手方の父子を一刀のもとに斬り捨て、切腹の沙汰を受けた。その切腹のやり方も並ではなかった。足の親指の骨を折って身構えたのだ。そうすれば無様《ぶざま》に仰向《あおむ》けになることはないのだと。

角馬はあくまでも反骨の人であった。あまりに小説的過ぎる人物なので、むしろ二の足を踏むところさえあったが、完全に思いを払拭《ふっしょく》することはできず、ことあるごとに編集者に角馬の話をしていた」

鳥取に取材に出かけ、深尾角馬の墓がある日蓮宗本浄寺《にちれんしゅうほんじょうじ》にお参りしたのは、四月二十七日で、「花と線香をたむけたが、線香に火が点《つ》かないことをS君（注・同行した編集者）は気味悪がった。さほど風の強い日でもなかったのだが」「特にこの日を選んだ訳ではないのだが、偶然にもそれは角馬の月命日であった」という。

こうした取材秘話もあって、作者は深尾角馬の心の闇《やみ》の部分に存分に迫っている。男性作家の手になると、おそらくは男の闘争心と剣技のありように主眼を置いたものとなったことだろう。それを剣技と牡丹を対照させ、しかも妻と娘の目を通して描き出したところに、宇江佐真理の特質を存分に発揮することができた。

前に紹介したエッセイの中の「実在した人物と真摯に向き合いたい」という一節に関連して言えば、宇江佐真理には本書刊行後の作品として、松前藩の家老で画家としても高名な蠣崎《かきざき》波響の生涯を描いた「夷酋《いしゅう》列像」や蝦夷地《えぞち》探検家の最上《もがみ》徳内のアイヌに対する真摯な思いをとらえた「シクシピリカ」（『桜花を見た』所収）、最上徳内が二十六年ぶりに出羽国の故郷の村に帰郷する「錦衣帰郷」（『蝦夷拾遺　たば風』所収）などの短編がある。いずれも宇江佐真理が最近力を入れている独特の松前物なのだが、実在の人物を描くという点では、本篇が先行作ということになる。しかも長編で真摯に向き合っている。宇江佐作品の分水嶺《ぶんすいれい》となる大きな意味を持った長編と言ってよいだろう。

宇江佐真理は「小説との出会い」と題したエッセイ（「潮」二〇〇一年十月号）の中で「小説を書くことは人間を見つめることである。人間の生き方を模索する行為でもある」と記していたことがある。また、「私と江戸時代」と題したエッセイ（「小説宝石」二〇〇三年二月号）では、「江戸時代から我々が学ばなければならないことは何だろうか。それは取りも直さず、人間の生き方に外ならない」とも記していた。この後、どんな歴史上の人物を取り上げて、宇江佐流に料理してくれるのか。その人物の生き方をひたと見つめる独特の視点に、大きな期待を持つことができる。楽しみなことである。

二〇〇五年八月

朝日文庫版への追記

以上は新潮文庫版（二〇〇五年十月刊）に書いた解説である。本作以降の活躍に期待を寄せていることを結びとしたが、今回の朝日文庫収録にあたり、当時の期待の大きさを示す上で再録した。

本書の初版刊行は二〇〇三年四月のことであった。一九九五年に「幻の声」でオール讀物新人賞受賞によりデビューしてから八年、十九冊目の単行本であった。この時点ですでに『髪結い伊三次捕物余話』シリーズは第四弾まで刊行されていた。だが、それから十二年後の二〇一五年十一月七日に、宇江佐真理は乳がんのために逝去してしまった。一九四九年十月二十日生まれだったから享年六十六であった。

逝去の年の八月に『為吉　北町奉行所ものがたり』、十月に『竈河岸《へっつい》　髪結い伊三次捕物余話』が刊行されている。翌年三月には『擬宝珠のある橋　髪結い伊三次捕物余話』と『うめ婆行状記』が遺作として刊行された。『うめ婆行状記』は朝日新聞に連載されて未完に終わった遺作である。人気シリーズ『髪結い伊三次捕物余話』は第十五弾『擬宝珠のある橋』が最終巻となってしまった。短編五作に二〇一四年に文庫書き下ろしで刊行された長編『月は誰のもの』が収録されている。

また、逝去の年の時点で六回、直木賞候補になっていた。二〇〇〇年に『深川恋物語』で吉川英治文学新人賞を、二〇〇一年に『余寒の雪』で中山義秀文学賞を受賞した。

人気シリーズを持ち、江戸の人情市井物を軸とする作品を書き続けていた。その一方で、前述したような北海道の歴史に材を得た松前物や『寂しい写楽』『富子すきすき』など実在の人物を描いた作品もあり、歴史物への挑戦も続けられていた。

幕末期の男装の女通訳が主人公の『アラミスと呼ばれた女』、明治浪漫『おぅねぇすてぃ』などの異色作も見逃せない。『為吉　北町奉行所ものがたり』では、奉行所付き中間を主人公に奉行所や罪科に関する詳細な考証がなされていて、『髪結い伊三次捕物余話』や『泣きの銀次』などの捕物仕立てのシリーズ作品とは趣を異にする作品にも今後の期待をかけるものがあった。

デビューから二十年、単行本六十五冊、エッセイ集二冊を遺して宇江佐真理は逝ってしまった。その早い逝去がいまだに惜しまれてならない。

二〇二一年六月

（きよはら　やすまさ／文芸評論家）

深尾《ふかお》くれない　朝日文庫

2021年7月30日　第1刷発行

著　者　宇江佐真理《うえざまり》

発行者　三宮博信
発行所　朝日新聞出版
〒104-8011　東京都中央区築地5-3-2
電話　03-5541-8832(編集)
03-5540-7793(販売)
印刷製本　大日本印刷株式会社

ISBN978-4-02-264997-3

細谷正充・編／宇江佐真理／北原亞以子／杉本苑子／半村良／平岩弓枝／山本一力／山本周五郎・著

情に泣く

朝日文庫時代小説アンソロジー　人情・市井編

失踪した若君を探すため物乞いに堕ちた老藩士、家族に虐げられ娼家で金を毟られる旗本の四男坊など、名手による珠玉の物語。《解説・細谷正充》

細谷正充・編／安西篤子／池波正太郎／北重人／澤田ふじ子／南條範夫／諸田玲子／山本周五郎・著

悲恋

朝日文庫時代小説アンソロジー　思慕・恋情編

夫亡き後、舅と人目を忍ぶ生活を送る未亡人。父を斬首され、川に身投げした娘と牢屋奉行跡取りの運命の再会。名手による男女の業と悲劇を描く。

細谷正充・編／池波正太郎／梶よう子／杉本苑子／竹田真砂子／畠中　恵／山本一力／山本周五郎・著

おやこ

朝日文庫時代小説アンソロジー

養生所に入った浪人と息子の嘘「二輪草」、歌舞伎の名優を育てた養母の葛藤「仲蔵とその母」など、時代小説の名手が描く感涙の傑作短編集。

細谷正充・編／青山文平／宇江佐真理／西條奈加／澤田瞳子／中島　要／野口　卓／山本一力・著

なみだ

朝日文庫時代小説アンソロジー

貧しい娘たちの幸せを願うご隠居「松葉緑」、親子三代で営む大繁盛の菓子屋「カスドース」など、ほろりと泣けて心が温まる傑作七編。

朝井まかて／安住洋子／川田弥一郎／澤田瞳子／山本一力／山本周五郎／和田はつ子・著／末國善己・編

いのち

朝日文庫時代小説アンソロジー

江戸期の町医者たちと市井の人々を描く医療時代小説アンソロジー。医術とは何か。魂の癒やしとは？　時を超えて問いかける珠玉の七編。

今井絵美子／宇江佐真理／梶よう子／北原亞以子／坂井希久子／平岩弓枝／村上元三／菊池仁編

江戸旨いもの尽くし

朝日文庫時代小説アンソロジー

鰯の三杯酢、里芋の田楽、のっぺい汁など素朴で旨いものが勢ぞろい！　江戸っ子の情けと絶品料理に癒される。時代小説の名手による珠玉の短編集。

葉室　麟
この君なくば

伍代藩士の譲と栞は惹かれ合う仲だが、譲は密命を帯びて京へ向かうことに。やがて栞の前に譲に心を寄せる女性が現れて。《解説・東えりか》

葉室　麟
柚子《ゆず》の花咲く

少年時代の恩師が殺された事実を知った筒井恭平は、真相を突き止めるため命懸けで敵藩に潜入する──。感動の長編時代小説。《解説・江上　剛》

葉室　麟
風花帖《かざはなじょう》

小倉藩の印南新六は、生涯をかけて守ると誓った女性・吉乃のため、藩の騒動に身を投じていく──。感動の傑作時代小説。《解説・今川英子》

梶　よう子
ことり屋おけい探鳥双紙

消えた夫の帰りを待ちながら小鳥屋を営むおけい。時折店で起こる厄介ごとをときほぐし、しなやかに生きるおけいの姿を描く。《解説・大矢博子》

畠中　恵
明治・妖《あやかし》モダン

巡査の滝と原田は一瞬で成長する少女や妖出現の噂など不思議な事件に奔走する。ドキドキ時々ヒヤリの痛快妖怪ファンタジー。《解説・杉江松恋》

畠中　恵
明治・金色《こんじき》キタン

東京銀座の巡査・原田と滝は、妖しい石や廃寺の噂など謎の解決に奔走する。『明治・妖モダン』続編！　不思議な連作小説。《解説・池澤春菜》

朝日文庫

宇江佐 真理
うめ婆《ばあ》行状記

北町奉行同心の夫を亡くしたうめ。念願の独り暮らしを始めるが、隠し子騒動に巻き込まれてひと肌脱ぐことにするが。《解説・諸田玲子、末國善己》

宇江佐 真理
憂《う》き世店《よだな》
松前藩士物語

江戸末期、お国替えのため浪人となった元松前藩士一家の裏店での貧しくも温かい暮らしを情感たっぷりに描く時代小説。《解説・長辻象平》

山本 一力
たすけ鍼《ばり》

深川に住む染谷《せんこく》は〝ツボ師〟の異名をとる名鍼灸師。病を癒やし、心を救い、人助けや世直しに奔走する日々を描く長編時代小説。《解説・重金敦之》

山本 一力
立夏の水菓子
たすけ鍼《ばり》

人を助けて世を直す——深川の鍼灸師・染谷の奔走を人情味あふれる筆致で綴る。疲れた心にもじんわり効く名作時代小説『たすけ鍼』待望の続編。

山本 一力
辰巳八景

深川の粋と意気地、恋と情け。長唄「巽八景」をモチーフに、下町の風情と人々の哀歓が響き合う珠玉の人情短編集。《解説・縄田一男》

五十嵐 佳子
むすび橋
結実の産婆みならい帖

産婆を志す結実が、それぞれ事情を抱えながらも命がけで子を産む女たちとともに喜び、葛藤しながら成長していく。感動の書き下ろし時代小説。